EN 2018, HARLEQUIN FÊTE SES 40 ANS !

Chère lectrice,

Comme vous le savez peut-être, 2018 est une année très importante pour les éditions Harlequin qui célèbrent leur quarantième anniversaire. Quarante années placées sous le signe de l'amour, de l'évasion et du rêve... Mais surtout quarante années extraordinaires passées à vos côtés ! Azur, Blanche, Passions, Black Rose, Les Historiques, Victoria mais aussi HQN, &H et bien d'autres encore : autant de collections que vous avez vues naître, grandir et évoluer, avec un seul objectif pour toutes – vous offrir chaque mois le meilleur de la romance. Alors merci à vous, chère lectrice, pour votre fidélité. Merci de vivre cette formidable aventure avec nous. Les plus belles histoires d'amour sont éternelles, et la nôtre ne fait que commencer...

L'époux disparu

*

Par devoir, par amour

CAITLIN CREWS

L'époux disparu

Traduction française de
LOUISE LAMBERSON

Azur

HARLEQUIN

Collection : Azur

Titre original :
A BABY TO BIND HIS BRIDE

HARPERCOLLINS FRANCE
83-85, boulevard Vincent-Auriol, 75646 PARIS CEDEX 13
Service Lectrices — Tél. : 01 45 82 47 47
www.harlequin.fr

ISBN 978-2-2803-8033-1 — ISSN 0993-4448

1.

— Ils l'appellent le Comte, dit le guide sans se retourner.

Il grimpait devant Susannah, vêtu d'un poncho en laine épaisse, sur une grosse veste matelassée.

— Sans jamais mentionner d'autre nom, poursuivit-il de son ton bourru. Mais, à cette altitude et en pleine forêt, ça n'a guère d'importance, pas vrai ?

Du moment que ledit Comte était bien son mari, peu importait, en effet, songea Susannah en faisant attention à ne pas trébucher, ou tomber — et dévaler la piste…

Dans les Rocheuses, tout paraissait démesuré. Où qu'elle pose les yeux, elle n'apercevait que les chaînes de montagnes aux versants recouverts de conifères s'étendant à l'infini.

Son guide bien emmitouflé avait conduit aussi vite que possible sur le semblant de route s'enfonçant au cœur de l'Idaho. En fait, il s'agissait plutôt d'une piste boueuse et cahoteuse qui pénétrait de plus en plus profondément dans la forêt. Puis soudain, alors que Susannah s'était résignée depuis longtemps à être ballottée dans tous les sens, il lui avait annoncé qu'ils devraient poursuivre leur chemin à pied.

Après le long vol qui l'avait conduite dans le nord-ouest des États-Unis, elle n'avait certes pas envie de marcher, surtout dans de telles conditions, mais elle avait néanmoins suivi l'homme sans rechigner.

Parce qu'elle avait beau ne pas être une randonneuse chevronnée, elle n'en était pas moins la Veuve Betancur.

Et, si elle voulait en avoir le cœur net, il lui fallait aller jusqu'au bout de cette aventure rocambolesque.

Susannah se concentra sur ses pieds, consciente de ne pas être équipée pour ce genre d'aventure. Si elle avait pu prévoir qu'elle grimperait sur un sentier serpentant à flanc de montagne, elle aurait revêtu des vêtements et chaussures plus adéquats. Or, à la différence de toutes les personnes qu'elle avait croisées depuis l'atterrissage du jet privé sur un petit aérodrome aménagé au milieu de nulle part, elle était comme de coutume habillée tout en noir pour bien afficher son deuil. Elle portait ce jour-là un manteau élégant en cashmere sur une robe d'hiver en laine mérinos, et des bottes de cuir à haute tige. Très utiles pour se protéger du froid, mais tout à fait inadaptées à cette marche forcée.

— Vous êtes sûre de ne pas vouloir vous changer ? avait demandé son guide.

Ils se trouvaient alors dans la petite cabane délabrée se dressant au milieu d'une sorte de cimetière de voitures. Son bureau, manifestement.

— Et mettre quelque chose de moins…

— De moins quoi ? avait enchaîné Susannah en haussant les sourcils.

— C'est qu'il n'y a pas de vraie route, pour aller là-bas…

De toute évidence, son guide s'attendait à la voir défaillir. Comme si escalader les montagnes Rocheuses représentait un défi plus périlleux que celui de survivre aux intrigues qui jalonnaient sa vie compliquée. Notamment au sein de Betancur Corporation, l'entreprise multinationale établie à Rome qu'elle dirigeait depuis quatre ans, tenant tête à tous, y compris la famille de son défunt mari et le conseil d'administration au grand complet. Sans parler de ses propres parents. Tous avaient cru pouvoir la dominer, l'écraser.

— Ça va être un peu rude, avait répliqué son guide en matière d'explication. À mon avis, vous n'êtes pas équipée pour ce genre d'expédition. Si vous n'avez rien de plus approprié, j'aurais peut-être quelque chose à vous prêter, si vous voulez ?

Susannah avait poliment décliné la proposition. Depuis les obsèques de son mari, elle ne portait que du noir en public, déterminée à s'afficher en tant que la jeune veuve de l'un des hommes les plus fortunés et les plus puissants du monde. C'était sa marque personnelle, sa façon d'affirmer son intention de porter indéfiniment le deuil, en dépit des complots et des conspirations fomentés par ses parents et sa belle-famille, entre autres.

Elle comptait demeurer la Veuve Betancur très longtemps. Aucun nouvel époux ne prendrait l'ascendant sur elle ou l'entreprise, en dépit des pressions exercées de toutes parts pour qu'elle se remarie.

Son veuvage lui garantissait la liberté.

À moins que Leonidas Cristiano Betancur ne soit pas mort quatre ans plus tôt dans cet accident d'avion. Ce que Susannah entendait bien découvrir, maintenant qu'elle avait traversé la moitié du globe.

Leonidas se rendait à un rendez-vous d'affaires, dans un ranch isolé de l'Idaho, lorsque son jet avait brusquement perdu de l'altitude avant de s'écraser dans la forêt, quasi inextricable à cet endroit. Aucun corps n'avait été retrouvé, mais les autorités locales avaient affirmé que l'explosion avait détruit toute preuve qui aurait permis d'élucider la cause de l'accident.

Susannah n'avait pas accepté leurs conclusions. Au fil du temps, elle s'était plutôt persuadée que ce qui était arrivé à son mari — au cours de ce qui aurait dû être leur nuit de noces — n'avait *pas* été un accident.

Cette certitude l'avait conduite à faire appel à des enquêteurs privés, qui lui avaient rapporté une succession de photos d'hommes bruns à l'expression impitoyable, sans qu'aucun soit jamais celui qu'elle recherchait.

À force de jouer les Pénélope aux yeux de ses parents, tout aussi fourbes que les membres de sa belle-famille, Susannah se sentait tout droit sortie de l'*Odyssée*. Elle affectait d'être atteinte par la disparition de son époux au point de ne pouvoir supporter qu'on lui présente un nouveau prétendant.

Or, elle avait à peine connu le fils des amis de ses parents, à qui elle avait été destinée dès l'âge de seize ans. Elle avait nourri des fantasmes stupides, comme toute adolescente l'aurait fait à sa place, avant de les voir détruits par Leonidas le jour de leur mariage. Une lueur moqueuse au fond des yeux, il lui avait tapoté la tête comme si elle était un jeune chiot, avant de s'éclipser au beau milieu de la réception *parce que ses affaires le réclamaient*.

Ce soir-là, alors que, assise sur son lit et noyée au milieu d'un océan de soie et de mousseline blanches, Susannah avait bien du mal à retenir ses larmes, sa mère l'avait sévèrement réprimandée.

« Ne sois pas si égoïste, enfin ! Les rêves de conte de fées, c'est bon pour les petites filles, pas pour la femme de l'héritier des Betancur ! Alors c'est le moment de décider quel genre d'épouse tu désires être. Une princesse choyée et vivant recluse dans l'une de leurs luxueuses propriétés, ou une femme forte avec laquelle il faudra compter ? »

Quelques heures plus tard, Susannah avait appris la disparition de Leonidas. Et, par la suite, elle avait choisi d'être forte, en effet. En l'espace de quatre ans, la naïve jeune fille de dix-neuf ans s'était muée en femme déterminée et habile avec laquelle il fallait *toujours* compter.

Et voilà qu'elle se retrouvait sur un chemin boueux conduisant à l'endroit où s'était établie une communauté d'individus fuyant la civilisation et parmi lesquels les enquêteurs avaient découvert la présence d'un homme correspondant à la description de Leonidas. Lequel, lui avait-on dit, était à la fois protégé et respecté par tous les autres membres de la communauté.

Sur les photos fournies par le responsable de l'équipe d'enquêteurs, Susannah avait vu un homme aux cheveux plus longs que Leonidas ne les avait jamais portés, mais doté des mêmes yeux sombres, du même regard déterminé. Quant à la photo le montrant en pied, Susannah y avait aussitôt reconnu la haute silhouette mince et athlétique.

Cependant, elle avait gardé une expression impassible et souri poliment à l'enquêteur, alors qu'intérieurement elle était ébranlée au plus profond de son être, à la pensée que son mari pouvait être vivant.

En outre, elle n'avait pu s'empêcher de se dire que Leonidas, où qu'il ait pu se réfugier, ne pouvait manquer d'exercer l'autorité et la détermination impitoyable qui le caractérisaient.

Comme elle l'avait appris au cours de ces quatre années à fréquenter sa belle-famille, quand un Betancur désirait quelque chose, il finissait toujours par l'obtenir.

Le fait d'être la veuve de Leonidas lui avait conféré un statut particulier, la plaçant au-dessus de la mêlée, en quelque sorte. Mais il y aurait mieux encore que d'être sa veuve : le faire ressusciter d'entre les morts.

Si elle accomplissait ce miracle, Leonidas reprendrait les rênes de sa fichue entreprise, tandis qu'elle vivrait la vie dont elle n'avait même pas eu le temps de rêver. En divorçant, elle se libérerait de tous les Betancur d'un coup et damerait le pion à ses propres parents. Cette perspective lui procurait un plaisir et un soulagement indicibles.

Elle serait enfin libre.

Cela valait bien un voyage de plus de neuf mille kilomètres et une immersion totale dans la vie sauvage de ce coin perdu du nord-ouest des États-Unis.

— Quel genre d'homme est ce Comte ? demanda-t-elle à son guide.

— Alors ça, je serais bien incapable de vous le dire, fit-il en se retournant brièvement vers elle. C'est que je ne l'ai jamais rencontré, vous comprenez.

Susannah resta silencieuse, tandis que la forêt faisait soudain place à une vaste clairière, au milieu de laquelle des petites maisons en rondins étaient regroupées autour d'une place circulaire bien entretenue. Les alentours avaient

11

été défrichés et des champs cultivés entouraient ce qui ressemblait à un village, constata-t-elle, impressionnée par l'ordre qui semblait régner partout.

— Je ne vais pas plus loin, dit le guide en s'arrêtant à côté des derniers arbres.

Elle ne connaissait même pas son nom. Et elle aurait préféré qu'il l'accompagne jusqu'au bout, mais il avait été clair dès le départ : ces gens-là n'aimaient pas que l'on débarque « en touriste », aussi tenait-il à rester à l'écart.

— Je redescends et je vous attends dans la jeep, poursuivit-il. Entendu ?

— Entendu, acquiesça-t-elle. À tout à l'heure.

Il aurait été hors de question de se faire accompagner par des agents de sécurité, puisque, si c'était bien lui, son mari avait choisi de se retirer du monde. Même quelques hommes recrutés sur place auraient risqué d'être mal accueillis, avait-elle pressenti.

Susannah avait donc décidé de se rendre seule dans cet endroit reculé. Désormais, il était trop tard pour rebrousser chemin. Son unique but était de savoir ce qui était arrivé à Leonidas, se répéta-t-elle en s'avançant résolument vers l'homme d'une quarantaine d'années qui venait à sa rencontre. Vêtu d'un pantalon de velours épais et d'une grosse veste en laine écrue, il avait l'air plutôt accueillant, heureusement.

— Bonjour, dit-il en s'arrêtant à quelques mètres d'elle.

Susannah soutint son regard franc et direct.

— Bonjour. Je… Je voudrais voir le Comte, si c'est possible.

— Ah…, fit l'homme en haussant les sourcils. Je peux vous demander qui vous êtes ?

Sa voix résonna dans le silence.

— Je m'appelle Susannah, répondit-elle d'une voix ferme. Et je suis sa femme.

Lentement, il baissa les yeux sur son manteau en cashmere, ses bottes de cuir noir, comme s'il cherchait

12

dans sa tenue la preuve de ce qu'elle avançait. Puis il la dévisagea un instant en silence.

— Je vais le prévenir que vous êtes là, répliqua-t-il enfin. Ne bougez pas, je reviens tout de suite.

Un profond respect avait coloré la voix de l'inconnu. À sa grande politesse se mêlait… une pointe d'inquiétude.

— Il acceptera de me voir, dit-elle avec calme.

— Je reviens tout de suite, répéta-t-il. Attendez-moi ici.

Le cœur battant, elle le regarda s'éloigner à grands pas, s'arrêtant un bref instant pour adresser quelques mots à un petit groupe de personnes qui les avaient observés de loin.

En réalité, Susannah n'était pas du tout certaine que Leonidas accepterait de la voir. Le fait qu'il soit resté reclus dans cette communauté, pendant quatre ans et sans donner signe de vie, montrait bien qu'il n'avait pas envie d'être retrouvé.

2.

Il n'avait pas de femme. Du moins ne se souvenait-il pas d'en avoir eu une.

En fait, il ne se rappelait aucun détail de son passé, ce qui le taraudait de plus en plus.

Sa mémoire se limitait aux quatre dernières années. Auparavant, c'était le vide complet.

Ses compagnons lui avaient raconté comment ils avaient trouvé cet endroit. Chacun y était venu en suivant son propre parcours, poussé par ses propres motivations, déterminé à recommencer à zéro, en fonction de valeurs différentes garantissant à la fois le respect individuel et le bien de la communauté. Ils lui avaient parlé de ce qu'ils avaient laissé derrière eux, entourage, habitations, confort, possessions diverses. Villes. Ils lui avaient confié les rêves et les espoirs qu'ils avaient nourris en s'installant loin de la civilisation.

Mais lui ne connaissait que ce coin du monde, ces montagnes aux sommets enneigés, cette nature âpre et sauvage, et cette communauté.

Son premier souvenir remontait au moment où il s'était réveillé dans la petite maison en rondins qu'il habitait toujours. Il se trouvait alors dans un état épouvantable, brisé de partout. Il lui avait fallu une longue période pour retrouver un semblant de bonne santé. Pour s'asseoir, puis se lever. Et enfin pour marcher, lentement, laborieusement. Même quand il avait pu se déplacer seul, il avait compris que son corps n'avait pas retrouvé sa condition d'autrefois.

Et, pourtant, il ne savait pas ce qu'avait été celle-ci.

Ce n'était qu'au bout de dix-huit mois qu'il s'était senti à peu près normal. Dix-huit de plus lui avaient été nécessaires pour réaliser qu'il ne savait pas non plus ce qu'était la normalité.

Malgré son malaise, il n'en parlait jamais. À personne. Parce que cela ne servirait à rien, de toute façon. Aucun de ses compagnons, si dévoués et bienveillants soient-ils, ne pourraient l'aider à recouvrer ses souvenirs perdus.

Ces hommes et ces femmes travailleurs et déterminés l'avaient accueilli parmi eux, soigné, protégé sans jamais le presser de questions. Ils faisaient toujours preuve d'un profond respect à son égard, lui répétant qu'il dégageait un charisme particulier. Ils l'avaient baptisé le Comte et, parfois, il avait l'impression que les enfants le regardaient un peu comme un extraterrestre, un *alien*, mais sans méchanceté ni méfiance. Ils semblaient curieux, c'est tout. D'autant qu'il était tombé du ciel, en quelque sorte !

Curieusement, il s'était senti l'étoffe d'un dirigeant, dès l'instant où il était revenu à lui. Et le respect instinctif que lui avaient manifesté les membres de la communauté n'avait fait que confirmer cette sensation d'être né pour exercer le pouvoir. Cependant, s'il bénéficiait d'un traitement spécial, il avait appris à travailler comme les autres et à participer peu à peu aux divers labeurs. Et, puisque tous semblaient unanimes pour lui accorder un statut particulier, il l'acceptait implicitement.

Mais voilà qu'une femme débarquait soudain de nulle part, affirmant être son épouse. Une béance s'ouvrait en lui.

— Elle a l'air très sûre d'elle, répéta Robert. Elle semble certaine que vous accepterez de la voir.

— Et pourtant je n'ai pas de femme, répliqua-t-il en fronçant les sourcils. Pas que je me souvienne, du moins.

Ils étaient seuls dans la petite pièce aux murs blancs où il prenait ses repas, où il recevait parfois l'un ou l'autre.

Depuis quatre ans, il n'avait pas ressenti le moindre émoi au contact des femmes de la communauté. En tout cas, aucune émotion ou trouble comparables à ceux qu'il devinait parfois chez ses compagnons.

Mais soudain…

Il mit un moment avant de comprendre ce qui lui arrivait. Sa virilité se… réveillait, comme si elle avait sombré dans un long sommeil de quatre ans et que la simple arrivée de cette inconnue détenait le pouvoir de la stimuler.

Se dirigeant vers la fenêtre, il l'observa de loin. Elle était immobile, mais paraissait impatiente. En même temps, elle avait l'air… fragile, doux. Il éprouva l'envie étrange de la toucher, ne serait-ce que pour vérifier qu'elle était bien aussi délicate qu'elle le paraissait.

Ses vêtements semblaient incongrus, là, en pleine montagne. Mais que savait-il des habitudes vestimentaires de ceux qui vivaient en dehors de cette contrée isolée ? Il ne s'en était jamais beaucoup éloigné, il ne connaissait que ce qu'on lui avait raconté, des histoires d'ailleurs, d'un autre univers.

Il ne pensait jamais aux villes dont on lui avait parlé. Mais la silhouette mince toute vêtue de noir lui évoquait ces métropoles inconnues. Soudain, des images et des noms défilèrent dans son esprit.

New York. Londres. Shanghai. New Delhi. Berlin. Le Caire. Auckland…

Comme s'il était allé dans chacun de ces endroits.

Repoussant cette pensée absurde, il se concentra de nouveau sur la femme. Oui, elle paraissait impatiente, mais pas le moins du monde intimidée ou effrayée. Et elle était incroyablement belle.

Il contempla les mollets galbés, moulés dans des bottes de cuir maculées de boue. Mais ce fut surtout la bouche aux lèvres pleines qui retint son attention, décuplant les sensations brûlantes qui se déployaient en lui. Désarçonné par les réactions de son propre corps, il fixa son regard sur les épais cheveux blonds qui, rassemblés en chignon, dégageaient la nuque de l'inconnue.

— Vous voulez bien la faire venir ici ? demanda-t-il à Robert.

Sans poser la moindre question indiscrète, celui-ci opina de la tête avant de sortir rapidement de la maison.

Cette femme était-elle la sienne ? Il était venu d'ailleurs, cela ne faisait aucun doute. Ce qui signifiait qu'il avait eu une vie avant d'échouer dans cette forêt. Alors, si sa visiteuse pensait le connaître, elle pourrait s'avérer une source précieuse d'informations.

Et il désirait plus que tout en savoir davantage sur lui-même.

Sydney. Saint-Pétersbourg. Vancouver. Reykjavík. Oslo. Rome.

Par quel prodige pouvait-il soudain *voir* autant d'endroits ? Ces villes éloignées des montagnes où il vivait en autarcie avec ses compagnons, loin de tout ?

Désirait-il seulement connaître la réponse à cette question ? Il n'en était pas sûr, songea-t-il en s'installant dans l'unique fauteuil de la pièce.

Lorsqu'il avait commencé à appréhender l'espace qui l'environnait, il avait d'abord ressenti de la répulsion pour la nudité de ces pièces. Il avait eu l'impression d'être en prison, alors même qu'il n'avait aucun souvenir d'avoir vécu une quelconque expérience d'enfermement. Mais, par la suite, il en était venu à apprécier la sobriété de cet endroit. Les murs blancs, le mobilier minimal, en bois brut. Le silence.

Un bruit de pas l'arracha à ses pensées. Face à lui se tenait celle qui prétendait être sa femme.

Tout parut soudain plus blanc, autour d'elle, bien qu'elle fût entièrement vêtue de noir. Ses yeux bleus rivés aux siens, les lèvres légèrement entrouvertes, elle s'avança vers lui la tête haute.

— Je n'ai pas de femme, décréta-t-il, presque brutalement.

Puis il resta silencieux, assis dans son fauteuil. Mais elle n'en parut pas embarrassée.

En fait, elle semblait plutôt étonnée. Et un peu agacée.

— Vous plaisantez, je suppose, dit-elle tout à coup, d'une voix à peine audible.

Ses yeux étaient fascinants. Leur bleu lui rappelait les ciels d'été sur lesquels se découpaient les sommets enneigés des hautes montagnes.

— Je ne suis pas du genre à plaisanter.

Du moins, il ne l'était pas depuis quatre ans.

— Combien de temps avez-vous l'intention de rester caché ici ? demanda-t-elle en soutenant son regard.

— Pourquoi voudriez-vous que je m'en aille ? répondit-il lentement. Et je ne me cache pas. Je suis chez moi, ici.

Elle laissa échapper un petit rire bref dénué d'humour.

— Vous possédez de nombreuses résidences, répliqua-t-elle avec une pointe de dureté dans la voix. J'aime beaucoup l'appartement avec terrasse de Rome, mais il y a aussi le domaine viticole de Nouvelle-Zélande. L'île du Pacifique sud. L'hôtel particulier parisien, la majestueuse demeure victorienne de Londres et la villa de Grèce. Sans oublier ces immenses terres dont votre famille est propriétaire, au Brésil. Vous avez des points de chute sur tous les continents, mais aucun d'eux ne ressemble de près ou de loin à une cabane en rondins perdue au milieu de nulle part.

S'interrompant, elle regarda autour d'elle en haussant les sourcils.

— S'agit-il d'un refuge ? Est-ce ici que vous vous êtes retiré pendant quatre ans, fuyant toutes vos responsabilités ?

Lorsqu'elle posa de nouveau les yeux sur lui, son regard se fit plus acéré.

— Si vous aviez l'intention de disparaître, pourquoi vous être donné la peine de m'épouser ? Pourquoi ne vous êtes-vous pas volatilisé *avant* le mariage ? Vous devez bien savoir à quoi je me suis retrouvée confrontée durant tout ce temps. Que vous avais-je fait pour mériter d'être livrée à cette bande de requins ?

— Vous vous adressez à moi comme si vous me connaissiez…

— Non, je ne vous connais pas, le coupa-t-elle sèchement. C'est cela, le pire. Si vous désiriez vous venger de votre horrible famille en leur sacrifiant une victime condamnée à se débrouiller seule avec votre entreprise, pourquoi m'avoir choisie ? J'avais *dix-neuf* ans ! Et vous ne serez pas surpris d'apprendre qu'ils ont tenté de me dévorer toute crue.

Une sorte de déchirure s'était produite en lui, accentuée par chacune des paroles prononcées par cette femme.

— Je ne vous ai pas choisie, rétorqua-t-il en se levant. Je ne vous ai pas épousée. J'ignore complètement qui vous êtes. La seule chose que je sais, c'est que je suis le Comte.

— Non, vous n'êtes pas comte, affirma-t-elle, le menton haut.

La certitude colorant sa voix fit naître une appréhension terrible en lui. Ou, pire encore, une sensation d'exaltation. D'euphorie.

— Votre famille a certes flirté avec l'aristocratie, et ce depuis très longtemps, mais vous ne possédez aucun titre de noblesse. Votre mère aime à proclamer qu'elle descend des Médicis, mais personne ne l'a jamais prise au sérieux à ce sujet. On se garde bien de la contredire, pourtant. Après tout, ne dit-elle pas qu'elle irait jusqu'au meurtre pour se débarrasser des impudents qui font obstacle à ses désirs ?

Un vertige le gagna. Son pouls battait à ses tempes. Cette femme était responsable de son trouble. Il aurait dû lui demander de partir. Maintenant.

Alors pourquoi s'avançait-il vers elle au lieu d'appeler Robert pour qu'il la fasse sortir de chez lui ?

Comme il s'arrêtait devant elle, l'inconnue le défia de plus belle, pas du tout intimidée.

La déchirure s'agrandit encore, la béance se transforma en gouffre.

— Pourquoi continuer à jouer la comédie ? demanda-t-elle sans ciller. Je ne suis pas dupe et sais très bien qui vous êtes. Inutile de me demander de m'en aller, parce que je ne repartirai pas sans vous, Leonidas.

Leonidas... Un nouveau vertige le gagna, si intense qu'il ferma un bref instant les yeux. Quand il les rouvrit, il brûlait de poser les mains sur la ravissante inconnue...

Que lui arrivait-il, bon sang ?

— J'avoue trouver votre audace presque rafraîchissante, dit-il lentement.

— Je n'ai pas peur de vous, répliqua-t-elle avec calme.

Il la dévisagea en silence. Non, cette femme ne devait pas avoir peur de grand monde ni de grand-chose. En outre, l'effet qu'elle produisait sur lui le stupéfiait. Il devait faire un effort pour ne pas tendre les mains vers ce visage, dénouer ce chignon élégant, glisser les doigts dans les cheveux aux reflets dorés. Il brûlait de goûter à la bouche qui osait le défier.

— D'après les informations que j'ai pu obtenir, vous avez disparu après avoir eu un accident d'avion, continua-t-elle avec le même aplomb. Votre famille vous croit mort. J'ai cru à votre décès, moi aussi. Et pourtant vous êtes là, face à moi, bien vivant et en bonne santé. Caché au sein d'une communauté perchée sur une montagne, au fin fond de l'Idaho, pendant que la situation compliquée que vous avez laissée derrière vous devient de plus en plus difficile à gérer.

Il éclata de rire.

— Pour qui me prenez-vous, exactement ?

— Je ne vous prends pour personne, riposta-t-elle, les yeux étincelants. Je sais qui vous êtes.

Était-ce à cause de ce regard flamboyant qu'il lui posa les mains sur les hanches pour l'attirer vers lui ?

— Je vous ai reconnu dès que j'ai vu les photos, continua-t-elle. Je ne comprends pas comment vous avez pu vous dissimuler pendant aussi longtemps. Vous êtes l'homme le plus identifiable de la planète.

— Je suis le Comte, répéta-t-il d'une voix sourde. Et...

— Et moi, Susannah Forrester Betancur, l'interrompit-elle.

Mais au lieu de chercher à se dégager elle se haussa sur la pointe des pieds et rapprocha le visage du sien.

— Je suis votre femme, Leonidas. Vous m'avez épousée il y a quatre ans avant de m'abandonner le jour même de nos noces, avec l'élégance et le charme qui vous caractérisent.

— Impossible. Je ne suis pas…

— Vous n'êtes pas comte, le coupa-t-elle de nouveau. Vous êtes Leonidas Cristiano Betancur, héritier de la dynastie et de l'entreprise familiales. Ce qui fait de vous l'un des hommes les plus fortunés du monde et un individu si puissant qu'on a tenté de se débarrasser de vous — le criminel étant probablement un membre de votre famille.

Son cœur battait à tout rompre, à présent. Une migraine terrible le taraudait.

— Je ne suis pas celui que vous croyez…

— Au contraire, vous êtes exactement celui que je crois, et il est grand temps que vous reveniez à vos devoirs, Leonidas.

Un son lancinant lui transperça les tympans. Un démon s'était-il emparé de lui, le poussant à attirer cette femme contre lui, comme s'il était devenu un autre ? Le mari de cette femme, comme elle l'affirmait.

Perdant tout contrôle, il se pencha pour goûter enfin à sa bouche…

Soudain, tout bascula. En lui et autour de lui.

Un baiser et tout lui revint à la mémoire.

Il se rappela qui il était. Comment et pourquoi il était venu dans cette région. Il se remémora les derniers instants de ce fichu vol, se souvint de la jeune épouse adorable, laissée sans regret. Parce qu'il était alors ce genre d'homme. Redoutable et concentré sur ses objectifs, quoi qu'il advienne.

Il était Leonidas Betancur et non un comte de pacotille. Et il avait passé quatre ans dans une communauté

21

d'hommes dont il ne partageait ni les valeurs ni les principes, pourtant dignes de respect.

Bouleversé, il embrassa Susannah à pleine bouche. La jeune innocente qui, dès son adolescence, lui avait été jetée en pâture par ses méprisables parents, ainsi que par sa propre famille, qui avait envisagé leur union comme une aubaine. La jeune vierge lui avait été offerte en sacrifice, alors que lui-même avait perdu sa naïveté dès le plus jeune âge.

Son salaud de père y avait veillé.

Repoussant les pensées qui tourbillonnaient dans son esprit, Leonidas approfondit son baiser, se repaissant du goût enivrant de la bouche qui s'ouvrait à la sienne.

Il l'embrassa avec fièvre, encore et encore, jusqu'à ce que Susannah fonde contre lui, les mains agrippées à sa nuque. Il l'embrassa jusqu'à ce qu'elle pousse d'adorables petits gémissements qu'il recueillit dans sa bouche, sur sa langue.

Les yeux clos, il la revit le jour de leur mariage, nimbée de mousseline blanche et le dévorant de ses immenses yeux bleus.

— Leonidas, chuchota-t-elle en écartant son visage du sien. Leonidas, je…

Les mots étaient inutiles. Il ne voulait que sa bouche.

La bouche et le corps de celle qui l'avait retrouvé dans cet endroit perdu au bout du monde. Qui l'avait ramené à la vie.

Soulevant Susannah dans ses bras, Leonidas l'emporta dans sa chambre.

Une chambre qu'il quitterait bientôt. Mais pas avant d'avoir consommé l'union célébrée quatre ans plus tôt. Il avait bien l'intention de rattraper le temps perdu et de vivre la nuit de noces dont Susannah et lui avaient été privés autrefois.

Dont *il* les avait privés.

3.

Leonidas l'embrassait avec passion et, incapable de le repousser, Susannah s'abandonnait aux délicieuses caresses de ses lèvres et de sa langue.

C'était comme si, après avoir passé toutes ces années à avancer dans un tunnel sans fin, le baiser de cet homme lui faisait redécouvrir la lumière.

Elle aurait dû l'arrêter, le repousser. Dresser des frontières. Déterminer des règles. Exiger qu'il la reconnaisse ! Susannah ne croyait pas à sa prétendue amnésie. Un homme aussi charismatique, impitoyable et *intelligent* que Leonidas n'aurait jamais pu perdre la mémoire et sombrer dans le néant.

Cet homme superbe l'avait toujours fascinée. Depuis le jour où ses parents lui avaient annoncé qu'elle l'épouserait plus tard, elle l'avait adoré de loin. Le jour de leur mariage, il dégageait une telle aura de puissance, de virilité, qu'elle n'avait pu accepter l'idée qu'il disparaisse ainsi, en l'espace d'une nuit.

Il était sorti de sa vie avant même qu'elle ait eu la possibilité de le toucher comme elle le faisait maintenant, comme elle en avait rêvé secrètement durant les trois longues années de leurs lointaines fiançailles…

Mais elle n'était plus une jeune fille naïve. Ce temps-là était révolu, et elle devait à tout prix se ressaisir. Lui faire comprendre que celle qu'il avait épousée était morte le jour où il avait disparu, remplacée par une femme déterminée et forte. Hélas, non seulement Susannah ne s'écartait pas de lui, mais elle répondait à ses baisers avec ferveur. Elle capitulait.

Quand il l'avait soulevée dans ses bras, elle n'avait pas protesté. Et voilà qu'elle agissait comme l'adolescente innocente qu'elle avait été, toute prête à se donner à son époux.

Susannah était la fille d'un riche banquier et d'une mère hollandaise qui détestait vivre en Angleterre. Plus jeune, elle avait été consciente de mener une existence protégée et n'ignorait pas que ses ambitieux parents nourrissaient de grandes espérances pour leur fille unique. Elle l'avait toujours su. Pensionnaire d'un établissement suisse, *très* isolé, *très* cher et *très* strict, elle avait grandi entourée d'héritières de divers royaumes et immenses fortunes. Si bien que le jour où ses parents lui avaient annoncé que sa destinée était d'épouser l'héritier de la famille Betancur, elle n'avait été ni surprise ni même incommodée.

Au contraire, elle avait été ravie.

Leonidas était magnifique, toutes ses compagnes s'accordaient avec elle sur ce point. Il était plus âgé qu'elle, mais bien plus jeune que certains des hommes auxquels étaient promises d'autres pensionnaires. Et, comme Susannah avait eu l'occasion de le rencontrer, elle savait qu'il était imposant, viril… et qu'un simple regard de lui la faisait frémir tout entière. En outre, il s'était montré doux et patient avec elle, même si elle avait compris à son air féroce que cette douceur dissimulait une nature farouche et indomptable.

Plus tard, devenue veuve le jour même de ses noces, elle s'était efforcée d'oublier tout ce qui l'avait charmée, chez Leonidas. Déterminée à résister au tumulte d'intrigues et de scandales dont sa belle-famille se délectait, elle s'était immergée dans le travail, puisque la direction de l'entreprise lui était brutalement échue du jour au lendemain.

La jeune adolescente naïve avait alors été emportée dans un tourbillon.

Mais pas complètement, à en juger par la faiblesse dont

elle faisait preuve dans les bras de celui qui demeurait son mari.

Réagis ! Dis quelque chose !

Aucun mot ne franchissait ses lèvres. Et, lorsque Leonidas l'eut étendue sur un lit, plus rien d'autre n'exista que lui, et la chaleur émanant de son corps viril, contre elle.

Quatre ans plus tôt, on lui avait promis une nuit de noces au cours de laquelle elle offrirait sa virginité à son époux. Au lieu de cela, elle s'était retrouvée veuve et avait vu s'ouvrir devant elle un avenir peuplé de problèmes et d'ennemis.

Ainsi que de prétendants aux motifs vils et intéressés. Susannah ne comptait plus ceux qui avaient tenté de la séduire, et dont la plupart étaient apparentés à Leonidas. Face à eux, elle avait tenu bon, assumant et revendiquant son veuvage. Elle avait affiché son deuil pour se protéger.

Or le disparu n'était pas mort. Et il s'installait maintenant sur elle, son corps mince et musclé épousant le sien. Un vertige joyeux s'empara brusquement de tous ses sens.

Ils vivaient enfin leur nuit de noces.

— Nous avons quatre ans de retard, ma belle, murmura Leonidas, en écho à ses pensées. Mais nous allons rattraper le temps perdu.

Ces paroles lui firent l'effet d'une caresse, malgré la nuance déplaisante dans la belle voix profonde, la touche d'ironie, presque sarcastique. Et, lorsqu'il reprit sa bouche avec passion, Susannah ne se posa plus aucune question.

Toute raison la déserta. Elle succomba totalement aux sensations exquises qui la parcouraient, tandis que son mari lui glissait les doigts sous la nuque et défaisait son chignon.

Comme il quittait sa bouche pour laisser ses lèvres errer sur son cou, Susannah gémit. Leonidas émit alors un rire bref, en même temps qu'il déboutonnait son manteau en cashmere et que, d'instinct, elle se redressait pour l'aider à l'en débarrasser. Ensuite, il remonta sa robe sur ses cuisses, son ventre, son buste, avant de la lui faire passer par-dessus la tête.

À présent, elle était allongée sous lui, vêtue de ses seuls sous-vêtements et de ses bottes.

Et Leonidas la contemplait d'un air... sauvage.

Susannah frémit. Elle se sentait belle et désirable.

Exposée. Offerte. Vivante.

Libérée de l'armure qu'elle portait depuis des années. La jeune fille que Leonidas avait épousée s'était muée en la femme qu'elle désirait être en secret.

— Tu es parfaite, dit-il d'une voix rauque.

Elle ferma les yeux, savourant les caresses de ses mains, de ses lèvres, de sa langue. Il referma les doigts sur un sein, en titilla le mamelon durci avant d'infliger le même tourment exquis au second. À travers la fine dentelle du soutien-gorge, sa bouche était si chaude, si... hardie que Susannah creusa les reins malgré elle pour mieux s'offrir à ces attouchements intimes.

D'un geste rapide et expert, Leonidas lui ôta son soutien-gorge, puis se concentra de nouveau sur ses seins. Cette fois, il n'y avait plus d'obstacle entre la bouche experte et sa chair excitée. Jamais Susannah n'avait ressenti pareilles sensations, pareille ivresse.

Renversant la tête en arrière, elle s'empara de la tunique écrue que portait son mari et en défit les attaches, sans se soucier des halètements qui s'échappaient de ses propres lèvres.

Soudain, il se laissa couler sur elle. Sa langue lui taquina bientôt le nombril, tandis qu'il lui soulevait les hanches.

Ensuite...

Il ne demanda pas la permission. Il ne se donna pas non plus la peine d'écarter la minuscule culotte en soie. La tête penchée, il pressa les lèvres contre son sexe.

Susannah eut l'impression de défaillir. De se dissoudre. Déjà, elle poussait des petits cris entrecoupés de halètements.

Sous les caresses de la bouche de Leonidas, elle sombrait dans la volupté, avant de renaître, à l'infini.

Tout à coup, il se redressa sur les genoux pour la débarrasser de sa culotte. Et, lorsque son visage revint vers son sexe offert, Susannah retint son souffle. Apparemment, elle n'avait eu pour l'instant qu'un *avant-goût* de la volupté.

Tout devint fabuleux. Magique.

Leonidas la léchait, là, au plus intime de sa féminité. Il soumettait sa chair excitée à un merveilleux supplice. Il la goûtait, en émettant un murmure appréciatif et terriblement mâle. Sa voix exacerbait le plaisir qui inondait Susannah. Et soudain elle sentit les longs doigts s'insinuer en elle.

— Mon Dieu…, murmura-t-elle en fermant les paupières.

Un petit rire incroyablement sexy franchit les lèvres gourmandes qui la butinaient. Cette fois, c'en fut trop. Trop de plaisir, de sensations.

Elle se sentit soulevée par une houle sauvage échappant à tout contrôle et, le souffle court, se laissa emporter par la marée qui la submergeait.

C'était divin. Elle aurait voulu que cela ne s'arrête jamais. Et, lorsque Leonidas cessa son enivrant va-et-vient, les vagues continuèrent d'ondoyer en elle.

Se forçant à rouvrir les yeux, Susannah le regarda se débarrasser enfin de sa tunique.

Un nouveau halètement lui échappa devant tant de beauté virile. Leonidas était tout en muscles fins et déliés, sans doute entretenus par des activités physiques intenses. Jusqu'à présent, elle ne l'avait jamais vu qu'en élégant costume trois pièces taillé sur mesure, mais sur Internet elle avait trouvé des photos de lui en tenue plus décontractée et même torse nu.

La réalité était encore plus impressionnante. En chair et en os, Leonidas semblait plus grand, plus puissant. Plus viril.

Une longue cicatrice blanche lui traversait le flanc droit, lui donnant l'air plus redoutable encore. Plus sexy.

Susannah en aperçut une autre, plus fine, sur la hanche, qui disparaissait sous la ceinture du pantalon.

L'accident d'avion avait laissé des traces, évidemment.

Levant le bras, elle les suivit du bout du doigt, l'une après l'autre, et s'arrêta à la lisière de l'étoffe rugueuse.

Les yeux sombres de Leonidas étincelèrent. Il était sûr de sa beauté, comprit Susannah. De son charme. De son pouvoir, sur les femmes et sur tous.

Une sensation aiguë la traversa, moitié peur, moitié excitation. Mêlée d'une autre, indéfinissable.

Quand elle avait seize ans, elle avait été chavirée par le charisme sensuel de Leonidas. Par son physique, aussi. Tout chez lui n'était que perfection, le dessin racé de ses traits, hérités de sa mère grecque et de son père espagnol. Leonidas avait également des grands-parents brésiliens d'un côté, français et perses de l'autre. La combinaison donnait un résultat prodigieux. Cet homme exsudait une beauté scandaleuse.

Et, lorsqu'il se redressa au-dessus d'elle, Susannah fut parcourue par un lent tremblement doublé d'une joie irrépressible qui prit possession de tout son être.

Après avoir ôté rapidement pantalon et caleçon, Leonidas remonta sur le lit, lui écarta les cuisses et lui souleva les jambes pour les arrimer à ses hanches étroites.

Puis il l'embrassa avec fougue jusqu'à ce qu'elle se sente marquée à tout jamais par lui. Possédée par lui. Enfin.

Comment avait-elle survécu aussi longtemps sans lui ? Sans *cela* ?

Tu dois lui dire que tu étais vierge le jour de votre mariage. Et que tu l'es toujours.

Il se moquerait d'elle, ne croirait pas qu'elle puisse ne jamais avoir connu l'amour charnel. Mais peu importait sa réaction. Il devait le savoir.

Susannah *voulut* le lui dire, mais ne parvint pas à prononcer un seul mot. Elle oublia tout, tandis qu'il lui saisissait les hanches et rapprochait sa formidable érec-

28

tion de l'orée de son sexe. Elle la sentit frémir contre sa chair excitée.

Un frisson étrange la parcourut. Trahissant un désir insoupçonné jusqu'alors. Elle entrouvrit les lèvres pour…

Au même instant, il s'enfonça en elle d'un puissant coup de reins.

Elle ne put faire semblant. Ni contrôler sa réaction. Une douleur aiguë la transperça. Son corps protesta, elle se contracta douloureusement comme pour repousser l'intrusion. Un cri échappa à Susannah.

Leonidas s'immobilisa aussitôt au-dessus d'elle. Les paupières mi-closes, le corps tendu au maximum.

Mais elle le sentait toujours en elle, au plus profond de son intimité. Il l'emplissait, lui faisant découvrir une zone inconnue de son propre corps.

— Cela faisait un sacré bout de temps, je te l'accorde, dit-il lentement, la voix crispée et furieuse à la fois. Mais cela ne devrait pas être douloureux pour autant.

— Ce n'est pas douloureux, prétendit Susannah.

Il la dévisagea pendant un long moment en silence, puis lui essuya doucement les joues. Elle le laissa faire, le souffle court. Elle n'avait pas senti les larmes venir.

— Répète, murmura-t-il.

— Ce n'est pas douloureux, chuchota-t-elle. C'est… fantastique.

Et cette fois elle ne mentait pas. Il se passait quelque chose d'extraordinaire. Une sensation inconnue se répandait en elle, autour du membre de Leonidas qu'elle sentait frémir en elle. L'impatience la gagnait, un besoin de plus en plus impérieux, qui la poussa à bouger légèrement les hanches pour mieux sentir cette merveilleuse présence en elle, au plus secret de son corps.

— D'où les larmes, enchaîna Leonidas d'un ton sarcastique. Et la façon dont tu fronces les sourcils en me regardant.

Elle ne s'en était pas même rendu compte.

— Tu peux me raconter ce que tu veux, ma belle, murmura-t-il. Ton corps me dit tout ce que je désire savoir.

Une délicieuse chaleur se répandit en elle. Leonidas lui caressait la hanche d'une main, lui repoussant de l'autre une mèche de la joue.

— La seule chose que je ne comprends pas, c'est que tu aies réussi à te préserver si longtemps, acheva-t-il.

Elle ne répondit pas, concentrée sur la sensation qui se propageait dans son sexe, son ventre, dans tout son corps.

— Je ne sais pas de quoi tu parles, chuchota-t-elle enfin. Il n'y a rien d'étonnant à ce que je sois encore vierge, puisque je suis ta veuve. Tu es mort avant de pouvoir me ravir mon innocence.

La lueur qui incendia les yeux sombres était typique de Leonidas. Avait-il vraiment oublié son identité durant quatre longues années ? Et, s'il avait été amnésique, quand avait-il recouvré la mémoire ?

— Connaissant mes cousins, j'ai du mal à le croire, dit-il lentement. Je les aurais plutôt imaginés se jetant sur ma veuve comme des rapaces.

— C'est ce qu'ils ont fait, en effet.

— Mais les sentiments puissants que tu éprouvais pour moi t'ont protégée de leurs avances empressées, répliqua Leonidas d'un ton sardonique.

La merveilleuse sensation sembla s'ouvrir en elle, se démultiplier…

— Je vais peut-être te surprendre, mais je n'aime pas tes cousins, répliqua-t-elle en refermant les mains sur ses robustes épaules. Je leur ai demandé de respecter mon deuil. À maintes reprises.

Cette fois, il éclata d'un rire guttural et sombre, presque sinistre.

— Et de qui portais-tu le deuil, ma belle ? De moi ? Tu me connais à peine. Et autant que tu le saches tout de suite : je ne vaux pas mieux que mes chers cousins.

— Tu as peut-être raison. Mais c'est toi que j'ai épousé, pas eux.

Il tressaillit contre elle. Son corps puissant fut parcouru par un long tremblement, alors que ses yeux brillaient d'un éclat indéchiffrable.

Puis tout bascula. Il donna un vigoureux coup de reins, se retira, recommença, instaurant un va-et-vient régulier. Jamais Susannah n'avait ressenti une telle tension, un tel désir, une telle chaleur. Un ravissement sauvage courait dans ses veines, pulsait dans chaque cellule de son corps, fondant tout sur son passage en un torrent de sensations bouillonnantes.

Peu à peu, elle s'accorda au rythme des assauts de Leonidas, lent et soutenu. Il tenait compte de son manque d'expérience, comprit-elle, mais il y avait quelque chose de follement excitant dans la retenue qu'il s'imposait.

La marée se souleva de nouveau en elle, plus puissante encore que la première fois. La houle monta, de plus en plus haut.

Soudain, quelque chose se libéra en Susannah et, vaincue, elle ne chercha pas à endiguer la vague qui déferlait en elle.

Peut-être regretterait-elle plus tard de s'être abandonnée ainsi, mais à cet instant le plaisir qui ruisselait en elle lui paraissait naturel. Juste. Nécessaire.

Alors, Leonidas glissa la main entre leurs deux corps soudés pour lui caresser le clitoris.

— Maintenant, ordonna-t-il d'une voix rauque.

Susannah obéit. Elle sombra, s'envola, dans un univers éblouissant.

Égarée parmi des sensations d'une intensité inouïe, elle crut entendre Leonidas crier son prénom, tandis qu'il la rejoignait dans la jouissance.

4.

Leonidas roula sur le flanc, puis descendit du lit.

Cette mascarade avait assez duré. Il devait quitter cet endroit perdu, laisser cette communauté avec ses idéaux et sa vision utopique de l'existence.

Il devait partir. Tout de suite. Même s'il brûlait de se rallonger auprès de la femme ravissante qui haletait encore de plaisir.

Car à présent il se souvenait de tout. Il savait *enfin* qui il était. Par conséquent, il ne pouvait rester un jour de plus dans cette communauté. Un univers tout autre l'attendait. Un monde où il n'était pas un pseudo-comte, mais un puissant chef d'entreprise, craint et admiré de tous.

Après s'être aspergé le visage d'eau froide, il se lava rapidement dans le petit réduit tenant lieu de salle de bains. Il avait un peu de mal à réconcilier les deux Leonidas, à vrai dire. Celui d'avant l'accident, héritier de l'une des familles les plus puissantes d'Europe, et le Comte ayant vécu à la dure, loin de tout. Mais, s'il ne parvenait pas à se concentrer, c'était aussi parce que son esprit revenait sans cesse à la femme étendue sur son lit, ses longs cheveux étalés sur l'oreiller, comme une auréole dorée entourant son beau visage aux traits fins.

Elle avait eu l'air si délicate, quand il l'avait quittée quelques minutes plus tôt. Son expression était celle-là même qu'il avait conservée d'elle. Pourtant, sous ses dehors fragiles, elle dissimulait une nature passionnée et incroyablement sensuelle. En lui faisant l'amour, il avait éprouvé des sensations intenses, presque insupportables…

Leonidas repoussa les souvenirs de leur étreinte, prit la serviette suspendue au crochet et se prépara à supporter les protestations de Susannah, quand il lui demanderait de se lever. Seigneur, pourvu qu'elle ne se mette pas à pleurer ! Il n'avait aucune expérience en matière de vierges, mais il pressentait que son épouse avait besoin… de douceur. Ce qui n'était pas sa spécialité, loin de là.

Allons, il parviendrait bien à lui témoigner un peu de compassion pour être parvenue jusqu'à lui, dans cet endroit improbable perdu au milieu de nulle part.

Alors qu'il regagnait la chambre, il découvrit qu'il n'aurait pas à lutter contre Susannah. Car elle n'était plus abandonnée sur le lit, le corps palpitant de plaisir. Elle ne sanglotait pas non plus.

En fait, elle se tenait debout, visiblement en pleine possession de ses moyens. L'air distant et indifférent, comme si rien ne s'était passé entre eux.

Rien d'important, en tout cas.

— Nous devons réfléchir à la façon dont nous allons communiquer sur ton retour, commença-t-elle avec un calme sidérant. Après avoir été déclaré mort, le P-DG de Betancur Corporation ne peut pas avoir ressuscité par miracle au sein d'une communauté nichée sur une montagne des Rocheuses. Et hors de question de laisser le public s'imaginer que tu as souffert d'une dépression nerveuse ou d'une autre pathologie de ce genre. Tu ne dois pas t'exposer à la moindre…

— Pardon ? l'interrompit Leonidas en se raidissant. Une dépression nerveuse ? Je n'ai pas l'intention de révéler à qui que ce soit que j'avais perdu la mémoire, si c'est cela qui te préoccupe.

Elle soutint son regard.

— Ce qui me préoccupe, c'est que nous allons devoir échafauder une histoire plausible pour expliquer ta disparition — je te rappelle que tout le monde te croit mort depuis quatre ans. Si nous ne prenons pas les devants, qui sait ce que les médias inventeront. Sans compter que certains ne se priveront pas de leur donner quelques idées…

Elle s'interrompit un instant avant de poursuivre :

— Tu te souviens certainement que tu as de nombreux ennemis ; ils ne se réjouiront pas de te voir réapparaître sur le devant de la scène.

Nous allons devoir échafauder…, avait-elle dit. Si *nous* ne prenons pas les devants. Qui était ce *nous* ? De qui parlait-elle, au juste ? Leonidas avait oublié qui il était pendant quatre ans — et il ne savait rien de Susannah. Ses souvenirs d'elle étaient terriblement flous, surtout comparés à la créature vibrante qui se tenait maintenant devant lui. Un souvenir vague de leur mariage lui revint, de toute la pompe entourant la cérémonie, il eut une vision fugace de cheveux blonds, de flots de mousseline blanche. Il entendit la voix de sa mère lui expliquant, après la mort brutale de son père, qu'il *devait* épouser une femme qu'il n'avait pas choisie, qu'il le *devait* à sa famille.

Apollonia, la mère tour à tour égoïste, fourbe ou extravagante, qui n'aurait jamais sacrifié quoi que ce soit et pour rien au monde. La femme cruelle qui, après avoir donné à sa brute de mari le fils qu'il attendait, n'avait rien fait pour protéger Leonidas des violences de celui-ci. La mère qu'il avait aimée malgré tout, conscient qu'il aurait dû au contraire la haïr et se méfier d'elle, et à qui il avait obéi, parce qu'il n'avait pas eu le courage de lui briser le cœur.

Ce qui était absurde, vu qu'elle n'en avait pas.

L'épouse choisie pour lui n'avait eu aucune importance aux yeux de Leonidas. Elle n'était que l'un des paramètres d'un arrangement prévu de longue date. En fait, il n'avait jamais autant songé à Susannah que maintenant. Au cours de leurs longues fiançailles, elle n'avait représenté pour lui qu'un nom et une vague silhouette d'adolescente. Leur mariage n'était qu'une fusion d'intérêts entre deux familles avides de voir s'accroître leurs fortunes déjà colossales. Rien de plus.

Il regarda Susannah nouer ses cheveux sur sa nuque. Puis elle baissa les yeux sur la serviette qui lui ceignait les hanches, remonta sur son torse, avant de le regarder de nouveau dans les yeux.

— Maintenant que je t'ai retrouvé, tu n'envisages pas de rester ici, n'est-ce pas ?

À en juger par l'assurance colorant sa voix, elle ne nourrissait aucun doute à ce sujet.

Leonidas ne jeta pas un seul regard à la chambre qui l'entourait. La pièce exiguë où il avait passé beaucoup de temps, tandis qu'il se remettait peu à peu de l'accident, mais sans parvenir à retrouver la mémoire. L'endroit où, les soirs d'hiver, il s'était réfugié, seul. Il s'y était senti bien. Il avait cru savoir quel genre d'homme il était et pouvoir s'en contenter.

— Non, répondit-il brièvement.

Il renfila son pantalon, choisit un T-shirt et un pull épais parmi les quelques vêtements rangés dans un meuble qu'il avait fabriqué de ses mains, puis chaussa ses boots en cuir naturel.

Susannah le regardait faire d'un air détaché. Si elle lui avait offert sa virginité, elle ne semblait pas troublée pour autant. Pourtant, comme il l'observait avec attention, il nota l'imperceptible tremblement de ses mains fines, et la touche de vulnérabilité que trahissait sa belle bouche sensuelle.

Ce n'était pas le moment de se concentrer sur sa ravissante épouse. Pas là. Pas maintenant.

Ils devaient quitter la communauté avant que l'un de ses membres ne s'aperçoive que le Comte se souvenait de sa véritable identité. Leonidas n'avait pas envie de se lancer dans des explications interminables. De toute façon, il avait déjà témoigné à ses compagnons sa gratitude pour l'avoir sauvé. Une fois de retour à Rome, il leur ferait parvenir un don, sous la forme de matériel agricole et de livres, par exemple. Il avait vécu suffisamment longtemps parmi eux pour savoir de quoi ils avaient besoin.

— Suis-moi, dit-il en se passant une main dans les cheveux.

Dès son arrivée, il demanderait à son coiffeur attitré de lui faire une coupe.

— Suis mes instructions et nous réussirons peut-être à nous en sortir, sans avoir à nous expliquer.

Elle le regarda en plissant les yeux.

— Tu penses qu'ils vont vouloir…

— Pas si tu fais *exactement* ce que je te dis de faire, l'interrompit-il avec impatience.

Avant de quitter la chambre, Leonidas jeta tout de même un dernier regard autour de lui. Mais ce qui s'y trouvait appartenait au Comte. Pas à lui.

Une fois qu'ils furent sortis de la petite maison de rondins, tout se passa le plus simplement du monde. Personne ne soupçonna le changement radical qui s'était opéré en lui et les quelques personnes qu'ils croisèrent les saluèrent en souriant, sans savoir que leur Comte s'était évaporé et qu'ils avaient affaire à un inconnu.

Leonidas leur expliqua que Susannah avait menti et qu'il la raccompagnait jusqu'à son véhicule pour s'assurer qu'elle s'en allait bien et ne remettrait jamais plus les pieds au sein de leur communauté.

— Elle semblait si sûre d'elle, répliqua Robert qui avait rejoint le petit groupe. Et vous sembliez si intrigué…

— En effet, coupa-t-il en souriant. Je m'étais laissé aller à croire je ne sais quoi…

Sur ces paroles, il partit d'un pas déterminé sans vérifier que Susannah le suivait bien.

Quelques instants plus tard, il descendait devant elle le chemin sinueux à flanc de montagne. Cette fois, il en avait terminé avec cette vie qu'il n'avait pas choisie. Il retournait dans l'univers qu'il n'avait jamais souhaité quitter.

Un peu plus tard, lorsque le chemin fut assez large pour leur permettre de marcher côte à côte, Susannah revint à sa hauteur.

— Dès que les journalistes apprendront que tu es

vivant, ils vont fondre sur nous comme un essaim de guêpes, déclara-t-elle avec son calme habituel.

Que s'était-il passé pour que la petite princesse naïve se transforme en une femme sûre d'elle et affichant une sérénité à toute épreuve ? Une créature sensuelle et passionnée, aussi.

— S'ils découvrent où tu as vécu pendant quatre ans, ce sera déjà catastrophique, poursuivit-elle. Mais si en plus, ils apprennent que tu as été amnésique, que tu as oublié qui tu étais et que tes compagnons t'ont affublé du titre de…

— Ne prononce plus jamais ce mot, l'interrompit-il.

Ils se dirigeaient maintenant vers une vieille jeep, au volant de laquelle était installé un homme. Sans doute un gars du coin ayant servi de guide à Susannah.

— Pas lorsque nous risquons d'être entendus, ajouta-t-il.

— Personne ne doit connaître la vérité, acquiesça-t-elle en hochant la tête. Les répercussions seraient trop dangereuses et incontrôlables.

Envolée, la collégienne timide. C'était une vraie Betancur qui marchait maintenant à ses côtés. Pendant qu'il menait une existence dure mais protégée à l'autre bout de la planète, Susannah avait été jetée en pâture à sa belle-famille. De toute évidence, cette expérience l'avait aguerrie et endurcie au lieu de la détruire.

Leonidas aurait été incapable de dire ce qu'il pensait de cette métamorphose. Tout ce qu'il savait, c'est qu'il voulait davantage de Susannah. Il lui faudrait passer du temps avec elle, afin d'explorer ce corps délectable, ces formes affolantes…

Il brûlait de rattraper ces quatre années perdues. De se débarrasser une fois pour toutes des ombres rôdant dans son esprit. Il voulait se sentir aussi invulnérable qu'il l'était qu'autrefois. Avant que le jet ne s'écrase au cœur d'une forêt de l'Idaho. Avant qu'il ne devienne le Comte.

Il désirait retrouver sa place dans le monde. Être *certain* de tous les détails de sa vie. Ceux de son mariage, pour commencer. Car sa femme était bien réelle. Elle avait parcouru des milliers de kilomètres pour le retrouver.

Mais, tout d'abord, il lui fallait ressusciter d'entre les morts.

Trois semaines plus tard, Leonidas se trouvait dans son bureau. À Rome. Chez lui.

Le siège de l'entreprise familiale occupait tout un immeuble ancien, classé et situé dans le centre historique de la ville. Son intérieur, entièrement rénové par un architecte renommé, rutilait de chrome et d'acier. Aussi Leonidas pouvait-il voir son propre reflet dans la vitre de l'immense baie offrant un panorama grandiose.

Il se souvenait précisément de cette vue et de toutes les années passées dans ce bureau à gérer la fortune familiale en perpétuelle expansion.

En revanche, il avait du mal à se rappeler celui qui s'était tenu là quatre ans plus tôt, debout devant cette même baie vitrée.

Il savait qui il était, à présent. Il se souvenait de tout. De son enfance, à l'époque où son père le « préparait » à devenir son héritier, à grand renfort de châtiments corporels. De l'insouciance délibérée de sa mère, de son indifférence affichée aux souffrances de son fils, de la manière dont rien de tout cela ne semblait jamais la concerner.

« Ton père, c'est *ton* problème », lui avait-elle dit un jour de son habituel ton désinvolte.

Certes, c'était son problème. Entre autres. Personne n'avait jamais expliqué à Leonidas en quoi consisterait précisément son destin d'héritier. Personne ne lui avait jamais demandé ce qu'il désirait. Sa mère l'avait abandonné à la *mansuétude* paternelle, ne laissant à Leonidas d'autre choix que de devenir celui que son géniteur voulait qu'il soit.

Il se rappelait tout en détail. L'enfant qui, après avoir

compris que personne ne viendrait à son secours, avait renoncé à crier dans l'espoir d'attirer l'attention. L'adolescent qui n'avait jamais tenté de sortir du chemin tracé pour lui, parce que les conséquences d'un tel acte de rébellion auraient été terribles pour lui, voire tragiques. Il avait assumé le rôle imposé par son père, s'était plié au moindre de ses diktats, jusqu'à la mort de celui-ci. Leonidas avait toujours pensé que le patriarche avait été empoisonné par sa propre méchanceté, réfutant secrètement le rapport des médecins ayant conclu à une rupture d'anévrisme.

Ses costumes trois pièces étaient confectionnés sur mesure à Milan et ajustés chez lui. Il portait des chaussures cousues main par un artisan local, qui se sentait honoré de travailler pour lui. Son coiffeur l'avait retrouvé en poussant des cris de joie — enfin, des *murmures* ravis, plutôt. Et Leonidas lui avait demandé une coupe encore plus courte que celle qu'il affectionnait autrefois.

Il s'était réhabitué à dormir dans son propre lit, meuble géant installé au centre de l'immense espace lumineux dévolu aussi bien au travail qu'au plaisir et au sommeil. Comparé à la modeste couche où il avait dormi durant quatre ans, ce lit était monumental. Et mille fois plus confortable.

Une nourriture excellente et raffinée lui était servie, à mille lieues des repas frugaux auxquels il s'était accoutumé. Il redécouvrait les vins provenant des caves familiales et des siennes, aux crus rares et millésimés. Il se réhabituait au café corsé et aux alcools forts.

Il se répétait sans cesse qu'il avait de la chance. Peu d'individus avaient eu la possibilité de considérer la vie de deux points de vue aussi radicalement différents. Enfin, certains avaient vécu ce genre d'expériences dans des circonstances autrement plus fatales.

Cette notion de chance avait soutenu Leonidas au fur et à mesure qu'il faisait sa réapparition dans le monde. Durant le long vol qui le ramenait chez lui, il avait passé presque tout son temps au téléphone avec ses avocats, répartis aux quatre coins de la planète. Puis il s'était entretenu avec sa mère, qui avait joué sa comédie habituelle et fait mine d'être ravie d'apprendre que son cher fils n'était pas mort. Sans pour autant se précipiter à Rome pour l'accueillir à son retour. Cela l'aurait obligée à quitter les îles Fidji où elle passait des vacances — bien méritées, avait-elle précisé en soupirant.

Le fait d'être occupé l'avait aidé à ne pas songer à son dernier voyage à bord d'un avion, qui s'était soldé par un crash dans lequel il avait failli perdre la vie.

Après l'atterrissage à Rome, il avait continué à se répéter qu'il avait de la chance tout au long de la conférence de presse organisée depuis le jet. Il avait répondu aux questions des journalistes avec calme, en souriant, racontant la petite histoire mise au point avec Susannah.

Ensuite, il avait décidé qu'il était grand temps de se remettre au travail et c'est alors qu'il avait découvert que sa mémoire comportait des failles.

La première fois qu'il s'en était rendu compte, il avait refusé de l'admettre. Mais il lui avait bien fallu reconnaître qu'il ne se souvenait pas de *tout*. Que certains détails lui échappaient.

S'arrachant à ses pensées, Leonidas se détourna de la baie vitrée, les mains dans les poches. Il aperçut Susannah.

Lorsqu'elle était venue le retrouver à la communauté, il ne s'était pas soucié du rôle qu'elle jouait dans l'entreprise familiale. Puis, durant le retour en jet, il avait constaté qu'elle savait qui appeler, sans la moindre hésitation. Par la suite, au cours des différentes conversations qu'il avait eues avec ses avocats, elle n'avait pas hésité à intervenir quand il le fallait, et même à couper ses interlocuteurs qui s'arrêtaient aussitôt de parler. Plus tard, au cours de la conférence de presse, Leonidas avait remarqué l'art et l'aisance avec lesquels elle gérait le retour à la vie de son défunt mari. Elle usait de son sourire serein et tranquille, ainsi que de cette éloquence toute personnelle, autant d'atouts devenus sa marque de fabrique.

Elle avait gardé la même attitude avec lui, une fois qu'ils avaient regagné son luxueux appartement avec terrasse.

Leur appartement. Car Susannah s'y était installée tout de suite après leur mariage, lui avait-elle expliqué.

— As-tu également pris ma place à la tête de l'entreprise ? avait-il répliqué.

Ils se tenaient alors l'un en face de l'autre, pas embarrassés mais presque, dans le vaste espace ouvert occupant trois étages dont il avait été si fier autrefois. Ses architectes avaient respecté le moindre de ses désirs, concrétisant la vision qu'il avait eue dès qu'il avait acheté cet immeuble, l'un des plus anciens de Rome. Ils en avaient fait une œuvre d'art privilégiant la lumière, un alliage prodigieux de confort contemporain et d'élégance, tout en respectant le caractère initial et l'architecture originelle des lieux.

Mais, ce jour-là, Leonidas n'avait vu que Susannah. La gorge sèche d'avoir beaucoup parlé durant la conférence de presse, il s'était senti étranger à lui-même, comme s'il devait à nouveau se remettre de l'horrible accident qui avait failli lui coûter la vie quatre ans plus tôt.

Peut-être ne se sentirait-il plus jamais chez lui nulle part, avait-il soudain pensé. Il ne désirait certes pas retourner sur cette montagne reculée de l'Idaho, mais il ne parvenait pas à renouer avec ses anciennes habitudes, alors qu'il avait quasiment toujours vécu à Rome.

En outre, l'épouse qu'il connaissait à peine lui paraissait plus familière que son appartement, constat qui le troublait profondément — et l'irritait. Parce qu'il ne parvenait pas à comprendre les impressions contradictoires qui se bousculaient en lui.

— Personne n'a pris ta place, avait-elle répliqué lentement.

De nouveau habillée tout en noir, teinte faisant ressortir ses cheveux blonds et ses yeux bleus, elle était d'une beauté saisissante. Stupéfiante, même. Elle dégageait une aura d'assurance, d'autorité, qui l'avait amené à penser que personne ne se serait sans doute permis de ne pas la prendre au sérieux.

— N'essaye pas de me rassurer, s'il te plaît.

Elle avait haussé un sourcil fin et arqué.

— Tu es mort avant de pouvoir modifier ton testament et ce sont donc les dispositions agréées en amont de notre mariage qui ont été prises, m'a-t-on assuré de tous côtés. Par conséquent, toutes les responsabilités m'incombaient et j'ai estimé de mon devoir de les assumer, Leonidas. Et je n'ai pas jugé nécessaire de nommer un nouveau P-DG pour te remplacer. Bien que, comme tu peux l'imaginer, les candidats n'aient pas manqué au fil des années.

— Tu as tenu bon pendant quatre ans. C'est long.

— Nous n'avons commencé à envisager ton remplacement que récemment… Il y a dix-huit mois environ, répliqua-t-elle avec l'un de ses satanés sourires sereins.

— C'est absurde. Je suis certain que mes cousins…

— Tes cousins débordaient d'idées, l'interrompit-elle avec un léger haussement d'épaules. Ils sont très doués pour brandir leurs droits, mais beaucoup moins pour les faire valoir avec dignité. Malheureusement pour eux, et bien qu'ils fassent partie de ta famille, c'est moi qui ai conservé le vote décisif.

Non, il ne s'était pas trompé, se dit Leonidas en revenant au présent. Il aurait été imprudent de sous-estimer celle qui n'avait cessé de le surprendre depuis le premier instant où elle était réapparue dans sa vie.

Il la regarda s'avancer dans l'allée centrale de l'étage réservé aux cadres de très haut niveau. La lumière se déversant par les baies vitrées nimbait ses cheveux et sa mince silhouette d'un halo vaporeux. Elle portait une robe ajustée mi-longue en jersey, pas noire mais presque, bleu nuit, et des bottines noires à tige courte et à bout pointu. Malgré les talons aiguilles d'une hauteur impressionnante, elle semblait aussi à l'aise qu'en baskets. La robe à manches papillon épousait la courbe de ses fines épaules. Une élégance racée se dégageait d'elle, attirant les regards, bien qu'une barrière invisible semblât la séparer du monde extérieur.

Le désir flamba en lui. Leonidas brûlait de la goûter de nouveau. Partout. De vérifier que, sous ses airs sereins et détachés, la passion couvait encore et ne demandait qu'à s'embraser.

Serrant les poings dans ses poches de pantalon, il la vit sourire et saluer différentes personnes au passage. Ses regards n'étaient pas amicaux, remarqua-t-il. Mais calmes et francs.

Il essaya de l'imaginer faisant face à sa famille, après sa mort supposée. Ses cousins sournois et retors avaient dû voir une intervention divine dans sa disparition, une chance inespérée de s'emparer enfin de ce qu'ils considéraient comme leur dû. Sa manipulatrice de mère en avait profité pour consolider son pouvoir, évidemment, tout en affichant le deuil de son fils — au moins en public —, ravie que l'on s'intéresse à elle. Ses directeurs avaient sans aucun doute formé des alliances, comploté en secret.

Tout ce beau monde censé représenter l'élite européenne avait montré sa bassesse, sa cupidité et son inclination à la débauche. Ces gens jouissaient sans retenue et sans limites de leurs possessions. Peu importait qu'ils aient détruit des existences, voire des vies, pour les obtenir.

Mais apparemment une jeune fille de dix-neuf ans leur avait tenu tête.

La femme qu'elle était devenue poussa la porte de verre et la laissa se refermer sans bruit derrière elle. Ils se retrouvèrent seuls dans le vaste espace insonorisé.

Et, lorsque, un grand sourire aux lèvres, elle le dévisagea en silence, Leonidas fut traversé par un courant étrange.

Il s'agissait d'apparences, se rappela-t-il. Si importantes aux yeux de son épouse. Elle jouait un rôle. Elle souriait pour donner le change à ceux qui occupaient les bureaux alentour et les observaient à travers les parois vitrées, avant de se livrer à tous les commérages possibles sur leur couple. Un homme qui aurait dû être mort et sa femme abandonnée le jour même de leur mariage.

— Ta secrétaire m'a informée que tu souhaitais me voir, dit Susannah.

Sans attendre sa réponse, elle se dirigea vers le coin salon aménagé devant la large baie vitrée et s'installa sur l'un des sofas en cuir.

— En effet.

— Tout se passe bien, tu ne trouves pas ? demanda-t-elle en croisant les mains sur ses genoux. Tes cousins ont un peu de mal à feindre d'être heureux de ta résurrection, mais tous les autres ont cru sans difficulté à notre petite histoire.

— Par *tous les autres*, tu veux parler du monde extérieur, je suppose. Les tabloïds et ceux qui les lisent.

— Pas seulement. On parle de toi sur tous les réseaux sociaux. Le fait de ressusciter d'entre les morts semble passionner, voire enchanter, le monde entier.

Elle avait raison, mais ce cynisme répugnait à Leonidas. À moins qu'il ne s'agisse d'autre chose. Dès qu'elle se trouvait à proximité de lui, il n'avait qu'une envie : la prendre dans ses bras et la caresser comme il l'avait fait dans cette chambre spartiate. Ça avait été elle la novice, mais c'était lui qui ne parvenait pas à oublier leur folle étreinte.

Après leur arrivée à Rome, Susannah avait gardé ses distances vis-à-vis de lui. En public, elle se montrait toujours disponible quand il avait besoin d'elle, mais une fois de retour à l'appartement ils se voyaient à peine. En fait, elle occupait l'une des chambres d'amis depuis quatre ans. Lorsqu'il lui avait demandé un soir pourquoi elle l'évitait, elle s'était contentée de répondre en souriant qu'il avait besoin de temps pour se réhabituer à sa vie d'autrefois et que, par conséquent, elle ne voulait pas le déranger.

Cette situation impossible irritait Leonidas au plus haut

point. Et il préférait ne pas s'interroger sur les causes de ses propres réactions.

— Je suis contente que tu m'aies fait venir, reprit-elle. Car je désirais justement te parler. Je ne voudrais pas brusquer les choses, mais je ne crois pas qu'il soit nécessaire de faire durer la situation trop longtemps.

Il devait lui parler maintenant, sinon il ne le ferait jamais. D'abord, il avait refusé de croire à ce qui se passait. Il s'était dit que son problème était lié au stress, ou qu'il se sentait un peu dépassé — ce qui ne lui était jamais arrivé de sa vie. Mais le problème persistait et il ne pouvait le cacher plus longtemps à son épouse. Le matin même, alors qu'il participait à une réunion, il avait reconnu les noms inscrits sur la liste fournie par sa secrétaire, mais sans pouvoir associer noms et visages.

— Il y a des failles dans ma mémoire, dit-il d'un ton brusque. Autrement dit, j'ai des blancs.

Susannah le regarda en battant des cils ; il crut la voir se raidir sur le sofa.

— Des blancs ?

— Je sais qui je suis. Qui tu es. Et j'ai reconnu ma mère quand elle a enfin daigné réapparaître il y a quelques jours, dans tous ses états.

— On n'oublie pas facilement Apollonia. Même si on peut le regretter de temps en temps.

— Mais il y a des choses dont je n'arrive pas à me souvenir. Beaucoup trop.

Voilà. C'était dit. Il avait reconnu sa faiblesse et n'avait plus qu'à attendre qu'on lui tombe dessus. Comme son père l'aurait fait, le forçant à plier devant lui.

Mais rien de tel ne se produisit.

Susannah se contenta de le regarder d'un air indulgent, comme si elle était disposée à attendre la suite aussi longtemps qu'il le faudrait.

— Des visages. Des noms. Des décisions que j'ai manifestement prises avant mon accident.

Il haussa les épaules.

— Certaines choses m'échappent. Complètement.

— Tu peux me donner un exemple ?

— Eh bien, je participais ce matin à une réunion avec les directeurs généraux et je n'ai reconnu aucun d'entre eux. Pourtant, ils n'ont pas tous été embauchés durant mon absence.

— Non, en effet, reconnut-elle en fronçant les sourcils. Se sont-ils rendu compte que tu ne les reconnaissais pas ?

— Ce serait très mauvais pour mon image, j'en suis conscient, répliqua-t-il d'une voix crispée.

Elle n'avait pas bougé, mais cette fois Leonidas fut certain qu'elle s'était raidie encore davantage.

— Espérons qu'ils n'aient rien remarqué.

Sur ces mots, Susannah pinça les lèvres d'un air si sévère qu'il eut l'impression d'être un gamin réprimandé par son institutrice.

— J'ai réussi à me débrouiller, mais je crains de me retrouver rapidement dans une situation où je ne pourrai pas donner le change.

Elle garda le silence quelques instants.

— Le médecin t'a-t-il parlé de séquelles éventuelles ? As-tu évoqué la question ?

À son retour, Leonidas n'avait pas eu l'intention de voir un praticien, mais il avait fini par accepter de consulter l'un de ceux qui s'occupaient de la famille depuis des années. On ne lui aurait pas fichu la paix, sans cela.

— Il est possible que je ne me souvienne jamais de l'accident d'avion, mais c'est probablement aussi bien ainsi. Le médecin m'a affirmé que les souvenirs manquants reviendraient peu à peu, jusqu'à recouvrer complètement la mémoire, ou presque. Mais le temps presse.

Elle plissa légèrement le front.

— Pourquoi ? Tu as au contraire tout ton temps, non ?

— Oui, jusqu'à ce que la vérité éclate, dit-il lentement. Tu es la seule à la connaître, Susannah. Avec le médecin que j'ai consulté, du moins. Mais je doute qu'il ose désobéir à mon ordre de garder le silence. Il aurait trop à perdre, ne serait-ce que sur le plan financier.

S'interrompant un instant, il scruta le regard de son épouse.

— J'ai besoin de toi, dit-il crûment, la voix terriblement sombre.

Cette fois, elle tressaillit, battit des cils, avant de se ressaisir aussitôt.

— De toute évidence, tu as beaucoup travaillé, durant les quatre dernières années, poursuivit Leonidas. Par conséquent, l'entreprise ne doit plus avoir le moindre secret pour toi ?

Les yeux bleus de Susannah s'assombrirent.

— Je n'avais pas le choix. C'était cela ou me laisser dévorer.

— Tu me serviras de guide, enchaîna-t-il en s'efforçant de dissimuler son soulagement. Tu me couvriras quand ma mémoire me fera défaut.

Une expression indéchiffrable se peignit sur le visage fin de Susannah.

— Vraiment ?

Il s'avança vers elle.

— En temps normal, cela pourrait paraître étrange que j'emmène mon épouse partout avec moi, mais puisque tu as fait office de P-DG durant mon absence personne ne s'en étonnera.

— Et comment allons-nous procéder ? Par contacts télépathiques ? En recourant au langage des signes ? À moins que tu n'envisages que je te transmette des informations en morse, en battant des cils ?

Son attitude détachée n'avait rien de naturel, comprit Leonidas en l'observant. Elle était tout sauf sereine. Curieusement, cela le troubla.

— Tu pourrais simplement saluer en premier la personne qui se présentera à nous, et en utilisant son nom.

Elle resta silencieuse, l'air toujours impassible, mais il la sentit se rebeller intérieurement.

— Qu'en penses-tu ? insista-t-il.

— Cela nous aiderait de connaître le temps qu'il te faudra pour recouvrer la mémoire. Complètement ou dans sa quasi-intégralité.

Leonidas ne lui fit pas remarquer qu'elle avait esquivé sa question.

— Le cerveau humain fait ce qu'il peut, répliqua-t-il avec calme, mais les mâchoires crispées. Je comprends que mon amnésie partielle te pose problème, mais crois bien que la situation est encore plus difficile pour moi.

Comme elle hochait la tête, il fut traversé par un mauvais pressentiment.

— Et toi, de quoi souhaitais-tu me parler, Susannah ?

— Eh bien…

Cette fois, il ne crut pas une seconde à son expression sereine.

— C'est un peu embarrassant, mais voilà : je désire divorcer.

5.

Susannah se maudit de ne pas avoir réprimé le léger tremblement qui avait affecté sa voix. Leonidas l'avait perçu, naturellement, et il profiterait de cet instant de faiblesse passagère.

Immobile, il la regardait en plissant les yeux. Plus beau que jamais, il dégageait cette aura virile et sensuelle qui accentuait encore son charme puissant. Chaque fois qu'elle se retrouvait à proximité de lui, elle frissonnait comme l'adolescente naïve d'autrefois, fascinée par son merveilleux fiancé.

Ce qui s'était passé dans la petite maison en rondins avait été suffisamment néfaste. Depuis cette étreinte aussi passionnée qu'absurde, Susannah se reprochait chaque jour d'avoir succombé au désir insensé qui s'était emparé d'elle. Que lui était-il arrivé ? Comment avait-elle pu céder aussi rapidement à un homme qu'elle connaissait à peine ? Sur le moment, elle s'était dit qu'ils vivaient leur nuit de noces, mais cela n'avait été qu'un leurre. L'individu retrouvé dans cette communauté lui était encore plus étranger que le mari choisi pour elle quatre ans plus tôt.

Elle n'avait *aucune* excuse pour s'être comportée ainsi. Et Leonidas ne saurait jamais que ses nuits étaient peuplées de rêves torrides dont elle se réveillait brûlante de désir. Elle devait alors s'enfermer dans sa chambre, de peur d'être tentée de rejoindre celui qui hantait son sommeil.

Comme elle s'y attendait, le retour de Leonidas avait tout changé.

49

Les médias s'étaient déchaînés en apprenant qu'il avait été retrouvé vivant. Les journalistes, la police et le conseil d'administration étaient sur les dents. Sa famille s'était trouvée prise de court, mais tous avaient joué la comédie comme à leur habitude. Quant à Susannah, elle considérait ce retour uniquement comme un moyen de se libérer enfin.

Elle avait été veuve durant ces quatre années de pseudo-mariage. Et, pour survivre, elle avait délibérément gardé ce statut.

Mais, puisque son époux avait repris sa place dans la famille et l'entreprise, elle serait bientôt libre. N'en déplaise à Leonidas, qui la contemplait à cet instant avec l'air d'un prédateur.

— Je n'ai pas bien entendu, dit-il avec froideur. Pourrais-tu répéter, s'il te plaît ?

Elle espérait de tout cœur que sa voix ne tremblerait pas, cette fois…

— Je crois au contraire que tu as parfaitement entendu. Je désire divorcer. Et le plus tôt sera le mieux.

— Nous n'avons pas eu le temps d'être mariés.

— C'est l'impression que tu as, parce que tu avais *oublié* que tu l'étais, répliqua-t-elle en se forçant à sourire. Mais, être une Betancur durant quatre ans, c'est vraiment très long, je t'assure.

Il inclina légèrement la tête.

— Je comprends que ma famille puisse te répugner. Ceux qui la composent sont au mieux des êtres désagréables, malfaisants et manipulateurs. Mais…

— Leonidas…

— C'est avec moi que tu es mariée, Susannah. Pas avec eux.

— Cet argument aurait pu me convaincre il y a quatre ans, répliqua-t-elle, parcourue par un nouveau frisson.

En réalité, aujourd'hui encore, les paroles de Leonidas ne la laissaient pas indifférente, loin de là. Elle ne parvenait pas à rester de marbre, face à lui.

Pourquoi réagissait-elle ainsi, bon sang ? Durant toutes ces années, elle avait multiplié les efforts pour retrouver son mari disparu avec une seule idée en tête : s'échapper de cette existence choisie pour elle par ses parents. Et, à présent qu'elle avait enfin la possibilité d'être libre, son corps se rebellait. Quand elle se trouvait avec Leonidas, ses seins réclamaient des caresses, son corps tout entier frémissait. Le désir la consumait. Au point qu'elle craignait parfois que Leonidas ne s'en aperçoive.

— J'étais une adolescente malléable, à l'époque, poursuivit-elle d'une voix raffermie. Mais tout cela appartient désormais au passé.

— En effet, rétorqua-t-il lentement. Il s'agit maintenant du présent.

Alors qu'il n'avait pas bougé d'un centimètre, elle avait l'impression qu'il envahissait tout l'espace, l'empêchant de respirer.

— Et j'ai désespérément besoin de toi, continua-t-il. Me refuseras-tu ton aide ?

Susannah parvint à sourire d'un air détaché.

— Oui, je préférerais que nous en restions là.

— Dis-moi, Susannah, pourquoi m'avoir fait rechercher ? demanda-t-il après l'avoir observée un instant en silence. Pourquoi être venue jusque dans l'Idaho, avoir parcouru tout ce chemin dans la montagne alors que tu aurais très bien pu rester tranquillement ici ? Tout le monde me croyait mort. Tu aurais pu me laisser là-bas et personne n'aurait jamais su ce qu'il était advenu de l'héritier Betancur. Pas même moi.

— Je désire vraiment divorcer, affirma-t-elle, le plus posément possible.

Mais sa voix vibra d'un accent rauque.

Elle ne voulait pas avoir cette conversation. De façon stupide, elle s'était dit qu'il n'y aurait pas de discussion. Après tout, Leonidas ne la connaissait pas. Il ne pouvait pas souhaiter développer une relation avec elle. En tout cas, il ne l'avait pas envisagé autrefois, Susannah en était certaine. Par conséquent, ils étaient des étrangers l'un pour l'autre, point final.

C'était le moment idéal pour tirer un trait sur cet étrange mariage arrangé, voué à l'échec dès le départ. Tous deux pouvaient maintenant évoluer chacun de leur côté.

Mieux valait se séparer maintenant. Elle n'avait aucune envie d'analyser les raisons pour lesquelles elle s'était jetée dans les bras de cet homme, après avoir préservé sa virginité durant tout ce temps. Car, pendant quatre ans, elle avait repoussé l'un après l'autre les cousins de Leonidas. Ceux-là lui avaient pourtant fait une cour empressée, déterminés à la convaincre qu'ils étaient tombés amoureux de son sourire, ou de son rire, ou encore qu'ils avaient été séduits par sa détermination à porter le noir, qui lui allait si bien… Elle n'avait pas été dupe, heureusement.

Elle pouvait se targuer d'avoir toujours été lucide. Et, si Leonidas avait perdu la mémoire, ce n'était pas son cas à elle. Pourtant, elle avait bien perdu le contrôle avec lui, lors de leurs retrouvailles, et ne pouvait se pardonner ce moment d'égarement.

Après lui avoir offert sa virginité, elle avait dû feindre l'indifférence vis-à-vis de Leonidas. Mais elle craignait fort de ne pouvoir continuer à jouer la comédie bien longtemps. Parce qu'à le côtoyer ainsi Susannah mettait sa raison à rude épreuve.

Par conséquent, il lui fallait s'en aller avant de craquer. Elle voulait s'échapper de cet enfer où elle n'avait jamais souhaité passer le restant de ses jours. Peu importait que ses parents soient déçus, et furieux. Elle refusait désormais d'être utilisée comme un simple pion et de devoir supporter les manigances et les extravagances d'Apollonia, son goût pour le mélodrame permanent. Elle ne tolérerait plus d'être considérée comme une proie par les horribles cousins de Leonidas. Elle en avait plus qu'assez de cette atmosphère délétère et de l'avidité malsaine qui l'entourait de toutes parts.

Pendant quatre ans, Susannah s'était crue investie

d'une responsabilité envers son mari disparu. Peut-être à cause des fantasmes qu'elle avait nourris, lorsqu'elle était adolescente. Quoi qu'il en soit, elle avait pris son rôle au sérieux et, si elle avait aussi bien réussi, c'est parce qu'elle avait agi tout en se gardant de rien ressentir. Elle s'était protégée de la violence qui l'entourait.

Elle avait découvert la véritable nature de ses parents le soir même de son mariage. Au lieu de lui apporter du réconfort, ils lui avaient donné l'impression d'être insignifiante. Peu après, elle avait été amenée à comprendre les complexités de sa belle-famille dans leurs détails les plus répugnants, ainsi que les rouages de Betancur Corporation, tout aussi complexes. Ce qui s'était passé par la suite n'avait fait que confirmer l'opinion qu'elle s'était forgée de toute la clique.

Elle avait tout enregistré, mais avait érigé un rempart autour de son cœur. La seule chose qui l'avait véritablement meurtrie, c'était la perte de ses rêves. Mais elle s'était ensuite persuadée qu'ils n'avaient pas été réels. Grâce à cela, elle s'était découvert des forces inconnues qui lui avaient permis de se retrouver à la tête d'une entreprise multinationale — et d'y rester.

Cependant, lorsqu'elle était arrivée dans cette communauté après avoir contenu ses émotions si longtemps, le choc avait été trop violent.

Durant le retour en jet, Susannah avait tenté de se persuader qu'elle avait été bouleversée par le dépaysement géographique et culturel, et que l'épisode absurde de la petite maison en rondins n'aurait pu se produire ailleurs.

Mais elle avait dû réviser son jugement quand, réveillée chaque nuit, elle s'était barricadée dans sa chambre, le cœur battant sauvagement et avec cette sensation impossible frémissant entre les cuisses.

Trop de désirs bouillonnaient encore en elle. Trop de passion.

Elle savait aujourd'hui que si elle restait avec Leonidas ces désirs malvenus ne feraient que s'accroître, alors que son époux se lasserait vite d'elle. Sa mère ne le lui avait-elle pas prédit, la veille de son mariage ?

— Leonidas est un homme raffiné, cultivé et fabuleusement riche, avait commencé Annemieke Forrester en s'asseyant sur le bord de son lit. Et tu ferais bien d'admettre dès maintenant qu'il a par ailleurs, et comme tous ses semblables, un appétit sexuel particulièrement développé.

Voyant Susannah rougir, sa mère avait éclaté de rire.

— Tu n'es qu'une adolescente inexpérimentée, ma fille. Par conséquent, n'espère pas suffire à un homme aussi viril que Leonidas.

— Mais…, avait-elle murmuré. Il va devenir mon mari…

— Tu apprendras vite que ton pouvoir dépendra de la grâce avec laquelle tu ignoreras ses aventures extra-conjugales, avait enchaîné Annemieke d'un ton désinvolte. Si tu sais accepter ton époux tel qu'il est, tu obtiendras son respect.

— Son respect ?

— Ton rôle consiste à lui donner un héritier. Ta virginité est ton cadeau de mariage. Par la suite, tu feras tout pour tomber enceinte en restant jolie. Je le répète : tout est question de *grâce*, Susannah. Concentre-toi sur cette notion. Aucun homme n'est attiré par une femme enlaidie par la jalousie et l'amertume, ou qui ressasse des idées de divorce. Tu jouiras de privilèges que nombre de femmes t'envieraient. Alors je te conseille de profiter au mieux de la chance qui t'est offerte.

— Je pensais que le mariage serait…

— Qu'il serait quoi ? l'avait interrompue sa mère avec dédain. Un conte de fées ? Leonidas se lassera de toi, ma fille, et vite. Laisse-le faire. Peu importe qu'un homme aille voir ailleurs. Ce qui compte, c'est qu'il revienne. Avec le temps, il te reviendra plus souvent qu'il ne te quittera, et il le fera d'autant plus volontiers que tu lui auras épargné les scènes et les reproches.

Sa mère avait eu raison. Leonidas avait paru être las de sa jeune épouse dès le jour de leur mariage. Et il était resté le même depuis. Son amnésie n'avait rien changé. L'homme qu'elle avait épousé n'était pas un sentimental et ne le serait jamais.

Sa beauté avait mûri. Son accident et ces quatre années passées dans les Rocheuses l'avaient rendu encore plus attirant. Mais il avait gardé la même dureté et la même insensibilité.

Et Susannah n'était plus une adolescente. Elle ne croyait plus aux contes de fées. La vie s'était arrangée pour lui en ôter le goût.

À présent, elle ne désirait plus qu'une chose : être libre.

— Tu dois bien savoir que le divorce est impossible si tôt après mon retour…, commença Leonidas d'une voix sombre.

Un éclat sardonique traversa son regard.

— Songe aux commentaires, Susannah. Aux médias.

— J'y ai pensé, répliqua-t-elle en redressant le menton. Mais je désire retrouver mon indépendance.

Il inclina légèrement la tête de côté.

— De quoi parles-tu, exactement ? Avant de m'épouser, tu ne jouissais pas vraiment d'indépendance, si je ne m'abuse. Ni de liberté. Le pensionnat où tu as passé ton adolescence ne manquait pas de confort, je te le concède, mais ce n'était ni plus ni moins qu'une prison pour petites filles riches. Ta pureté devait être garantie, aussi y as-tu mené une existence plus protégée que dans un couvent.

— Je te retourne la question, riposta Susannah. De quoi parles-tu, exactement, quand tu dis avoir des troubles de la mémoire ?

— La sélection opérée par mon cerveau est surprenante, dit-il en arpentant le vaste espace lumineux. Impossible de me rappeler le nom de mon directeur financier, par exemple.

Il ne la regardait même pas, mais elle se sentit soudain déstabilisée.

— En revanche, je me souviens parfaitement du jour

où ton père est venu me voir, pour t'offrir à moi. Tu n'étais alors qu'une toute jeune adolescente.

— Je suis au courant et ne risque pas de l'oublier, crois-moi.

Elle regretta aussitôt sa vivacité, même si Leonidas n'y fit aucune allusion.

— Je ne t'apprendrai rien en disant que ton père n'est pas un tendre, poursuivit-il. Ni un homme bon. Or il a prétendu faire preuve de générosité, figure-toi, quand il a compris que j'étais moins intéressé par sa proposition qu'il ne l'avait espéré.

Revenant sur ses pas, il s'arrêta à quelques mètres d'elle et plongea le regard dans le sien.

— Alors il ne s'est pas contenté de me vendre sa fille. Il m'a promis qu'elle serait intacte. Pure. C'était censé être un bonus. Le sacrifice d'une vierge, rien que pour moi.

Susannah sentit ses yeux s'embuer de larmes, ce qui était absurde. Ces détails n'avaient rien de surprenant, au fond.

Pourtant, la façon dont Leonidas parlait de l'attitude de son père, de sa propre vie, renforçait son impression d'avoir toujours été utilisée. Et cela, dès son plus jeune âge.

— Les qualités ou les défauts de mon père n'ont aucune importance, dit-elle en haussant les épaules.

Elle n'avait aucune raison de souffrir de l'attitude de ses parents, puisqu'elle connaissait déjà leur vraie nature.

— Il ne s'agit plus de l'adolescente que j'ai été, et qui se croyait obligée d'obéir à ses parents. Il s'agit de *moi*, insista-t-elle. De *mes* désirs.

— Et que désires-tu ?

— La liberté, répondit-elle sans hésiter.

— Et comment imagines-tu la *liberté* dont pourrait jouir l'ancienne veuve de Leonidas Betancur ? demanda-t-il tranquillement. Crois-tu pouvoir échapper aux paparazzis ?

Un frisson incontrôlable la parcourut. Le piège se refermait sur elle. Mais au lieu de s'enfuir Susannah ne bougea pas. L'inflexion sardonique colorant la voix de Leonidas la pétrifiait ; son regard l'hypnotisait.

— Je suis ton *ancienne* veuve, en effet. Tu es bien vivant, là, en face de moi.

— Et pourtant tu portes toujours des vêtements sombres, comme si tu te préparais à de secondes funérailles.

— Les couleurs sombres et le noir me vont bien.

— Les médias ne sont pas prêts à te lâcher, Susannah. Tu resteras leur cible préférée durant un bon bout de temps, tu le sais aussi bien que moi. Où que tu ailles, ton passé te suivra partout comme une ombre.

— À t'entendre, on pourrait oublier que tu as vécu quatre ans loin de tout, sans être jamais inquiété.

Un sourire teinté d'une cruauté effrayante étira ses lèvres. Le même sourire que celui qu'il lui avait adressé le jour de leur mariage, après la cérémonie religieuse, à bord de la limousine les emmenant vers la grande réception organisée en leur honneur.

Cette cruauté non dissimulée n'avait pas empêché Susannah de le trouver fascinant. Elle avait trop besoin alors de croire à son conte de fées.

— Il n'y aura pas de lune de miel, avait-il dit alors. Je ne peux pas m'éloigner de mes affaires, vous comprenez.

Et s'apercevant sans doute qu'elle tressaillait, rougissait, il était devenu encore plus froid.

— Vous n'avez que dix-neuf ans, je sais, mais vous me remercierez plus tard de ne pas avoir tenu compte de votre jeune âge, Susannah. Tout le monde doit grandir un jour. Même les petites filles gâtées finissent par devenir des femmes.

Le souvenir de ces paroles, auxquelles elle n'avait pas songé depuis une éternité, la glaça.

— Tu possèdes un atout.

La voix de Leonidas la fit presque sursauter.

— Personne ne doit savoir que durant mon absence j'avais complètement perdu la mémoire, poursuivit-il. Ni que certains pans de mon passé m'échappent encore.

Il faut sauver les apparences, tu le sais aussi bien que moi. Sinon, les répercussions seraient trop dangereuses et incontrôlables. Et puis, nous ne pouvons sous-estimer la convoitise de mes chers cousins...

— En effet, mais je ne vois pas en quoi...

— Je n'ai pas terminé, la coupa-t-il sèchement.

Au lieu de protester, elle se tut docilement. *Stupidement.*

— Si tu souhaites divorcer, je n'y vois pas d'objection, reprit-il d'un ton neutre.

De façon perverse, elle regretta qu'il cède aussi facilement. Elle aurait presque eu envie de...

Susannah s'interdit de continuer sur ce terrain.

— Parfait, répliqua-t-elle sans ciller. Nous sommes d'accord, si je comprends bien ?

— Je t'accorderai le divorce, mais pas maintenant, déclara-t-il en la regardant droit dans les yeux.

— Tu ne peux pas me forcer à rester !

Erreur. Elle avait réagi trop vivement, une fois de plus. Une lueur farouche éclaira le regard de Leonidas. Il n'avait pas bougé et arborait toujours son arrogance coutumière et son élégance sensuelle. Mais une menace patente émanait de toute sa haute silhouette.

— Tu veux ta liberté, dit-il enfin avec un haussement d'épaules. De mon côté, j'ai besoin de ton aide et je suis prêt à te libérer dès que je pourrai me passer de toi.

— Et pourquoi ma liberté aurait-elle un prix ? ne put-elle s'empêcher de riposter.

— Parce qu'il en va ainsi dans le monde où nous vivons, ma belle. Néanmoins, si nous ne trouvions pas de terrain d'entente, alors je n'aurais d'autre choix que de recourir aux moyens dont je dispose.

Il cherchait à l'intimider. Susannah ne demanda pas de quels moyens de pression Leonidas disposait. Peu importait, après tout. Il trouverait quelque chose, ou l'inventerait. C'était comme cela que tout fonctionnait, dans ce milieu. Ils avaient la menace dans le sang.

— Merci de me rappeler d'où tu viens, dit-elle au bout

de quelques instants. Encore un peu, et je t'aurais pris pour une victime. J'étais presque désolée pour toi, mais désormais tout est clair, Dieu merci. Ta... franchise me rappelle qui tu es.

— Ton époux bien-aimé ? avança-t-il d'un ton sardonique. Celui dont tu as porté le deuil avec un tel dévouement durant toutes ces années ?

— Un Betancur, rétorqua-t-elle avec calme. Le pire de tous. Et de loin.

Le beau visage viril prit une expression plus prédatrice encore. Il y avait quelque chose de terriblement cruel dans ses traits, et d'excitant, aussi. Susannah sentait une douce chaleur l'envahir tout entière, jusqu'aux parties les plus secrètes de son corps.

Le regard de Leonidas flamboya. Il savait ce qui se passait en elle.

— Eh bien, j'ai l'impression que nous sommes d'accord sur tout, cette fois, dit-il en haussant un sourcil.

Et soudain il sourit. D'un lent sourire triomphant et sensuel. Décidément, elle aurait *beaucoup* de mal à lui résister.

6.

Susannah regardait les rues défiler derrière la vitre, les Parisiens armés de parapluies marchant sur les trottoirs d'un pas pressé.

Si seulement elle avait eu moins mal à la tête…

Comment survivrait-elle à la longue soirée qui l'attendait ? Elle aurait donné n'importe quoi pour pouvoir bondir hors de la limousine, courir sous la pluie et aller se réfugier dans son lit, sous la couette. Mais c'était impossible, hélas. Car elle se rendait avec Leonidas au gala annuel de la fondation Betancur. L'occasion pour son époux de réapparaître de façon officielle dans la haute société rassemblée pour l'événement.

Au début, personne n'avait su qu'il avait survécu à l'accident d'avion, avaient-ils expliqué à la presse. Ses funérailles avaient été une manifestation sincère de chagrin et de deuil, et non une démonstration cynique destinée à camoufler les incertitudes entourant sa disparition. Plus tard, quand on avait découvert qu'il avait survécu à l'accident d'avion, son état de santé avait été si désespéré que les quelques personnes à être au courant avaient préféré garder le silence, plutôt que de semer le trouble dans l'entreprise familiale.

— J'aurais voulu me précipiter auprès de lui, avait dit Susannah à un journaliste américain. Mais mon mari est un Betancur. Je savais qu'il comptait sur moi pour diriger son entreprise pendant que les médecins s'occupaient de lui rendre la santé.

Après cette déclaration, on lui avait attribué une « volonté de fer », ainsi que « des qualités de dirigeante hors pair », qualificatifs élogieux émanant de ceux-là mêmes qui avaient parlé d'elle en termes beaucoup moins flatteurs, quelques mois plus tôt.

Elle réprima un soupir, le regard fixé sur la pluie qui battait les vitres. Tout à l'heure, sa belle-famille défilerait au grand complet, avec son cortège de scandales et d'intrigues.

La simple perspective de devoir supporter ces individus exécrables la fatiguait. Mais, cette année, elle n'aurait pas à repousser de nouvelles demandes en mariage, c'était déjà ça.

Immobile à côté d'elle à l'arrière de la limousine, Leonidas conversait au téléphone, en allemand. Susannah n'avait pas besoin de parler couramment cette langue pour comprendre que son mari menaçait son interlocuteur. Il suffisait d'entendre le ton qu'il employait. Mais elle se sentait trop lasse pour suivre la conversation portant sur l'un des centres de villégiature pour célébrités appartenant à la famille.

Retenant un nouveau soupir, elle lissa machinalement la soie bleu turquoise sur ses cuisses. Créée spécialement pour elle par les couturiers de Leonidas, cette robe sublime lui avait été offerte par son mari.

En fait, il ne s'agissait pas d'un véritable cadeau, mais plutôt d'une injonction. Son époux ne voulait plus la voir vêtue de couleurs sombres et le lui avait fait comprendre. Elle n'était plus sa veuve et, par conséquent, sa garde-robe devait refléter son statut.

C'était la première fois que Susannah portait de la couleur depuis son mariage, et elle ne pouvait s'empêcher d'y voir un symbole. Ce soir-là, en effet, Leonidas et elle s'afficheraient en tant que mari et femme, avec quatre ans de retard.

Pas étonnant qu'elle ait les nerfs à vif. Mais elle se sentait aussi la proie d'une étrange langueur.

À vrai dire, ce phénomène se produisait de plus en plus souvent, ces temps derniers, sans qu'elle en comprenne la cause.

Elle était exténuée de jouer la comédie, tout simplement. Comme il était difficile de garder un pied dans l'entreprise et ce mariage qui n'en avait jamais été un, alors qu'elle ne songeait qu'à quitter responsabilités et mari ! Elle avait hâte de fuir tout cela.

Un mois s'était écoulé depuis qu'elle avait passé cet accord avec Leonidas et chaque jour lui avait paru plus éprouvant que le précédent. Susannah avait beau se répéter qu'elle serait bientôt libre, le rôle qu'elle avait endossé durant quatre ans lui paraissait maintenant insupportable.

Quoi d'étonnant à cela ? Quand elle n'avait pas d'autre issue ni d'autre choix, tout était plus simple. Elle faisait ce qu'elle avait à faire, jour après jour.

Pour ajouter à son tourment, ces maudits maux de tête la taraudaient sans cesse. Au point qu'elle n'avait qu'une envie : s'allonger et dormir. Mais, quand elle réussissait à se coucher d'assez bonne heure et à dormir d'une traite jusqu'au lendemain matin, elle se réveillait toujours aussi fatiguée.

En présence de Leonidas, elle ressentait des troubles plus alarmants encore. Perte de souffle. Roseur subite et incontrôlable du visage et de la gorge. Fourmillements délicieux dans tout le corps…

Et, malheureusement, elle ne connaissait aucun remède efficace pour se protéger du charisme exsudé par ce mari qu'elle aurait tant aimé fuir.

Mon Dieu, faites que cette ultime épreuve soit bientôt terminée…

Susannah avait passé son enfance puis son adolescence à se préparer à devenir l'épouse d'un homme fortuné, enfermée dans un pensionnat aux règles strictes. Ensuite, un mari lui avait été choisi et elle s'était retrouvée fiancée du jour au lendemain. Aussi n'avait-elle pas la moindre idée de ce que c'était que de vivre seule.

Personne ne lui avait jamais demandé ce qu'elle voulait être, devenir. Jamais on ne lui avait laissé la possibilité de le découvrir.

— Tu sembles de nouveau épuisée, dit soudain Leonidas.

Elle tressaillit, réalisant soudain qu'il avait terminé sa conversation téléphonique et l'observait en silence.

— Je ne suis pas épuisée, répliqua-t-elle, par pure politesse. Seulement, je vois de moins en moins l'intérêt de jouer la comédie.

Un éclat fugace traversa le regard de son mari.

— Je regrette que ma présence représente un tel fardeau pour toi.

Lui aussi jouait un rôle, songea Susannah avec un frisson qu'elle préféra ne pas analyser.

— Tu m'as demandé de t'aider et j'ai accepté, lui rappela-t-elle d'une voix crispée. Je pourrais me retirer de notre accord à n'importe quel moment, parce que, en réalité, tes problèmes de mémoire ne sont pas les miens.

Alors, pourquoi n'était-elle pas encore partie ?

— Je te rassure tout de suite : cette torture prendra bientôt fin, affirma-t-il avec son assurance habituelle.

La nuance colorant sa voix avait quelque chose de déplaisant, se dit Susannah en se massant les tempes. Mais elle avait trop mal à la tête pour s'appesantir sur la question.

— Si ces maux de tête persistent, je crois que tu devrais consulter notre médecin, murmura Leonidas après quelques instants de silence.

— Je n'ai pas besoin de médecin pour savoir que je suis stressée, objecta-t-elle, tendue. Ou pour m'entendre dire que j'ai besoin de repos, dans un endroit tranquille. Loin de l'agitation et des intrigues dont ta famille est si friande.

En guise de réponse, Leonidas lui prit la main. Susannah voulut se dégager aussitôt, pour échapper à la sensation qui lui courait dans le bras, se propageait dans tout son corps.

La sensation d'être nue, l'impression que Leonidas allait s'installer sur elle, puis la pénétrer...

Elle n'aurait pas dû réagir de la sorte, mais c'était plus fort qu'elle. Au lieu de haïr Leonidas, elle le trouvait toujours aussi fascinant. Chaque fois qu'il la touchait, elle ressentait un trouble inouï. Il suffisait qu'il la prenne par le coude tandis qu'ils traversaient un hall de réception ou se dirigeaient vers une salle de conférences, par exemple. Ou qu'il pose la main au creux de ses reins avant d'entrer dans une pièce. Parfois, alors qu'il l'aidait à sortir de voiture, elle s'attendait presque à ce qu'il la soulève dans ses bras et l'emporte, sans qu'elle proteste...

Au moindre contact physique avec lui, Susannah *s'embrasait*, il n'y avait pas d'autre mot. Des sensations exquises fusaient dans ses seins, qui se gonflaient, leurs pointes se dressant sous l'étoffe. Le sang semblait pétiller dans ses veines. Puis une spirale chaude naissait au plus intime de son anatomie, se répandait dans son sexe, entre ses cuisses...

Elle se rassurait en se disant que Leonidas ignorait son émoi. Comment aurait-il pu s'en rendre compte, alors qu'elle déployait des efforts considérables pour lui dissimuler son trouble ? Bientôt, elle partirait, le plus loin possible, et personne ne saurait jamais ce qu'elle avait ressenti pour son époux.

Malgré tout, le doute subsistait.

Et si, en dépit de ses efforts, Leonidas était conscient de l'effet qu'il produisait sur elle ?

De la même façon qu'il avait su exactement comment s'y prendre avec elle, là-bas, dans la chambre aux murs blancs...

— Qu'est-ce que tu fais ? demanda-t-elle, tandis qu'il pressait les doigts sur sa paume.

Elle avait réussi à garder son calme, mais pas à réprimer l'accent rauque ayant coloré sa voix.

— On m'a appris une technique efficace pour se débarrasser des maux de tête, répondit-il d'un ton neutre.

Sans interrompre les pressions exercées sur sa paume, il leva les yeux vers elle, un petit sourire au coin des lèvres.

Le cœur de Susannah se mit aussitôt à battre la chamade. Il lui fallut quelques instants pour se ressaisir et, soudain, elle réalisa que son mal de tête s'estompait effectivement.

— Tu as plus de chance que moi, tes parents t'ont appris des choses utiles, commença-t-elle sans réfléchir. Ma mère croit aux vertus de la souffrance, comme elle n'a pas dû manquer de te le dire.

— Mon père était un salaud qui jouissait de la souffrance des autres, répliqua Leonidas du même ton neutre.

Lui lâchant la main, il souleva l'autre et en massa doucement, mais fermement, la paume. Cette fois, la douleur disparut presque instantanément.

— De ma souffrance en particulier, poursuivit-il. C'est du moins ce qu'il m'a répété chaque fois qu'il me battait jusqu'au sang. C'est une pratique à laquelle il s'est adonné avec zèle et avec le plus grand plaisir jusqu'à ce que j'aie seize ans. Quand je suis devenu trop grand et trop costaud pour qu'il puisse continuer à me dispenser ce genre de traitements, il est passé à la guerre psychologique. Tu connais ma mère. La seule douleur qu'Apollonia connaisse et sache soulager, c'est celle qui lui revient chaque matin, lorsque l'effet des stupéfiants perd de son efficacité.

Susannah l'écoutait en silence, glacée par ces révélations. Dans la voix de Leonidas, elle percevait une nuance sombre qui lui donnait un aperçu de ce à quoi avait dû ressembler son enfance. Il était né et avait grandi au sein d'une famille de monstres, dont il était l'héritier.

Cependant, elle le connaissait suffisamment pour savoir qu'il détesterait la voir lui manifester la moindre empathie. Même après cette évocation sinistre de son passé.

— J'ai été contente que mes parents m'envoient en pension quand j'étais petite, dit-elle doucement. Je savais que j'allais me retrouver coupée de tout, mais cela me paraissait toujours mieux que de vivre avec eux.

— J'aurais bien aimé que les miens m'expédient quelque part, le plus loin possible. Hélas, les attentes reposant sur le futur héritier de la dynastie familiale étaient trop grandes. Et puis, ils n'auraient pas pu me dresser à leur façon, si j'avais été élevé loin d'eux.

Le sourire en coin avait disparu, à présent, et quand il lui libéra la main Leonidas était redevenu aussi distant et inaccessible qu'un rocher isolé au milieu de l'océan.

Susannah réalisa qu'elle aurait aimé… le réconforter, d'une manière ou d'une autre. Prendre soin de lui. Faire quelque chose pour chasser l'ombre menaçante qui planait maintenant au-dessus d'eux.

Mais elle n'osa pas esquisser le moindre geste.

— Mon mal de tête a disparu, merci, dit-elle d'un ton détaché. Je ne sais pas qui t'a appris cet art, mais tu es très doué, manifestement.

— Quand on vit en autarcie et dans un endroit sauvage, on ne peut pas courir à la pharmacie la plus proche pour acheter des antalgiques, répliqua-t-il au bout de quelques instants. Alors on apprend d'autres méthodes.

— Eh bien…, murmura-t-elle, sans dissimuler sa surprise.

Il tourna la tête vers elle au moment où la limousine s'arrêtait devant l'impressionnant hôtel particulier appartenant aux Betancur.

Comme d'habitude, une meute de paparazzis les attendait et, dès que tous deux sortirent du véhicule, ils furent assaillis par un déluge de flashs et de voix criant leurs noms.

Leonidas lui posa la main sur les reins, la faisant tressaillir, puis ils pénétrèrent dans le vaste hall éblouissant de lumière, d'ocres, de dorures et de marbre. Susannah n'était consciente que d'une chose : la main chaude qui faisait naître un tumulte de sensations délicieuses en elle.

Il fallait qu'elle parte. Rapidement. Avant de ne plus pouvoir se passer de ces moments d'euphorie grisante.

Alors qu'ils se dirigeaient vers l'immense salle de réception, souriant et saluant au passage les membres de l'élite européenne, Leonidas s'adressa à elle sans la regarder.

— Tu sembles bien sombre, à la perspective de passer une longue soirée avec ma famille et ses dignes invités.

Susannah laissa échapper un petit rire désabusé.

— Oh ! ils ne me font pas peur ! C'est plutôt la perspective de revoir mes parents qui me rend nerveuse.

— Je ne me rappelle pas grand-chose de notre mariage, indiqua-t-il en tournant brièvement les yeux vers elle.

— Je n'en doute pas. Mais je ne pense pas que cela soit dû à ton amnésie partielle. Je crois plutôt que tu te fichais éperdument de l'événement.

— En effet, acquiesça-t-il sans la moindre hésitation. Mais je me souviens de toi. Et de ta mère.

— Mère se targue d'être inoubliable, reprit Susannah d'un ton pince-sans-rire. Notamment à cause de sa réputation de mégère irréductible et… impossible à apprivoiser.

Au lieu de faire sourire Leonidas, ses paroles flottèrent entre eux. Elle sentit la grande main chaude descendre légèrement sur ses reins, puis remonter tandis qu'il gardait les yeux rivés aux siens, comme s'il lisait au plus secret de son cœur.

Il savait ce qu'elle avait vécu, ce qu'elle avait ressenti en se retrouvant dans un pensionnat sévère, loin de la maison familiale et de tout. Consciente de n'être qu'un pion dont ses parents se servaient pour réaliser leurs ambitions, elle n'avait pas eu une famille comme les autres. Elle avait été seule au monde

Jusqu'à présent.

Alors que cette pensée s'insinuait en elle, Susannah se rappela impitoyablement qu'il n'y avait pas de *présent*. Pas de *nous*. Leonidas était le pire de tous. Il avait été façonné pour devenir un homme de pouvoir redoutable et dur, fermé à toute émotion.

Elle se le répéta, encore et encore, jusqu'à s'en étourdir. Mais cela ne changea rien aux sensations qui continuaient de pétiller en elle.

— Prête ? demanda-t-il d'une voix basse qui ne fit rien pour calmer les battements désordonnés de son cœur.

Quant à la lueur fauve couvant au fond de ses yeux sombres…

— Prête, acquiesça-t-elle d'un ton brusque.

Leonidas lui offrit alors le bras. Susannah le prit.

Sous la lumière dorée se déversant des énormes lustres en cristal, elle n'était plus la veuve de Leonidas, mais son épouse.

7.

Elle n'avait pas peur d'eux, songea Leonidas en observant Susannah. C'était plutôt lui qui avait du mal à se réadapter à son ancienne vie et à sa propre famille.

Seuls quelques membres de celle-ci exerçaient un semblant d'activité pouvant s'apparenter à du « travail », aussi n'avait-il pas eu l'occasion de rencontrer beaucoup de ses proches depuis son retour. De toute façon, il s'était immergé dans les affaires pour tâcher de se mettre au courant de l'état de son empire. Mais, ce soir, tout le gratin de la société s'était rassemblé pour pratiquer son sport favori : se promener en toilettes et smokings luxueux, échanger des potins sordides ou malveillants, et afficher ses liaisons. L'éventail des partenaires allait du plus simple serveur aux têtes couronnées. Et les couples officieux se montraient sous le nez même de leurs conjoints et des médias.

Leonidas connaissait les penchants affirmés de ses cousins pour la débauche. Il se souvenait de leurs frasques dans les moindres détails, alors qu'il les aurait volontiers oubliées.

Tous le craignaient, dans la mesure où il tenait les cordons de la bourse. Mais cela ne les empêchait pas de le défier ouvertement, tout en veillant à ne jamais franchir une limite implicite.

De son côté, Apollonia trônait au milieu de sa cour, s'extasiant sur le retour de *son fils unique* d'entre les morts chaque fois que cela l'arrangeait. Sans se priver de l'ignorer lorsqu'elle trouvait plus amusant de pérorer devant les invités, ou de chercher un nouvel amant.

Son attitude et son indifférence totale vis-à-vis de Leonidas n'auraient plus dû détenir le pouvoir de le blesser. Il avait dépassé ce stade depuis longtemps. Or il ne pouvait nier qu'il était… atteint par le comportement de celle qui lui avait donné le jour — uniquement dans le but de se garantir l'accès à la fortune de son mari.

— Elle pourrait tout de même simuler un minimum d'affection maternelle, non ? fit-il à l'adresse de sa compagne.

Qu'est-ce qui lui prenait, de se confier à Susannah ? Cette femme n'était pas son amie. Ni même sa maîtresse. Seulement l'épouse qu'il n'avait pas choisie et dont il ne voulait pas. Elle non plus ne voulait pas de lui, d'ailleurs.

— Comment pourrait-elle feindre un sentiment dont elle ignore tout ? répliqua-t-elle avec calme. Ta mère ne s'intéresse qu'à elle…

Leonidas ne put s'empêcher d'apprécier l'ironie de Susannah, assortie d'un imperceptible haussement de sourcils moqueur.

Il avait décidément un problème. Peut-être était-il resté trop longtemps sur cette montagne. En tout cas, il ne s'était pas attendu à apprécier la délicate vierge choisie pour lui par Apollonia, celle-ci respectant ainsi les dernières volontés de son défunt mari. Ce salopard continuait à tout régenter du fond de son caveau.

Lorsque la décision avait été prise pour lui, Leonidas n'avait pas songé à se révolter. De toute façon, il n'avait pas eu l'intention de passer beaucoup de temps avec sa jeune épouse. Il ne se souvenait pas exactement de la façon dont il avait imaginé sa vie conjugale, mais sans doute avait-il envisagé un arrangement à l'amiable avec sa femme.

Ils se seraient débarrassés de la question des héritiers aussi vite que possible, se seraient mis d'accord pour s'afficher ensemble à un nombre raisonnable d'événements publics. Le reste du temps, ils auraient vécu séparément, se choisissant chacun une résidence parmi les nombreuses propriétés familiales, et auraient eu autant de maîtresses et d'amants qu'ils l'auraient désiré — et ce dans la plus grande discrétion, naturellement.

C'était dans ce genre d'univers qu'ils avaient grandi tous deux, des sphères où tout s'organisait autour de l'argent, et non des sentiments.

Mais subitement, alors qu'il regardait sa femme affronter les pires requins de la planète sans se départir de son sourire serein, Leonidas fut assailli par une vision d'horreur.

Sa femme et lui étaient-ils condamnés à devenir comme tous ces gens au visage figé par les injections de Botox et au cœur vide ? Susannah finirait-elle par ressembler à Apollonia ? Cette simple éventualité lui donnait la nausée.

Il n'avait plus rien de commun avec ces parasites. Les quatre années passées dans la communauté de l'Idaho l'avaient changé, que cela lui plaise ou non. Le Comte avait cru en quelque chose — un idéal absurde, certes. Quoi qu'il en soit, il ne s'était jamais senti vide, alors qu'il avait perdu la mémoire.

Quant à Susannah, elle n'était pas non plus à sa place parmi ces vautours. Elle était venue le chercher jusque dans les montagnes Rocheuses, lui avait révélé son identité et lui avait offert son bien le plus précieux. Son innocence. Comme un cadeau, et non une monnaie d'échange.

À l'inverse de tous ceux qui l'entouraient, elle n'avait jamais essayé de marchander avec lui. Après leur retour, elle n'avait même jamais fait allusion à ce qui s'était passé entre eux. S'il ne l'avait pas mieux connue, s'il ne l'avait pas sentie tressaillir à chaque fois que sa main la frôlait, Leonidas aurait pu croire qu'il avait rêvé cette folle étreinte.

Susannah semblait ne rien attendre de lui. Or, il comprenait soudain qu'il ne pouvait supporter l'idée de la voir partir. Il désirait la garder auprès de lui, alors qu'elle ne cherchait qu'à le fuir.

— Quelle résurrection triomphale ! s'exclama son

cousin Silvio à son adresse, tout en dévorant Susannah des yeux. Après l'avoir pleuré pendant aussi longtemps, vous devez être heureuse d'avoir retrouvé votre cher mari, Susannah.

De toute évidence, il avait compté parmi les prétendants de la jeune femme. Il briguait le contrôle de l'entreprise familiale, bien sûr, mais pas seulement. Leonidas voyait la convoitise briller dans les yeux de son cousin. Susannah l'intéressait. Il l'avait dans la peau.

Mais Leonidas était le seul à l'avoir touchée — et il le resterait.

Tu as accepté de la laisser partir, se répéta-t-il.

Quand elle le quitterait, elle fréquenterait qui elle voudrait, et il n'aurait rien à en dire.

Se détournant, il promena le regard sur les invités. Silvio n'était pas le seul à avoir rôdé autour de Susannah. Plusieurs de ses cousins la lorgnaient avec avidité.

Si les membres de sa famille n'avaient pas été dangereux, ils auraient été simplement ridicules, songea Leonidas au fur et à mesure que la soirée avançait. Certains étaient même *très* dangereux. L'un d'entre eux avait fait en sorte que son jet n'arrive jamais à destination.

Susannah lui avait transmis les rapports des enquêteurs, et il était clair que le jet avait été saboté. Le mobile était évident. Leonidas ne doutait pas un instant que l'un de ces chacals, autrement dit ses cousins, avait tenté de se débarrasser de lui avant qu'il ne puisse avoir des enfants. L'existence d'héritiers aurait en effet compliqué la donne — et remis en question le statut financier dont ils jouissaient impunément.

Le pire, c'est que Leonidas se souciait peu de savoir lequel de ces misérables s'était décidé à passer à l'acte *criminel*.

— Comment trouves-tu ce petit rassemblement familial ? demanda-t-il à Susannah, alors qu'ils se trouvaient un peu à l'écart.

— Ah... Parce qu'il s'agit d'une famille ? répliqua-t-elle, une lueur de malice au fond des yeux. Je pensais plutôt évoluer au milieu d'une gigantesque mare infestée de piranhas.

— N'aie crainte, dit-il en plissant le front. Je n'ai pas oublié que l'un d'entre eux a souhaité ma mort. Ou, plutôt, que tous ont souhaité ma mort — un seul ayant tenté de réaliser son vœu le plus cher.

Elle sourit.

— Tu crois ? Ils semblent préférer agir en groupe.

Leonidas tourna les yeux vers ses tantes agglutinées dans un coin et conversant avec des mines de conspiratrices.

— En effet, acquiesça-t-il. Mais le travail en équipe n'a jamais été leur fort.

À ces mots, un rire cristallin et pur jaillit des lèvres de Susannah, le ravissant malgré lui. Mais son rire s'éteignit brutalement, comme arrêté en plein vol. Suivant le regard de Susannah, il vit un couple d'une cinquantaine d'années franchir la large double porte. Il reconnut Annemieke Forrester, grande et mince, qui promenait autour d'elle un regard hautain et dédaigneux. Son compagnon, beaucoup plus rond, portant moustache et affublé d'un double menton, avait un air de banquier cossu et prudent.

Les parents de Susannah. Ses beaux-parents.

Celle-ci avait l'air aussi heureuse que lui de les voir.

Ayant repéré leur fille, ils se dirigèrent vers elle au moment où l'orchestre se remettait à jouer après une courte pause. À la grande surprise de Leonidas, Susannah lui saisit le bras.

— Il serait temps que nous dansions, non ? fit-elle d'un ton désinvolte.

Alors qu'une véritable panique se lisait dans ses yeux bleus.

— En suis-je capable ? demanda-t-il en haussant un sourcil.

Elle regarda ses parents se rapprocher comme si elle s'attendait à les voir foncer sur elle et la renverser sans ménagement.

— Bien sûr. Tu as appris à danser dès ton plus jeune âge, comme tous ceux appartenant à ton milieu. Et au mien.

— Je n'en garde aucun souvenir, mais je sens que je déteste danser.

— Désolée de te contredire : je peux t'affirmer que tu adores cela, au contraire.

Elle mentait. Leonidas ne pouvait s'imaginer *adorant* danser.

— J'ai du mal à croire que tu désires vraiment danser avec moi devant tous ces gens, répliqua-t-il tranquillement.

Comme s'ils avaient tout le temps de bavarder et que les Forrester n'allaient pas tarder à les rejoindre.

— Me croiras-tu si je te dis que j'en meurs d'envie ?

Elle le considérait maintenant d'un air si espiègle, si taquin, qu'il eut un mal fou à ne pas la prendre dans ses bras, pour goûter à nouveau cette bouche mutine…

Prenant Susannah par la main, il s'avança jusqu'au milieu de la piste sans tenir compte des couples qui s'écartaient pour les laisser passer. Il se fichait de tous et de tout. Sa femme était maintenant dans ses bras, frémissant de désir tout comme lui.

Peu importait qu'elle joue la comédie, au moins en partie. Ou qu'elle ait pris cette initiative pour éviter d'affronter ses parents. Leonidas la comprenait.

Il songea à l'image qu'ils donnaient d'eux-mêmes. L'héritier Betancur ressuscité et sa charmante épouse enfin réunis. Susannah, qui se souciait tant des apparences, devait être ravie.

Mais dès qu'ils se mirent à danser, yeux dans les yeux, plus rien d'autre n'importa que l'instant présent.

Il n'y avait plus que la musique. Et la femme qu'il tenait entre ses bras. Le bruissement de la soie turquoise et les yeux bleus lui évoquaient les étés insouciants qu'il n'avait pas connus.

Plus rien n'existait que Susannah et la façon dont elle le regardait, comme elle l'avait fait dans la chambre spartiate, tandis qu'il s'enfonçait en elle.

Depuis son retour à Rome, Leonidas se réveillait presque chaque nuit le corps en feu, après avoir revécu en rêve ces instants incroyables.

Dans son sommeil, Susannah osait les caresses les plus audacieuses, les plus enivrantes. Elle le prenait dans sa bouche avant de s'abandonner totalement à lui — ce qu'il trouvait encore plus excitant. Jusqu'à ce qu'elle cède à la jouissance en poussant ses adorables petits cris.

Mais, chaque fois, il se réveillait seul dans son lit immense et se levait pour aller prendre une douche glacée et apaiser son désir comme il le pouvait.

Le parfum de sa peau était gravé en lui, désormais. Ainsi que la douceur de son souffle qui lui caressait le cou, quand elle lui chuchotait quelque chose au cours d'une réunion, par exemple.

Mais ce que Leonidas ressentait maintenant était inouï. Leur danse avait tout d'une étreinte charnelle, alors qu'ils se trouvaient au milieu d'une foule qui épiait sans aucun doute leurs moindres gestes.

Il s'en fichait. Il aurait voulu que ce moment dure toujours.

Ce genre de désir lui était jusqu'ici resté étranger. Il aurait dû s'en méfier, repousser Susannah immédiatement. Mais il ne pouvait s'y résoudre.

Car une pensée tournait en boucle dans son esprit. Seule Susannah avait cherché à le retrouver. Elle l'avait sauvé. De cette vie communautaire qui n'était pas la sienne. De lui-même. Elle l'avait délivré de ce mur qui le séparait de ses souvenirs.

Puis elle s'était donnée à lui. Comment aurait-il pu l'oublier, alors qu'il avait lui-même le sentiment d'appartenir à Susannah ?

Leonidas ne trouvait pas les mots pour lui exprimer ce qu'il ressentait. Et, même s'il les avait connus, il ne les aurait pas prononcés. Alors il dansait.

Qu'il ait autrefois adoré danser ou non n'avait plus

d'importance. De toute évidence, son corps savait quoi faire et le faisait bien.

Ils dansèrent, dansèrent. Et, durant tout ce temps, il la serrait contre lui comme si elle était le trésor le plus précieux du monde. Comme si elle était tout pour lui.

Comme si elle était *à* lui, pour toujours.

— Susannah…, murmura-t-il.

Une lueur étrange passa dans les beaux yeux bleus. Le désir qui y brillait se transforma en autre chose. Elle déglutit avec peine et, soudain, sa bouche se mit à trembler.

C'était de la tristesse pure qui emplissait maintenant son regard.

— Tu as promis, chuchota-t-elle. Vous m'avez promis que cette union ne serait que temporaire.

— Susannah, répéta-t-il d'une voix rauque. Il faut que tu saches…

— J'aimerais que nous mettions un terme à cette comédie.

Ses paroles lui firent l'effet d'un coup de poignard. Et pourtant elle les avait prononcées d'une voix douce.

Elle avait raison, il ne méritait pas ce qu'il avait vu briller dans ses yeux. Ce n'était pas pour lui. Susannah l'avait dit elle-même : il était non seulement un Betancur, mais le pire de son espèce. Et rien ne pourrait jamais changer cela. Ni sa prétendue mort ni sa résurrection.

Ni elle. Susannah.

— Bien sûr, acquiesça-t-il brutalement. Nous allons nous en occuper.

— Leonidas…, chuchota-t-elle.

Une émotion différente emplissait ses yeux, qu'il refusa de voir.

— Leonidas, tu dois comprendre…

— Non, la coupa-t-il.

Il devait reprendre le contrôle. Se fermer à ces émotions qui l'avaient assailli. À celle qui respirait toujours l'innocence et le regardait comme s'il valait quelque chose à ses yeux.

— Il n'y a rien à comprendre, enchaîna-t-il. Nous avons passé un accord. Même un monstre comme moi sait tenir sa parole.

Un tressaillement la parcourut.

— Ce n'est pas ce que je voulais dire.

— C'est *exactement* ce que tu voulais dire. Et nous le savons tous les deux.

Il s'immobilisa, la garda serrée contre lui...

Ressaisis-toi. Tu es un homme dur, impitoyable.

— Je suis tout ce que tu penses que je suis et même pire, ma belle. Je te mangerais toute crue et savourerais chaque bouchée de ce délicieux festin. Alors, fuis loin de moi et de cette mare infestée de piranhas. C'est le meilleur conseil que je puisse te donner.

— Leonidas, s'il te plaît...

— Tu as été ma veuve durant quatre années, continua-t-il férocement. Je ne te demande plus que quelques heures. Peux-tu me les accorder ?

— Naturellement. Cela doit cesser, c'est tout. Mais nous avons un peu de temps pour organiser notre séparation.

Une marée sauvage déferla en Leonidas. Sombre, indomptable. Le désir et la faim qu'il avait de cette femme le submergèrent. Il ne pouvait pas, ne voulait pas, la laisser partir.

Et soudain il sut ce qu'il allait faire.

— Si tu veux partir, ce sera cette nuit, dit-il lentement en la serrant toujours contre lui. Ou jamais. À toi de choisir. Mais une fois que tu te seras décidée, Susannah, tu ne pourras pas revenir en arrière. Je ne suis pas homme à pardonner, tu m'as bien compris ?

Il la sentit frémir, tandis qu'elle ouvrait de grands yeux. Puis une délicate roseur colora ses joues, s'amplifia. Son visage devint écarlate...

Mais elle ne prononça pas un mot. Sachant sans doute comment il réagirait, si elle se hasardait à protester.

Le regard rivé au sien, elle hocha lentement la tête.

Leonidas l'entraîna alors sans plus attendre hors de la

piste. Résistant à l'envie de la jeter sur son épaule et de l'emmener dans son repaire.

Il était pressé de se retrouver seul avec elle. La nuit ne faisait que commencer.

8.

Dès l'instant où Leonidas l'avait prise dans ses bras, Susannah avait tout oublié. Les couples évoluant autour d'eux sur la piste, l'immense salle rutilante, les rivaux en affaires, les paparazzis à l'affût, sa belle-famille et ses turpitudes — et même l'inévitable apparition de ses propres parents.

Tout cela avait disparu. Il n'y avait plus que Leonidas, la musique les enveloppant. Et, surtout, les sensations qui palpitaient entre eux, délicieuses, brûlantes et enivrantes.

Elle avait éprouvé ces émotions une seule fois auparavant, bien qu'elles aient alors été bien moins puissantes. Le jour de son mariage, quand elle avait dansé avec Leonidas, elle avait vibré sous le regard intense de son époux. Son expression était un peu sévère, comme s'il lui donnait un avant-goût de leur avenir. Lui se maîtrisait parfaitement, tandis qu'elle était fascinée par la façon dont il la faisait valser sur le parquet ciré. Il l'avait guidée sur la piste comme il dirigeait ses affaires, d'une main de maître.

Les souvenirs de ces instants demeuraient gravés en elle, dans leurs moindres détails, alors qu'elle aurait dû au contraire les effacer de sa mémoire. Après cette unique danse, Susannah n'avait cessé de s'interroger à propos de cet époux disparu si vite, mais sans jamais l'avouer à quiconque. Que se serait-il passé, si Leonidas ne l'avait pas quittée et qu'ils aient vécu leur nuit de noces ? S'il n'était pas monté à bord de ce jet ?

À présent, elle connaissait la réponse à ces questions.

Et cette seconde danse la faisait souffrir de nouveau, mais pour de tout autres raisons. Parce qu'elle en savait trop, maintenant. Elle le connaissait et se connaissait elle-même.

En dépit des sensations merveilleuses qui avaient pris possession d'elle, en dépit du désir dévorant de rester avec lui, elle devait partir.

Susannah s'efforçait de calmer le tumulte d'émotions qui bouillonnait en elle, lorsque Leonidas l'entraîna hors de la piste. Il avait toujours la main posée sur ses reins, la chaleur de sa paume attisant le feu qui la consumait. Elle devait repousser cette main chaude et ferme, s'éloigner de son mari.

Maintenant. Sinon, elle ne le ferait jamais.

Mais, avant qu'elle n'ait pu passer à l'acte, Susannah se retrouva soudain face à ses parents.

Son père et sa mère, qui n'avaient pas supporté de voir se transformer en femme de pouvoir celle qu'ils avaient toujours considérée comme un simple pion, manipulable au gré de leurs ambitions. L'adolescente docile s'était muée en une chef d'entreprise puissante sur laquelle ils n'avaient plus aucun contrôle. Ils avaient haï sa métamorphose et l'avaient exhortée à se remarier le plus rapidement possible, de préférence avec un homme choisi par eux. Et ils n'avaient pas du tout apprécié de s'entendre répondre qu'un mariage de convenance lui avait suffi et qu'elle ne souhaitait pas renouveler l'expérience.

Ils avaient encore moins apprécié qu'elle refuse ensuite de répondre à leurs appels téléphoniques.

Cependant, ils avaient été invités au gala de la fondation Betancur comme chaque année, évidemment.

Mais peu importait leur présence, au fond. Bientôt, Susannah n'aurait plus aucun lien avec eux ni avec les individus de leur espèce.

— Tu te souviens de mes parents, n'est-ce pas ? dit-elle à Leonidas.

Alors qu'il inclinait la tête en silence, elle se serra contre

80

lui sans réfléchir, comme pour rechercher sa protection. Peut-être était-ce le cas, d'ailleurs.

— Ainsi, ton mari est ressuscité d'entre les morts, lança sa mère d'un ton froid.

Et sans même les saluer.

— Mais apparemment tu n'as pas jugé nécessaire de nous en avertir, continua-t-elle. Cela ne t'a manifestement pas dérangée que tes parents apprennent ce miracle par la presse, comme n'importe qui.

Susannah fixa Annemieke.

— Ce que ma mère veut dire par là, Leonidas, c'est qu'elle est contente de te revoir, répondit-elle d'un ton suave.

Il tourna brièvement les yeux vers sa mère, mais toujours en silence. Puis il sourit de cet air à la fois supérieur et détaché dont il avait le secret et tendit la main à son père. Ensuite, les deux hommes entamèrent une de ces conversations interminables et typiquement masculines tournant principalement autour des affaires. Une discussion *entre hommes*, impliquant tacitement que Susannah et sa mère pouvaient de leur côté parler chiffons.

— Imagine ma surprise lorsque j'ai découvert que les tabloïds en savaient davantage que moi sur la vie de ma fille, poursuivit Annemieke.

— Vu l'insistance avec laquelle vous m'aviez exhortée à me remarier, je n'ai pas jugé urgent de vous faire part de son retour.

Sa mère pinça les lèvres, l'air plus hautain que jamais.

— Durant tout ce temps, tu savais qu'il était vivant et tu continuais à tromper tout le monde. Tu es encore plus sournoise que je ne le pensais.

Elle avait haussé le ton pour que Leonidas l'entende, naturellement. Ses paroles lui étaient destinées au premier chef.

Une bouffée de colère s'empara de Susannah. Sa mère ignorait qu'elle avait l'intention de quitter le mari qui venait à peine de lui revenir. Elle ne savait rien de leur relation. Mais elle cherchait néanmoins à la discréditer devant Leonidas. Elle voulait la salir à ses yeux.

Pourquoi Susannah continuait-elle bêtement, tristement, à espérer que ses parents se comporteraient en tant que tels, en dépit de leur insistance à lui démontrer qu'ils ne l'aimaient pas ? Leur relation était fondée sur un rapport de pouvoir uniquement. Encore et toujours.

Elle n'avait connu que cela pendant quatre ans et en avait assez. Plus qu'assez. Elle ne ressentait que de l'aversion pour ces gens, ces rapaces prêts à fondre sur elle, de tous côtés.

Cependant, il était hors de question de donner à sa mère la satisfaction d'avoir réussi à l'atteindre.

— J'ai été un peu souffrante, dernièrement, répliqua-t-elle avec calme. Depuis quelque temps, j'ai d'horribles maux de tête — sans doute dus à l'émotion provoquée par le retour de Leonidas. Le fait de le retrouver m'a plus ébranlée que je ne l'aurais pensé.

Lorsque celui-ci se tourna soudain vers elle, indiquant par là qu'il avait suivi sa conversation avec sa mère tout en bavardant avec son père, Susannah regretta aussitôt d'avoir employé le mot *émotion*. Et elle se détesta de s'accrocher toujours à son bras. Elle avait survécu à des épreuves plus dures que celle-ci et n'avait pas besoin de son soutien, pourtant !

Mais, avant qu'elle n'ait pu s'écarter de lui, il lui glissa la main sur les reins en un geste familier. Comme un mari aimant l'aurait fait avec sa femme.

Le flot brûlant qui la traversa aussitôt effraya Susannah. Elle craignit d'être emportée par ce courant, de ne plus pouvoir y résister.

Elle devait s'en aller le plus vite possible, avant qu'il ne soit trop tard.

— La résurrection est une affaire complexe, dit Leonidas à Annemieke. Pour Susannah comme pour moi.

— Sans doute, répliqua sa mère avec mépris. Mais

ma fille n'a jamais été sujette aux maux de tête ou aux indispositions.

— Ma mère ne va pas tarder à vanter ma robustesse, murmura Susannah. Ce qui, dans sa bouche, n'est jamais un compliment.

Annemieke la détailla de la tête aux pieds, puis des pieds à la tête, de cet air dépréciateur et méprisant qui avait toujours donné à Susannah l'impression d'être incomplète.

Il s'écoulerait probablement des mois et des mois avant qu'elle ne doive affronter à nouveau ses parents. Et, à ce moment-là, où vivrait-elle ? Après avoir divorcé, elle ne les reverrait peut-être même plus jamais.

— Il s'agit simplement de quelques migraines passagères, dit-elle en se forçant à sourire. Je suis sûre que…

— Je n'ai souffert de maux de tête qu'à une seule époque de ma vie et j'en garde un très mauvais souvenir, l'interrompit sèchement sa mère.

Un éclair traversa ses yeux bleus, si dur que Susannah frissonna intérieurement.

— C'était au début de ma grossesse.

Tout sembla s'arrêter. Leonidas se figea à côté d'elle. Il garda la main posée sur ses reins, mais elle y sentit une menace plutôt qu'un soutien.

Un affreux pressentiment l'envahit. Pétrifiée, elle ne put prononcer un mot, alors qu'elle aurait dû protester qu'elle n'était pas enceinte, évidemment.

C'était impossible. *Impossible* !

Bientôt, Leonidas s'excusa poliment, avant de l'entraîner d'une main ferme. Dès qu'ils se furent éloignés de ses parents, Susannah se tourna vers lui.

— Je ne ressemble en rien à ma mère, déclara-t-elle. Je ne lui ai *jamais* ressemblé. Ni physiquement ni moralement.

Il continua d'avancer, se frayant un passage parmi les invités et se dirigeant vers la large double porte.

— Tout le monde a des maux de tête, poursuivit Susannah, les mâchoires crispées. Alors inutile d'envisager le pire.

Leonidas se contenta de lui glisser un bref regard sombre et étincelant à la fois, qui la fit frissonner. Sans dire un mot — et sans se donner la peine de justifier leur départ auprès de quiconque —, il sortit son portable de sa poche. Après avoir composé un numéro, il colla l'appareil à son oreille et traversa le vaste hall à grands pas, indifférent au fait que Susannah portait des escarpins à talons aiguilles de douze centimètres.

Ensuite, tout se déroula très vite. Elle se retrouva installée à l'arrière de la limousine qui fila bientôt à toute allure vers l'hôtel particulier appartenant à Leonidas, à deux pas des Champs-Élysées.

Durant tout le trajet, son mari ne lui adressa pas la parole. Mais, lorsque dans le luxueux hall de l'imposante bâtisse Susannah vit qu'un homme, de toute évidence un médecin, les attendait, elle se tourna vivement vers Leonidas.

— C'est ridicule ! s'exclama-t-elle avec colère.

Peu lui importait de garder son calme, à présent, ou de se soucier de la présence de celui qui les regardait en silence.

— Dans ce cas, cela ne te coûte rien de me faire plaisir, répliqua Leonidas.

Le même éclat sombre continuait de luire dans son regard, tandis qu'il la contemplait, immobile.

— Je ne peux pas être enceinte !

— Si tu en es aussi certaine, pourquoi refuser de t'entretenir avec un médecin ? rétorqua-t-il avec calme.

Rien ne le ferait changer d'avis, comprit Susannah. Il était redevenu l'homme de pouvoir redoutable et inflexible. Celui qui l'avait tenue dans ses bras s'était volatilisé.

Comme s'il avait compris qu'elle capitulait, le médecin s'avança et s'excusa en souriant, puis lui demanda si elle voulait bien le suivre en lui expliquant qu'ils allaient effectuer un test de grossesse.

Sidérée de se voir céder aussi facilement, elle s'exécuta en silence.

Quand elle alla retrouver Leonidas dans l'élégant salon où il l'attendait, Susannah ne vit ni les tableaux de maîtres, ornant les murs, ni les ravissantes statuettes disposées çà et là, ni le mobilier superbe. Elle ne songeait qu'à sa vie, qui était en train de lui échapper.

Appuyé contre le manteau de la haute cheminée de marbre blanc veiné de gris et d'ocre clair, son mari contemplait le feu en fronçant les sourcils. Il ne se retourna pas à son arrivée.

— Tu vas te sentir ridicule, dit-elle, les mâchoires crispées.

Elle s'interdit de le trouver encore plus séduisant en manches de chemise, sans nœud papillon et le col déboutonné. Elle ignora le courant brûlant qui se répandait en elle, la sensation délicieuse qui la faisait frémir.

— C'est très embarrassant, poursuivit-elle. Ton médecin va vendre cette histoire à tous les tabloïds d'Europe.

— Je ne suis pas le moins du monde embarrassé, dit-il, toujours sans la regarder. Et, si cet homme osait enfreindre le secret professionnel et parler à quiconque de ce qu'il sait, je le détruirais. Ce qu'il sait parfaitement.

Un vertige la gagna. La voix de Leonidas était onctueuse, mais teintée d'une nuance féroce. Redressant les épaules, Susannah s'avança dans la pièce et s'agrippa au dossier du premier fauteuil venu. Pas pour garder l'équilibre : rien de ce qui se passait ne la déstabilisait vraiment. Elle n'était *pas* enceinte. Sa mère l'avait provoquée, comme d'habitude, rien que pour lui gâcher la vie. De son côté, Susannah avait cessé depuis longtemps de réagir à ses piques.

Tandis que, ne connaissant pas la méchanceté d'Annemieke, Leonidas s'était laissé prendre au piège.

— Je ne suis pas enceinte, répéta-t-elle encore une fois.

Autant pour s'en convaincre que pour convaincre son époux, devait-elle reconnaître.

Il se tourna enfin vers elle, lentement, puis la dévisagea un long moment en silence, les yeux étincelants. Susannah ne put réprimer le tremblement qui prit possession d'elle.

— Oui, c'est ce que tu persistes à affirmer, dit-il soudain. Mais je sais compter, Susannah.

Ces mots lui firent l'effet d'une gifle. Elle se sentit fiévreuse, brûlante puis glacée. Comme elle aurait voulu arracher ce maudit saphir de son doigt et le lui jeter à la figure ! Déjà, elle s'imaginait quitter la pièce, dévaler le majestueux escalier et sortir de ce somptueux hôtel particulier, avant de courir dans les rues de Paris jusqu'à ce que la fatigue l'oblige à s'arrêter.

Sans détacher son regard de celui de Leonidas, elle compta. Ce qu'elle s'était refusée à faire en venant le rejoindre, persuadée que c'était impossible. Refusant d'envisager que cela puisse être possible.

Sept semaines s'étaient écoulées depuis leur unique étreinte sans qu'elle ait ses règles. Elle ne les avait pas eues non plus durant les dix jours précédant son départ pour l'Idaho. Elle se souvenait très bien de cette période puisqu'elle avait dû faire ses préparatifs en prétextant un besoin soudain d'aller se reposer quelques jours, sans révéler à quiconque qu'elle se rendait dans le nord-ouest des États-Unis. Seuls les enquêteurs et quelques personnes de confiance, dont le pilote, connaissaient sa destination.

— Je n'ai jamais pensé pouvoir être enceinte, répliqua-t-elle, le plus posément possible. Et je suis certaine que ce ne sera pas le cas. Mais pourquoi n'as-tu pas fait en sorte d'éviter ce genre de risques ?

— Parce que je n'avais pas de préservatifs, tout simplement, répondit-il avec calme. Et que j'ai dû penser que tu utilisais un moyen de contraception de ton côté.

— J'ai du mal à te croire. J'étais vierge, pas toi.

— Et je vivais depuis quatre ans loin de toute civilisation. Comment aurais-je pu deviner que tu avais vécu chastement durant tout ce temps ?

— Tu ne peux pas en dire autant, je suppose.

Leonidas sourit, de ce lent sourire qui, dans ce contexte, ne présageait rien de bon.

— Je ne t'ai pas précisé que je n'avais eu aucune maîtresse pendant quatre ans ?

Son sourire s'élargit, carnassier.

— Le sexe ne m'intéressait pas, figure-toi. Aussi t'ai-je été fidèle durant tout notre mariage, Susannah. Comme tu l'as été de ton côté. Nous devrions fêter cela, tu ne crois pas ?

À en juger par le ton impérieux sur lequel elle avait été lancée, l'invitation équivalait à un ordre, ou une menace.

— Ce qui s'est passé entre nous était un accident.

Susannah s'interrompit pour s'éclaircir la voix.

— Cela ne signifiait rien, reprit-elle en redressant le menton. Nous…

Des coups discrets frappés à la porte l'interrompirent.

— Félicitations, madame, dit le médecin en inclinant la tête devant elle.

Il se tourna vers Leonidas, tandis qu'elle avait l'impression que son cœur allait cesser de battre.

— Félicitations, monsieur. Le test est positif.

Le médecin la regarda en souriant.

— Vous êtes bien enceinte, madame.

Aucun mot n'aurait pu traduire ce qu'elle ressentait. Son corps s'était rigidifié. Susannah n'était que refus, de la tête aux pieds.

C'était impossible, elle ne pouvait pas être enceinte, se répéta-t-elle, gagnée par un nouveau vertige. Sans réfléchir, elle posa la main sur son ventre, dans l'espoir insensé d'y découvrir la preuve que tout cela n'était qu'un horrible cauchemar.

Leonidas quitta le salon avec le médecin, mais elle s'en aperçut à peine. Le temps parut s'arrêter. Tout lui sembla irréel, les meubles magnifiques, les objets d'art, les tapis somptueux.

Puis Leonidas réapparut, referma la porte derrière lui, et le salon raffiné se transforma en prison.

Se rendant compte que ses jambes tremblaient, Susannah contourna le fauteuil et s'y assit pendant que son mari traversait la pièce pour s'arrêter devant la cheminée. Il la fixait, dans un silence pesant.

Son regard avait changé. La lueur fauve y avait réapparu, indéchiffrable. Même l'immobilité de son corps était différente. Il semblait parcouru par un courant électrique qui se diffusait dans l'atmosphère.

Brusquement, elle se sentit déshabillée par ce regard ardent. Exposée, corps et âme.

— Est-ce si terrible ? demanda-t-il alors d'une voix douce.

Susannah laissa échapper un léger halètement. Elle se sentait oppressée. Sa main était toujours posée sur son ventre, comme si celui-ci avait déjà grossi et que le bébé allait soudain donner un petit coup de pied.

— La famille Betancur est une cage, dit-elle d'un ton faussement détaché. Et je ne veux pas vivre enfermée. Alors, il doit bien y avoir des solutions.

Le visage de Leonidas s'assombrit. Son regard prit une teinte orageuse.

— Qu'entends-tu par là, exactement ?

La nuance veloutée et incisive de sa voix fit frissonner Susannah. Partout.

— Je n'en ai pas la moindre idée.

Elle était en proie à une telle panique qu'elle s'étonnait de pouvoir respirer, parler… Les scénarios se succédaient dans son esprit. Elle pourrait partir vivre à l'étranger et élever son enfant seule, loin de Rome ; elle apprendrait à cultiver la terre, par exemple. Ou bien elle s'installerait dans une grande ville où personne ne la connaîtrait, travaillerait dans un bureau…

— Vraiment ? fit Leonidas en plissant les yeux.

Susannah se frotta les bras, espérant ainsi calmer le tremblement incontrôlable qui l'agitait.

— Je suis prête à accepter n'importe quoi, mais pas ceci, lança-t-elle d'un ton vif.

— Tu peux préciser ce que tu entends par *ceci*, s'il te plaît ?

— Je parle de la vie que j'ai menée pendant quatre ans, manipulée et harcelée par ta famille. J'en ai assez, Leonidas ! Et il est hors de question que mon enfant reçoive la même éducation que moi. Ou, pire encore, que *toi*. Mon enfant mérite mieux que vivre dans une cage, si dorée soit-elle.

Un changement s'opéra alors en Leonidas. Il sembla… s'adoucir. Quelque chose parut céder en lui… Et, soudain, Susannah comprit à quoi il avait pensé quand elle avait dit qu'il devait bien y avoir des *solutions*.

De son côté, elle n'avait pas envisagé une seule seconde de mettre un terme à sa grossesse. Elle n'avait pas désiré celle-ci mais, depuis l'instant où le médecin lui avait dit qu'elle était enceinte, elle ne songeait qu'à s'enfuir *avec* son enfant.

— Sache que je n'ai jamais souhaité ton départ, commença Leonidas.

Il se tenait toujours dos à la cheminée et la contemplait, les yeux mi-clos. Elle aurait dû être atterrée par ses paroles. Se rebeller. Mais, au lieu de cela, Susannah sentait une chaleur inconnue se propager dans sa poitrine, douce et bienfaisante.

— Je t'ai proposé de te laisser partir parce que je te le devais : tu es venue me chercher et tu m'as rendu mon identité. Mais tu dois bien comprendre qu'il est impossible que tu t'en ailles, à présent.

Leonidas paraissait presque triste, mais elle ne fut pas dupe. La lueur fauve brillait maintenant dans son regard, sombre, possessive, farouche.

— Si tu penses pouvoir me retenir malgré moi, il te faudra verrouiller la porte de la cage et jeter la clé, dit-elle d'une voix rauque.

— Vivre à mon côté n'est pas vivre en cage, répliqua-t-il tranquillement. Je partage mon nom avec des individus peu recommandables, je te l'accorde, mais mon univers n'a rien d'une prison. Au contraire. Mon immense fortune est répartie sur tous les continents — et tu en possèdes maintenant la moitié.

— Cela ne m'intéresse pas, riposta Susannah en se levant de son fauteuil.

Elle s'avança d'un pas vers lui.

— Je comprends que tu aies l'habitude de tout diriger, mais je me suis occupée de ton entreprise et de ta famille en ton absence. Je n'ai pas besoin de toi. Et je ne *veux* pas de toi.

— Pourquoi t'être donné autant de mal pour me retrouver, alors ? demanda-t-il, les yeux étincelants. Personne d'autre n'a imaginé une seconde que je pourrais être encore vivant. Tu es la seule. Pourquoi ?

Susannah aurait été incapable de dire ce qu'elle ressentait, là, maintenant. Son cœur battait à tout rompre. Elle avait du mal à respirer. Trop de pensées, de sensations, se bousculaient en elle. Elle était prise au piège, dans ce mariage et la famille de Leonidas, dans cette existence dont elle avait voulu s'échapper. Elle n'avait songé qu'à cela durant quatre ans. Mais la donne avait changé. Une nouvelle vie germait en elle.

Une vie minuscule créée avec son mari, dans une petite maison en rondins perdue au milieu de nulle part.

Des émotions étranges la submergeaient. De la tristesse, peut-être. Du chagrin et de la compassion envers celle qu'elle avait été autrefois, négligée par ses parents, et pour la femme qu'elle avait été forcée de devenir. Pour les années perdues, pour tout ce temps qui lui avait été volé.

C'était forcément du chagrin, cette émotion sauvage qui déferlait en elle, balayant tout sur son passage.

Parce que, si c'était de la joie, Susannah était perdue.

— Je ne sais pas, dit-elle avec calme.

Mais d'une voix si rauque qu'elle la reconnut à peine.

— Je refusais de croire que l'avion s'était écrasé sans raison. J'étais persuadée qu'il ne s'agissait pas d'un simple accident. Et plus je me penchais sur la question et moins je croyais à ta mort.

— Mais tu n'as pas besoin de moi. Tu ne *veux* pas de moi.

Ce n'était pas une question. Il la provoquait.

Sortant de son immobilisme, Leonidas s'avança vers elle. Susannah s'interdit de reculer. Il se rapprocha, si près qu'elle dut pencher la tête en arrière pour soutenir son regard.

— Non, chuchota-t-elle. Je ne veux pas de toi. Je veux être libre.

Il prit son visage entre ses grandes mains chaudes. Les reflets fauves incendiaient les yeux sombres, faisant naître des étincelles brûlantes partout en elle.

Non, ce ne pouvait pas être de la joie, se répéta-t-elle farouchement. Presque avec désespoir.

— Je vais te donner un aperçu de ce que j'ai à te proposer, ma douce.

Puis, sans lui laisser le temps de réagir, Leonidas prit possession de sa bouche.

9.

Comme elle répondait à son baiser et se pressait contre lui en appuyant les paumes sur son torse, Leonidas sentit quelque chose se détendre en lui.

Sans que le feu qui le consumait s'apaise, au contraire.

Il libéra la chevelure soyeuse d'une main fébrile, pressé de la sentir couler entre ses doigts. Tout en continuant de dévorer sa bouche avec passion.

Susannah était à lui. *À lui*. Et il en avait assez de devoir brider sa libido.

Elle ne partirait pas. Elle n'irait nulle part. Jamais.

C'était lui qui avait vécu en cage durant ces sept semaines infernales, mais les barreaux venaient de tomber.

Elle était enceinte. Sa belle Susannah portait son enfant. L'enfant qu'ils avaient conçu ensemble lorsqu'elle lui avait offert son innocence, dans cette chambre où il avait suffi d'un baiser pour lui faire retrouver la mémoire. L'enfant qui avait déjà commencé à se former quand ils avaient quitté les montagnes Rocheuses et que Leonidas s'apprêtait à faire sa rentrée dans le monde.

Jamais il n'avait ressenti rien de semblable. Un sentiment de triomphe pulsait en lui, tour à tour sauvage et impérieux. Leonidas avait envie de grimper sur le toit et de hurler sa joie aux quatre coins de Paris, au monde entier.

Susannah était un miracle. *Son* miracle. Elle ne l'avait pas abandonné sur cette montagne et l'avait ramené chez lui. Et, en dépit de ce qu'elle avait dit tout à l'heure sur la piste de danse, elle ne l'avait pas non plus quitté ce soir.

Elle avait raté sa dernière chance parce que, désormais, il veillerait à ce qu'elle ne puisse jamais s'en aller.

Maintenant qu'elle était sa femme et portait son enfant, rien ne serait plus jamais comme avant.

Sans détacher les lèvres des siennes, il la souleva contre lui et se pencha pour l'allonger sur l'épais tapis étalé devant la cheminée. Les flammes crépitèrent derrière l'écran de protection, des reflets dorés jouèrent dans les cheveux blonds auréolant le beau visage de Susannah. Elle était d'une beauté irréelle, ainsi offerte devant le feu.

Et, cette fois, Leonidas était bien déterminé à prendre tout son temps. Mais avant cela il se fit une promesse. Leur enfant ne serait pas élevé comme il l'avait été, par un père cruel et une mère égoïste. Son rôle d'héritier lui avait été imprimé dans la chair, au sens propre du terme, lui laissant des cicatrices qui, à l'inverse de celles causées par l'accident d'avion, ne s'estomperaient jamais avec le temps.

Plutôt mourir que de laisser son enfant subir ce que lui-même avait subi autrefois.

Il contempla Susannah en retenant son souffle. Il allait la posséder, enfin. Il brûlait de la faire languir, haleter, jusqu'à ce qu'elle le supplie de la prendre. Jusqu'à ce qu'elle oublie qu'elle avait songé à le quitter.

Jamais il ne se lasserait de cette femme, songea-t-il soudain. Et, au lieu de l'effrayer, ce pressentiment ne fit qu'exacerber son désir.

Leonidas laissa glisser sa bouche sur le cou gracieux, la gorge délicate, le buste ferme et doux à la fois. Il l'embrassa partout, à travers l'étoffe ou à même la peau, puis remonta lentement vers le visage de Susannah. Une fois arrivé sur les lèvres d'où s'échappaient d'adorables petites plaintes rauques, il se redressa et lui ôta la robe turquoise qu'il avait exigé qu'elle porte ce soir-là. Afin de montrer au monde entier qu'elle n'était plus la veuve endeuillée, mais l'épouse resplendissante de celui qui était ressuscité d'entre les morts.

Quand elle fut entièrement nue, il resta immobile à admirer les courbes ravissantes dont il avait rêvé tant de fois depuis leur seule et unique étreinte. Elles étaient encore plus féminines que dans son souvenir. Il referma les mains sur les seins ronds et doux avant de les lécher du bout de la langue. Puis il baisa le ventre encore plat, mais peut-être un peu plus… ferme que la première fois.

Lui écartant les cuisses, il se pencha pour la goûter au plus intime de sa chair. Et il ne fallut pas longtemps pour que Susannah jouisse sous les caresses de ses lèvres et de sa langue. Leonidas continua, jusqu'à ce qu'elle crie son prénom entre deux halètements. Alors, il s'installa entre ses jambes et la pénétra.

Enfin. Jusqu'à la garde. Il adora le petit son qui franchit ses lèvres pulpeuses. Puis il attendit qu'elle s'habitue à sa présence. Bientôt, elle souleva les hanches à sa rencontre, tandis que ses joues, son cou et sa gorge s'empourpraient, lui offrant le tableau le plus ravissant qu'il eût jamais contemplé.

Aucune femme n'avait fait naître en lui pareilles sensations. De volupté mais aussi de complétude.

Alors qu'il bougeait en elle, Leonidas prit conscience qu'elle lui avait offert ce que, sans le savoir, il désirait plus que tout au monde.

Depuis sa plus tendre enfance, il avait été entouré d'une famille omniprésente et puissante, dont sa mère était le membre le plus nuisible. Il avait cessé d'espérer un meilleur traitement de la part d'Apollonia. Il n'avait pas cherché à savoir pourquoi il s'était toujours senti aussi vide, alors que tous autour de lui semblaient parfaitement contents de leur sort.

À présent, il connaissait les raisons de son tourment. Les Betancur avaient fait de lui un étranger à lui-même. Ils l'avaient façonné, dressé à leur image, faisant de lui un être dur et insensible.

Or Susannah les haïssait tous autant qu'il les haïssait. Sa puissante famille ne l'intéressait pas.

En fait, elle était la seule à avoir vu en lui un homme. Rien qu'un homme.

Et voilà qu'elle allait lui donner un enfant.

Leonidas se jura de tout faire pour préserver ce qui lui appartenait. Cette fois, rien ni personne ne lui prendrait les précieux souvenirs qu'il forgeait avec Susannah. Ni l'oubli, ni les vautours qui comptaient sur son soutien inconditionnel au prétexte que le même sang coulait dans leurs veines.

Susannah et leur enfant passeraient toujours avant tous les autres, avant tout le reste, se promit-il en silence.

Ensuite, il donna un vigoureux coup de reins et se perdit en elle. Il la fit crier, il ferma les yeux en l'entendant le supplier, puis il glissa la main entre leurs deux corps moites et l'aida à s'envoler encore une fois dans l'extase.

Il la rejoignit dans la jouissance en criant son prénom.

Plus tard, Leonidas emporta Susannah dans la chambre où elle s'évertuait à passer toutes ses nuits. Là, il trouva un T-shirt à longues manches, un pantalon ample en coton souple et les lui enfila rapidement. Elle le laissa faire en haussant les sourcils d'un air moqueur, puis ferma les yeux.

Quelques instants plus tard, elle dormait profondément.

Avec un peu de chance, elle ne se réveillerait pas avant qu'ils n'atterrissent sur son île — où il avait bien l'intention de la garder, jusqu'à ce qu'elle ait complètement renoncé à son désir absurde de le quitter.

Le cœur lui martelant la poitrine, il la regarda dormir en repensant aux années passées dans la communauté. En fait, celui qui était monté à bord du jet et celui qui en était ressorti inconscient n'étaient pas si différents. Leonidas comme le Comte n'avaient jamais cru en grand-chose, hormis en eux-mêmes. Le rescapé avait possédé un charisme lui aussi, une autorité naturelle. Il avait été respecté de tous, durant ces quatre années. Ces hommes et ces femmes l'avaient soigné et protégé comme s'il était un être précieux. Ils l'avaient baptisé le Comte.

Susannah avait réuni les deux versions de lui-même,

puis l'avait changé. Et elle comptait à tel point pour lui, désormais, qu'il ne pouvait imaginer de vivre sans elle. Ce constat aurait dû l'indigner. Peut-être était-ce d'ailleurs le cas, à un certain niveau. Mais ce qui prévalait dans son esprit, dans tout son être, c'était la certitude qu'elle lui appartenait et que rien d'autre n'était concevable.

Surtout maintenant qu'elle portait son enfant.

Ils recommenceraient à zéro. Là-bas, sur son île privée préférée, il le lui ferait comprendre. Elle protesterait, se débattrait, mais elle pourrait crier autant qu'elle le voudrait, personne ne viendrait à son secours.

À vrai dire, il était presque impatient de voir sa réaction quand elle se rendrait compte qu'elle était vraiment coincée sur l'île. Avec lui.

Leonidas sourit, puis se pencha pour lui repousser une petite mèche derrière l'oreille. Il dut faire un effort surhumain pour ne pas s'allonger auprès d'elle, l'attirer contre lui et poser les lèvres sur sa peau tendre et parfumée.

Se forçant à s'éloigner du lit, il quitta la chambre et se dirigea vers son bureau.

Une demi-heure plus tard, il avait appelé ses assistants et demandé que l'on prépare le jet, organisant ainsi méthodiquement l'enlèvement de sa femme.

Réveillée en sursaut, Susannah se demanda aussitôt où elle se trouvait. À bord d'un avion, visiblement. L'un des jets de Betancur Corporation, comprit-elle en reconnaissant le luxe qui l'entourait.

Elle s'accrocha au côté du lit, tandis que l'appareil roulait sur la piste. Comment avait-elle pu dormir durant tout le vol ? Et où venaient-ils d'atterrir ? se demanda-t-elle, estomaquée.

Paris resurgit dans son esprit. Le bal. La venue du médecin. Sa grossesse confirmée.

Ce qui s'était passé devant le feu.

Ensuite, tout se fondait dans une sorte de brouillard.

Elle se souvenait vaguement d'avoir été installée à bord d'une voiture roulant à travers la ville, la tête appuyée dans le creux de l'épaule de Leonidas, tandis que derrière les vitres la lumière des réverbères trouait la nuit. Puis elle se rappelait avoir été soulevée dans ses bras puissants.

Elle ne pensait pas avoir été droguée. Elle s'était déjà sentie sombrer dans cette même torpeur ces derniers temps, en proie à une lassitude inhabituelle et incontrôlable. Heureusement, elle savait maintenant à quoi était dû son état. À sa grossesse et non à une maladie sournoise.

Quand l'avion se fut immobilisé, Susannah resta assise quelques instants, avant de descendre du lit, surprise qu'aucun membre du personnel — ou son ténébreux mari — ne s'inquiète de son sort.

Elle se hasarda dans le couloir en clignant des paupières, éblouie par la lumière se déversant par les hublots. Les stores avaient été baissés dans la cabine, et le soleil s'était sans doute levé depuis longtemps.

Quand elle s'approcha de la vitre, la mer lui apparut à perte de vue.

Continuant son chemin, elle sortit bientôt de l'appareil et s'arrêta en haut des marches déjà dépliées. La main en visière, elle regarda alentour et constata qu'ils avaient atterri sur une petite plate-forme aménagée sur une île rocailleuse. Des oliviers se dressaient partout, dans toutes les directions, des collines trapues s'élevaient çà et là, recouvertes de frondaisons vertes, et la mer aux reflets changeants entourait l'île de toutes parts.

Leonidas l'attendait, la hanche appuyée contre une superbe Range Rover gris-bleu.

Ce ne fut qu'à cet instant que Susannah se rendit compte qu'elle portait toujours le T-shirt à manches longues et le pantalon de yoga dans lesquels elle avait dormi.

Elle n'avait pas le moindre souvenir de les avoir enfilés… Devant le feu, allongée sur le tapis, elle n'avait porté aucun vêtement…

Gagnée par une sourde angoisse, elle descendit presque machinalement les degrés de métal.

Une fois arrivée au bas des marches, Susannah fut frappée par le silence. Elle était habituée à Rome. Paris. Aux grandes métropoles peuplées de gens, de bruit, de voitures. De piétons affairés, d'embouteillages, de klaxons et de sirènes, de musique. Mais sur cette île il n'y avait rien de tel. Juste une légère brise fraîche au goût de sel. Pas de voix. Aucun bruit de moteur.

Elle eut soudain l'impression d'être seule au monde, avec Leonidas.

— Où sommes-nous ?

Elle avait murmuré d'instinct, pour ne pas troubler la paix régnant autour d'eux.

— En Grèce. Enfin, sur une île Ionienne.

— Que faisons-nous ici ?

Pourquoi n'étaient-ils pas plutôt à Athènes, à proximité des bureaux de l'entreprise familiale ?

Elle ne posa pas la question à voix haute, pressentant que la réponse se trouvait là, devant ses yeux.

Un petit sourire naquit au coin des lèvres de Leonidas.

— En un sens, nous sommes ici à cause de mes origines, dit-il d'un ton détaché.

Son apparente décontraction ne fit que renforcer l'inquiétude de Susannah.

— Comme tu le sais, ma mère est grecque, poursuivit-il. Cette île appartient à sa famille depuis plusieurs générations. Il y a très peu de personnel et tous me sont apparentés.

Le petit sourire en coin s'agrandit.

— Je précise ce détail parce que je sais que tu es très entreprenante, Susannah, et que je ne voudrais pas que tu entretiennes de vains espoirs de fuite.

— De quoi parles-tu ? demanda-t-elle en battant des cils.

— Ne le prends surtout pas pour une insulte, mais permets-moi de t'expliquer la situation. D'ici, tu peux voir l'île dans toute sa beauté et sa spécificité. Aucun

98

moyen de gagner le continent. Il n'y a pas de ferrys et le jet repartira ce soir — et tu ne seras pas à bord. Je dispose d'un hélicoptère qui ne décolle que sur mon ordre. Comprends-tu ce que cela signifie, Susannah ?

— Je dois être encore endormie, dit-elle, crispée. Et faire un horrible cauchemar.

— Non, tu es bien réveillée, hélas.

— Dans ce cas, je ne comprends pas, répliqua-t-elle avec un calme qu'elle était loin d'éprouver. À t'entendre, je pourrais presque croire que je suis ta prisonnière.

— À ta place, je verrais plutôt cela comme une opportunité. Tu vas pouvoir profiter de ce séjour pour t'habituer à ta nouvelle existence et oublier les plans que tu as pu échafauder jusqu'à présent.

— Tu t'adresses à moi comme à une esclave, pas une épouse.

— Si tu préfères voir les choses ainsi, libre à toi, dit-il avec un haussement d'épaules. Je te conseillerais néanmoins de te rappeler que je suis un homme de pouvoir…

Le sourire s'étendit sur sa belle bouche sensuelle.

— … Et que je peux me montrer très persuasif.

— Je veux retourner à Rome *immédiatement* ! riposta-t-elle d'un ton sec, ulcérée par les réactions provoquées en elle par ce sourire impossible.

Il secoua la tête, l'air presque… compatissant.

Subitement, Susannah se remémora tout ce qui s'était passé depuis l'instant où elle était descendue du jet dans le minuscule aéroport de l'Idaho. Le chemin serpentant à flanc de montagne, la rude montée, l'arrivée à la communauté. La folle étreinte dans la chambre aux murs nus.

Ensuite, il y avait eu l'accueil des médias, avides de couvrir le retour miraculeux de celui que tout le monde avait cru mort. Puis les sept semaines passées avec Leonidas, trop près de lui. Elle avait dû veiller à toujours rester polie et à ne pas trop le toucher. À vivre auprès de celui qu'elle avait l'intention de quitter.

Le gala Betancur. Les cousins de Leonidas, Apollonia. Et, pire encore, ses propres parents.

Susannah se rappela cette danse ensorcelante, qui les avait coupés du monde. Elle avait vécu ces instants comme un regret doux-amer de ses fantasmes d'autrefois. Des rêves qui ne deviendraient jamais réalité.

Et, enfin, la découverte brutale de sa grossesse et l'abandon total dont elle avait fait preuve devant le feu crépitant dans l'âtre.

Elle désirait cet enfant, mais elle ne voulait pas des Betancur et de leur cirque infernal. Ni de Leonidas.

Parce qu'il ne serait jamais à elle, pas de la façon dont elle désirait qu'il le soit. Ce séjour sur l'île ne pourrait que repousser l'inévitable.

Comment pouvait-il ne pas s'en rendre compte ?

— Je t'ai dit que je ne voulais pas vivre enfermée, dit-elle quand elle se fut ressaisie. Je t'ai expliqué que notre mariage, ton nom étaient pour moi une cage. Et tu m'as enlevée durant mon sommeil pour m'emmener de force ici, sur une île ? C'est cela, ta réponse ?

Il bougea enfin. S'écartant de la Range Rover, il se redressa, dominant Susannah de toute sa hauteur. Une expression dure marquait ses traits, celle-là même qu'elle persistait à oublier alors que c'était le vrai Leonidas qui la contemplait ainsi. Au cours des sept dernières semaines, elle avait entrevu fugacement un autre aspect de lui, mais il ne s'agissait que d'un mirage.

L'homme à l'air redoutable et impitoyable qui la toisait était celui qu'elle avait épousé. À qui elle avait donné sa virginité, avant de faire un enfant avec lui.

Or elle ne pouvait s'en prendre qu'à elle-même, parce qu'elle avait toujours su qu'il était un Betancur et le serait toujours.

— Ta cage, c'est moi, dit-il d'une voix impérieuse et calme. Le mariage, le nom de ma famille, cela ne compte pas. Ta seule prison, c'est celle de mes bras.

Il s'interrompit quelques instants, durant lesquels

Susannah retint son souffle, se préparant à recevoir le coup fatal.

— Et celle de mon corps. Je te garderai jusqu'à mon dernier jour, Susannah.

Elle eut envie de bondir. De hurler. De baisser la tête et de sangloter tout son soûl. Elle aurait peut-être dû se jeter sur lui et le battre avec ses poings. Jusqu'à ce que tout reprenne un sens. Mais elle n'en fit rien. Cet impossible chagrin — parce que cela ne pouvait définitivement pas être de la joie — la submergeait à nouveau.

— Si ces paroles étaient censées me réconforter, c'est raté, dit-elle en redressant les épaules.

Les stupéfiants reflets fauves incendièrent les yeux de Leonidas.

— Tu portes mon enfant, répliqua-t-il lentement. Je ne sais pas pour quel genre d'homme tu me prends, Susannah, mais je te rappelle que je ne renonce jamais à ce qui m'appartient.

Cette fois, la colère l'envahit. Se rapprochant de Leonidas, elle lui enfonça l'index dans la poitrine.

— Je ne t'appartiens pas !

Le regard soudé au sien, il referma la main sur la sienne.

— Je ne débattrai pas de la question, ma belle innocente. Mais tu n'y peux rien : je suis le seul à t'avoir possédée.

— J'étais la veuve de l'un des hommes les plus médiatisés du monde, rétorqua-t-elle en tentant de dégager sa main. Il m'était impossible de débarquer dans un club pour draguer le premier venu !

— Ah… Parce que tu crois que tu l'aurais fait, si tu avais pu passer incognito ?

Elle plissa le front, blessée par son ton sardonique.

— Si je l'avais pu, je me serais débarrassée de ma virginité avant même que tes funérailles ne soient terminées !

Quand il éclata franchement de rire, Susannah le haït. À moins qu'elle ne se haïsse de se laisser déstabiliser par le son riche et profond jaillissant des lèvres de Leonidas.

— Je ne te crois pas, dit-il en reprenant son sérieux.

Tu te targues de posséder un self-control à toute épreuve, ma douce. Il transparaît dans tout ce que tu fais. Le seul moment où tu te laisses aller, c'est lorsque tu es allongée sous moi.

Elle trembla à ces mots. Ainsi, il avait eu conscience de son trouble dès le début. Pire, il le sentait encore dans la main qu'il serrait toujours contre ses puissants pectoraux.

— Je suis très bonne comédienne. Tout le monde te le dira.

— Tu peux nier l'évidence si tu veux, cela ne change rien pour moi.

Cette fois, lorsqu'elle voulut dégager sa main, il ne l'en empêcha pas. Mais il dardait sur elle ce regard sombre et étincelant qui semblait lire en elle les sentiments qu'elle refusait de nommer.

— Mais n'imagine pas une seule seconde que je te laisserai t'enfuir avec mon enfant. Ne te fais pas d'illusions, Susannah : je ne te laisserai jamais partir.

— Tu ne peux pas me retenir de force, riposta-t-elle d'une voix rauque.

Un véritable chaos régnait en elle. Plus elle passait de temps avec Leonidas, moins elle savait où elle en était. Car, dans le secret de son cœur, elle se réjouissait presque qu'il refuse de la laisser partir.

— Détrompe-toi, répliqua-t-il avec calme.

— Tu devras m'enfermer jour et nuit, si tu veux me forcer à rester ici, le prévint-elle. C'est vraiment ce que tu souhaites ?

— Tu te rendras vite compte que ce ne sera pas nécessaire, Susannah. Nous sommes sur une île, entourée de toutes parts par une mer peu indulgente.

Il sourit, l'air franchement amusé.

— Je n'aurai qu'une chose à faire : attendre.

10.

Susannah n'adressa pas la parole à Leonidas durant une semaine.

Pendant ce temps, elle entreprit d'explorer l'île à bord de l'un des véhicules tout-terrain auxquels elle avait librement accès. Mais, comme il n'y avait qu'une seule et unique route traversant l'île de bout en bout, elle la connut vite par cœur.

Au cours de ces balades en voiture, elle avait aperçu quelques pontons de bois, sans doute destinés aux nageurs les jours où le temps permettait de se baigner. En tout cas, aucune embarcation n'y était amarrée.

De toute façon, même s'il y en avait eu, il aurait fallu être fou pour tenter la traversée de la mer Ionienne !

En revanche, il y avait des oliviers partout, et des plages, avec plus de rochers que de sable. L'île de Leonidas était âpre et sauvage. Seules quelques maisons étaient rassemblées autour de l'une des criques, mais sans former de véritable village. Les habitants travaillaient dans la grande maison se dressant au sommet du point culminant de l'île. Il s'agissait d'une bâtisse imposante mais pas luxueuse, agrémentée de plusieurs terrasses ouvertes et de larges fenêtres donnant sur la mer de tous côtés, ainsi que la falaise toute proche.

Si elle n'avait désiré s'en échapper à tout prix, Susannah aurait pu aimer cet endroit, plus pittoresque et authentique que ceux que l'on voyait d'ordinaire sur les cartes postales.

Elle aurait pu savourer le charme suranné émanant de la grande maison et s'y sentir merveilleusement bien.

— Tu ne peux pas continuer comme ça éternellement, dit Leonidas le septième jour.

Elle était venue faire un tour dans la bibliothèque étonnamment bien fournie sans réaliser qu'il s'y trouvait. D'habitude, il travaillait dans son bureau, à l'autre extrémité de la maison, si bien qu'elle n'avait aucun mal à l'éviter quand elle restait à l'intérieur.

Susannah passait ses journées à rouler sans but d'un bout à l'autre de l'île, ou à se promener parmi les oliviers en essayant de clarifier ses pensées. Quand elle en avait assez de marcher, elle rentrait et venait fureter parmi les volumes alignés sur les rayonnages de la bibliothèque, d'où montait une légère odeur d'humidité et de vieux livres.

Ce jour-là, elle s'était dirigée tout droit vers la partie consacrée aux romans allemands, qui avait attiré son attention la veille. Sans remarquer la présence de Leonidas.

Il était installé dans l'un des profonds fauteuils confortables, les pieds posés sur la table basse, une tasse de café à portée de main et son ordinateur portable ouvert sur le large bras du fauteuil. Mais il n'en regardait pas l'écran. Il observait Susannah, d'un air amusé et indulgent qui l'irrita au plus haut point.

— Pourquoi devrais-je te parler ? riposta-t-elle, le menton haut. Que pourrais-je bien avoir à dire à un gardien de prison, d'après toi ?

— Je te l'ai déjà dit, Susannah, répliqua-t-il avec un haussement d'épaules. Tu peux t'entêter autant que tu voudras, cela ne changera rien.

— Je sais, tu es persuadé que je vais finir par te céder ! lança-t-elle d'un ton agressif. Mais tu ne connais pas la Veuve Betancur.

Il se passa la main dans les cheveux en éclatant d'un rire sonore.

— Je n'ai pas peur de ma propre veuve, ma douce.

Cette fois, sa voix avait pris un accent caressant, riche de promesses implicites.

— Tu as tort, rétorqua-t-elle froidement.

Après avoir pris le livre repéré la veille, Susannah se dirigea vers la porte d'un pas rapide.

— Oui, tu as tort, répéta-t-elle avant de franchir le seuil. Tu t'en rendras bientôt compte.

En vérité, songea-t-elle ce soir-là en se préparant à passer une nouvelle longue nuit solitaire, *elle* avait peur que Leonidas n'ait raison et qu'elle ne finisse par céder. Parce qu'elle ne tiendrait plus longtemps comme ça, en effet.

Il la laissait tranquille, pourtant. S'ils se croisaient la journée, il lui adressait rarement la parole, se contentant d'un léger sourire avant de retourner travailler dans son bureau. Le personnel ne venait qu'à des horaires précis, aussi prenaient-ils leurs repas ensemble, mais si elle ne lui parlait pas il restait silencieux de son côté. Il mangeait et souriait, comme s'il appréciait sa compagnie.

Ou, plutôt, comme s'il savait déjà comment tout cela finirait.

Chaque soir, Susannah s'apprêtait pour la nuit et grimpait résolument dans l'immense lit à baldaquin trônant au milieu de la chambre d'amis qu'elle avait exigé d'occuper. Et, chaque nuit, elle luttait contre le sommeil avant de s'assoupir.

Elle rêvait qu'elle était soulevée par des bras puissants, puis transportée à travers la maison. Et, le matin, elle se réveillait dans le lit de Leonidas. Parce qu'il ne s'agissait pas d'un songe, mais bien de la réalité.

Non seulement elle se réveillait dans son lit, immense lui aussi, mais blottie dans ses bras comme si elle voulait… ne faire qu'un avec lui.

Elle avait beau se promettre de résister aux élans de son corps, chaque matin c'était la même chose. Susannah ouvrait les yeux dans les bras de Leonidas, bien au chaud et en sécurité, cramponnée à lui.

Furieuse contre elle-même, elle quittait aussitôt le

lit, tandis que son époux éclatait de ce rire arrogant et moqueur qui ulcérait Susannah.

Une petite guerre insidieuse se livrait entre eux, dont elle craignait fort de ne pas ressortir victorieuse.

Alors qu'elle était à cet instant assise sur le bord de son propre lit, elle admit que ses résistances s'étaient sérieusement émoussées. Elle commençait même à en avoir assez de sa propre attitude, s'avoua-t-elle avec un soupir las.

Leonidas se fichait qu'elle l'ignore — ou s'efforce de l'ignorer. Il se moquait éperdument qu'elle se rebiffe ou se montre agressive envers lui. Il semblait avoir été taillé dans le roc et elle se heurtait à ce roc depuis trop longtemps.

Quoi qu'elle fasse, il se contentait de sourire et d'aller s'enfermer dans son bureau. Il ne souffrait en rien de la situation. Tandis qu'elle…

Susannah se leva, se dirigea pieds nus vers la porte-fenêtre donnant sur sa petite terrasse et ouvrit les battants. Il faisait trop sombre pour voir la mer, mais elle entendait les vagues s'écraser sur les rochers. L'inexorable mouvement de flux et reflux l'avait toujours fascinée. Ce soir-là, cependant, elle avait l'impression d'être comme le rivage, battue sans répit par une force impitoyable qui la dépassait totalement.

Elle fit quelques pas sur la terrasse, la brise nocturne lui soulevant les cheveux. Comme un frisson la parcourait, elle referma les bras sur sa poitrine, suffoquée par les changements qui s'opéraient chaque jour dans son corps. Elle avait pris un peu de poids. Ses seins étaient plus lourds, hyper sensibles…

Faisant demi-tour, elle s'arrêta un instant pour contempler le reste de la maison, dont les grandes fenêtres éclairées ressortaient dans la nuit.

Quant à l'île, Susannah n'avait plus besoin de lumière pour la voir. Elle en connaissait les moindres parcelles.

Cette nuit-là, elle s'endormit aussitôt après avoir posé la tête sur l'oreiller. Mais, lorsqu'elle sentit les bras musclés la soulever et l'emporter à travers la maison plongée dans l'obscurité, elle sortit de la torpeur du sommeil — et resta éveillée.

Une fois que Leonidas l'eut déposée dans le lit immense, elle attendit qu'il s'allonge à côté d'elle, puis elle se redressa sur un coude.

— La Belle au bois dormant s'est enfin réveillée, dit-il de sa belle voix profonde. C'est à ce moment-là que les ennuis commencent, non ?

Il n'y avait d'autre éclairage dans la pièce que celui des braises rougeoyant dans la cheminée. Susannah s'en réjouit. Dans l'obscurité, elle n'avait pas à se soucier de son expression. Ni besoin de se cacher. Aussi laissa-t-elle tomber le masque derrière lequel elle avait l'habitude de se dissimuler, savourant le sentiment de liberté qui l'envahissait peu à peu.

De son côté, Leonidas paraissait moins inaccessible, moins redoutable. Pas doux, non, mais ses traits semblaient moins durs et moins arrogants.

Comme si dans la pénombre, ils renaissaient tous deux, différents.

— Si tu ne voulais pas avoir d'ennuis, chuchota-t-elle, il fallait me laisser partir.

— Un jour ou l'autre, tu admettras que tu ne désirais pas vraiment t'en aller, Susannah, répliqua-t-il d'une voix à peine audible. Si tu voulais à tout prix te trouver loin de moi, tu ne te serais pas donné autant de mal pour me retrouver.

— Je t'ai cherché, parce que j'ai pensé que c'était ce que tu aurais voulu, murmura-t-elle sans réfléchir.

Alors que ses paroles flottaient encore entre eux, elle comprit que c'était ce qu'*elle* aurait voulu, si son avion s'était écrasé. Elle aurait voulu que quelqu'un cherche à comprendre les causes de l'accident, sans se laisser décourager. Elle aurait voulu qu'on fasse appel à des enquêteurs pour découvrir la vérité.

Elle aurait aimé que quelqu'un se soucie de son sort. Rien qu'une fois.

— J'obtiens toujours ce que je désire, dit lentement Leonidas. Tôt ou tard.

Oui, cela ne faisait aucun doute. Et Susannah avait passé trop de temps à lutter. Durant ses balades sans but en voiture, ses promenades parmi les oliviers. Elle avait passé nombre d'après-midi sur les rochers, vêtue d'un gros pull en laine, à contempler l'horizon lointain. Elle avait humé l'air salé, auquel se mêlait le parfum des fleurs sauvages.

Tout ce temps-là, elle avait été en colère, refusant de voir l'autre côté des choses, parce que sa rage l'aveuglait.

Peu à peu, toutefois, l'île l'avait apaisée malgré elle, à son insu. L'île avait eu raison de sa colère.

Elle lui avait permis d'acquérir une nouvelle détermination.

— Toujours ? demanda-t-elle en se rapprochant de lui.

Doucement, elle suivit le contour de la belle bouche sensuelle du bout d'un doigt.

— Toujours, répéta-t-il durement, en prenant la main de Susannah dans la sienne.

Susannah songea soudain au choc qu'elle avait ressenti, quatre ans plus tôt, quand elle avait eu connaissance de l'accident d'avion. Très vite, elle avait sombré dans un abîme sans fond. La vie à laquelle elle avait été préparée durant des années avait éclaté d'un coup, laissant place à un gouffre. Elle s'était laissé happer par ce vide, ce néant. Mais elle avait fini par en remonter. Plus forte et déterminée. Et ensuite elle avait pris les bonnes décisions et agi.

Elle continuerait à avancer. Si une partie d'elle-même pleurait encore celui qui l'avait tenue dans ses bras sur la piste de danse une semaine plus tôt, tant pis. Leur étreinte n'avait été qu'un fantasme, après tout. La résurgence d'un conte de fées. Or la situation était bien réelle. Elle n'avait pas prévu cette grossesse, ni de se lancer dans une existence compliquée avec un homme dont elle ne connaissait que le nom, mais elle était bel et bien enceinte.

Au départ, tout s'était déroulé malgré elle. Le mariage somptueux avec l'héritier Betancur avait anéanti tous ses rêves stupides. Ensuite, elle était entrée dans le veuvage, feignant de pleurer l'époux qu'elle avait à peine côtoyé et un amour n'ayant jamais existé que dans sa tête.

Quatre ans plus tard, elle avait retrouvé un étranger qui ne l'avait pas reconnue. Il avait alors suffi d'un baiser — et du don de sa virginité — pour faire renaître son mari d'un jour. Sept courtes semaines avaient suivi, durant lesquelles elle s'était comportée en épouse dévouée et en partenaire accomplie le jour, tandis qu'elle passait ses nuits seule, dans une chambre d'amis.

Finalement, Susannah n'avait été la femme de Leonidas qu'en théorie. Leur première étreinte, dans la petite maison en rondins, n'avait été qu'une parenthèse. Un moment isolé, presque surréel.

Quoi qu'il en soit, elle était lasse de se punir. Lasse de se cacher. Et, surtout, elle en avait assez de ces luttes dont elle n'était même pas certaine de vouloir sortir gagnante.

À quoi bon feindre l'indifférence plus longtemps ? Leonidas lui plaisait. Énormément. Il l'attirait, il l'avait toujours attirée, et elle ne voyait plus de raison de résister au désir qu'ils ressentaient tous deux.

— Nous verrons bien qui a raison, dit-elle d'une voix douce en passant une jambe par-dessus les siennes.

Un rire dur et sensuel s'échappa des lèvres de Leonidas.

— Je ferai de toi ce que je voudrai, plus tôt que tu ne l'imagines. C'est inévitable, ma douce. Alors, autant t'y faire dès maintenant.

— Tu ne peux pas m'avoir tout entière, répliqua Susannah avec calme. Ne comprends-tu pas qu'en me retenant contre mon gré tu ne me posséderas jamais corps et âme ?

Sur ces paroles, elle rapprocha son visage du sien tout en se pressant contre son corps viril. Puis elle scella son destin de la seule façon qui s'offrait à elle.

Avec un baiser.

11.

— J'ai l'impression que la cage devient de plus en plus confortable, dit Leonidas d'une voix suave en glissant son mobile dans sa poche. Je me trompe ?

Il traversa la terrasse pour gagner la piscine chauffée.

— On pourrait presque croire que tu t'y plais…

Assise au soleil et enveloppée dans un immense châle de laine, Susannah leva les yeux vers lui. Ses cheveux blonds noués souplement sur la nuque, l'air à la fois décontracté et chic comme à son habitude, elle paraissait presque… heureuse, en effet.

Quant à lui, son désir pour elle ne faisait qu'augmenter chaque jour. Et la nuit il lui faisait l'amour en se disant que la plus folle étreinte ne parviendrait pas à assouvir la faim qui le dévorait.

La faim qu'il avait de Susannah. Sa femme.

— Confortable ou pas, une cage reste une cage, répliqua-t-elle d'un ton légèrement moqueur.

Le même que celui qu'elle employait souvent depuis la nuit où elle s'était donnée à lui. Comme s'il s'agissait d'une plaisanterie, alors qu'ils savaient très bien tous les deux qu'il n'en était rien.

La colère provoquée par la longue conversation qu'il venait d'avoir au téléphone ne disparut pas, mais elle fut néanmoins atténuée par la vue de sa femme. Elle lui rappelait que, quelles que soient l'identité et les motivations du monstre qui avait attenté à sa vie, *elle* était intervenue et l'avait sauvé.

Seule Susannah importait, se répéta-t-il. Ainsi que l'enfant qu'elle portait. Il se fichait de tout le reste.

Un jour, il trouverait le moyen de faire renaître pour de bon la lueur dansante qu'il surprenait parfois dans ses beaux yeux bleus. Notamment quand ils étaient enlacés, nus, leur passion assouvie. Il la rendrait heureuse, bon sang ! Ne réussissait-il pas dans tout ce qu'il entreprenait ?

Susannah désirait préserver une part d'elle-même, mais il attendrait. Il avait tout son temps et, oui, il finirait par venir à bout de ses résistances.

Il se le répétait, comme pour s'en convaincre, mais acceptait de plus en plus mal sa réserve.

Tout avait changé, lorsqu'elle l'avait embrassé dans son lit. De la même façon que son univers avait soudain basculé dans la petite maison en rondins. Il avait suffi d'un baiser.

Leonidas était ravi qu'elle ait renoncé à son petit jeu des chambres séparées. Qu'elle ne se retranche plus dans ce silence tour à tour glacé ou frémissant de colère.

Elle se donnait à lui avec un mélange de douceur et d'ivresse, d'avidité sauvage, qui l'enchantait.

— Je suis ton mari et tu es ma femme, avait-il dit cette nuit-là.

Alors qu'elle reposait dans ses bras, repue et déjà à moitié endormie. Il l'avait emportée dans la salle de bains et installée dans l'immense baignoire placée au creux d'une alcôve, au pied d'une fenêtre donnant sur la mer.

— Et je n'ai pas l'intention de traverser chaque nuit la maison pour aller chercher mon épouse. Je ne crois pas aux lits jumeaux. Rien ne doit nous séparer, pas même une chemise de nuit.

Il l'avait regardée appuyer la nuque au rebord de la baignoire, les yeux clos.

— Je crois que nous sommes enfin d'accord sur ce point, avait-il ajouté.

— Tu ignores ce qu'est le mariage, avait-elle répliqué en rouvrant les yeux.

Leonidas l'avait rejointe dans la baignoire et s'était positionné derrière elle, la laissant poursuivre.

— Après tout, tu ne savais même pas que tu étais marié durant quatre ans. Alors que, de mon côté, je les ai vécu, ces quatre années.

— Mais nous allons vivre cette nouvelle ère de notre mariage ensemble, lui avait-il murmuré à l'oreille. Et je ferai tout pour que nous en gardions tous deux des souvenirs *vivaces*.

Ensuite, ils s'étaient passés de mots. Leonidas avait exprimé ce qu'il ressentait avec ses mains, sa bouche, sa langue, avec tout son corps.

S'il ne pouvait offrir à Susannah tout ce dont elle avait été privée durant son absence, il veillerait sur elle. Il soulagerait ses maux de tête, s'assurerait qu'elle mange bien. Il prendrait soin d'elle.

Pour la première fois de sa vie, il se souciait de quelqu'un.

Et il s'employait à lui faire découvrir les plaisirs de la chair.

Elle avait appris à le prendre dans sa bouche. À s'installer à califourchon sur lui et à le chevaucher à son propre rythme. Elle adorait passer tour à tour du contrôle à la soumission et était toujours prête à essayer une nouvelle position.

Parfois, quand ils reposaient épuisés dans les bras l'un de l'autre, le souffle court, Leonidas posait la main sur son ventre doux et ferme. Il s'autorisait alors à imaginer des choses qu'il n'aurait jamais cru désirer. Surtout avec autant d'intensité.

— Cela fait un moment que tu n'as pas eu mal à la tête, dit-il en s'arrêtant devant le transat sur lequel elle était installée.

Elle reposa son livre et remonta ses lunettes de soleil sur le dessus de la tête pour le fixer.

— Que se passe-t-il, Leonidas ?

Il n'avait pas envie de lui répondre. Et n'aimait pas la façon dont elle lisait en lui, désormais.

— Cette phase est peut-être terminée, reprit-il, ignorant sa question.

Sans détacher son regard du sien, Susannah se leva en resserrant son châle sur elle.

— Quelque chose ne va pas, répliqua-t-elle doucement. Ne dis pas le contraire, je le vois bien.

— Qu'est-ce que cela peut te faire ?

Les mots avaient jailli malgré lui. Leonidas se sentait à vif, ce qui n'était pas bon signe.

— Comme tu ne cesses de me le répéter, je ne pourrai jamais te posséder tout entière. Alors, à quoi bon me poser ce genre de questions, bon sang ?

Au lieu de riposter, elle resta immobile à l'observer, puis lui posa la main sur la joue.

Ce n'était rien. Cela ne signifiait rien.

Alors pourquoi ce simple geste représentait-il tout pour lui ?

— Tu me possèdes en partie, dit-elle avec calme. C'est peut-être suffisant.

Il n'aurait pas dû être traversé par une houle puissante et sombre. Ni se sentir envahi par des sensations sauvages et incontrôlables.

Il y réfléchirait plus tard. Il s'efforcerait de reconstruire l'équilibre qu'elle avait le pouvoir de détruire.

— C'est Apollonia, dit-il d'une voix sourde.

Leonidas tenta de contenir la rage qui le ravageait. Parce qu'il craignait fort que celle-ci ne soit qu'un avatar de la souffrance et de l'impuissance ressenties par l'enfant qui existait toujours en lui.

Après tant d'années et d'espoirs déçus, il avait espéré qu'Apollonia se conduirait en mère avec lui. Rien qu'une fois.

— C'est elle qui a fait saboter le jet.

Un creux se forma sur le front lisse de Susannah, mais elle resta silencieuse. Elle attendit, laissant retomber sa main pour maintenir le châle contre elle. De façon étrange, son attitude aida Leonidas à poursuivre.

— J'ai demandé à tes enquêteurs de poursuivre leurs

recherches. Ils t'avaient conduite jusqu'à moi, mais je voulais en savoir davantage. Parce que, si quelqu'un avait attenté à ma vie, il n'y avait pas de raison pour qu'il ou elle ne recommence pas.

— Les possibilités sont si nombreuses, murmura-t-elle. La plupart tournent en rond et ne mènent à rien.

— En effet, acquiesça-t-il. Et cela me réchauffe le cœur, crois-moi, de voir à quel point je suis haï par les membres de ma propre famille.

— Ils ne te haïssent pas, Leonidas, protesta-t-elle avec force. Ils ne te *connaissent* pas. Ce sont des êtres mesquins et *intéressés* qui convoitent ce qu'ils estiment être leur dû, c'est tout. D'éternelles victimes toujours en quête du coupable sur lequel ils pourront rejeter les responsabilités qu'ils sont incapables d'assumer.

Elle s'interrompit en secouant la tête.

— Le fait qu'ils te haïssent, ou croient te haïr, ne fait que démontrer que tu es meilleur qu'ils ne pourront jamais l'être.

— Attention, murmura-t-il. Je pourrais m'imaginer que tu m'appartiens corps et âme...

Quand elle détourna les yeux, Leonidas le prit comme un coup de poing en pleine poitrine. Elle souriait, pourtant. Mais sa belle bouche sensuelle avait un pli amer.

Pourquoi se souciait-il de ce genre de détails, alors qu'il venait d'encaisser le choc le plus violent de sa vie ?

— Tu veux vraiment savoir ce que je pense ? demanda-t-elle en le regardant de nouveau droit dans les yeux.

Il hocha la tête en silence.

— C'est ta mère, la pire de tous, Leonidas.

En fait, il ne voulait pas parler d'Apollonia. Il ne désirait qu'une chose : caresser les lèvres de Susannah, jusqu'à ce que son sourire soit vrai. Entier et naturel.

En harmonie avec cette île où l'air était si pur, le calme si parfait.

— Et, pourtant, je ne pensais pas que ce puisse être elle, dit-il néanmoins. Je ne *voulais* pas que ce soit elle.

— Leonidas..., chuchota Susannah.

— Je songeais plutôt à mes cousins. Je les voyais comme les coupables idéaux. Ils passent leur existence à comploter, alors pourquoi n'auraient-ils pas organisé ma disparition ?

Il secoua la tête.

— Mais aucun d'entre eux n'a l'étoffe d'un assassin. Tu as raison : la moindre responsabilité les fait fuir. Or mettre un attentat au point, c'est une sacrée responsabilité ! Une seule chose les intéresse, l'argent. Et le pouvoir qui va avec. À condition de n'avoir aucun effort à faire pour mettre la main dessus. Ils sont bien trop paresseux pour cela. Tandis que ma mère, en revanche...

— Apollonia n'aime pas non plus travailler, l'interrompit Susannah. Elle aime discourir à propos du travail, proclamer partout qu'elle est exténuée par ses multiples activités...

Elle s'interrompit, l'air stupéfait.

— Tu es certain que c'est elle ?

— Les enquêteurs sont arrivés à cette conclusion il y a déjà plusieurs semaines, répondit-il avec amertume.

Pourquoi cette tristesse ? Cette déception ? Qu'avait-il espéré ? Qu'une femme comme sa mère pourrait changer ?

— Mais je refusais de l'accepter, conclut-il.

— Ils ont des preuves ?

— Ils n'en avaient pas la première fois qu'ils m'ont exposé le résultat de leurs recherches.

Il serra les mâchoires à s'en faire mal.

— Mais maintenant ils en ont.

Durant quelques instants, ils se dévisagèrent en silence, debout à côté de la piscine dont l'eau bleue miroitait au soleil.

Susannah ne prononça pas de vaines paroles de réconfort. Elle ne chercha pas à excuser Apollonia. Elle ne détourna pas non plus les yeux. Ce fut son calme, sa force, qui achevèrent de convaincre Leonidas qu'il ne pourrait jamais se lasser de cette femme. Elle s'était insinuée en lui, au plus profond de son être, à tel point qu'il ne pouvait plus vivre sans la savoir à son côté.

Elle se tenait là, en face de lui. Avec lui. Prête à rester ainsi toute la nuit, pour lui apporter son soutien.

Ce que sa mère n'avait jamais fait.

— Je dois regarder la vérité en face et admettre qu'elle est plus monstrueuse encore que je ne l'avais imaginé, poursuivit-il avec effort. Son comportement indifférent à mon égard ne suffisait-il pas ? Elle ne m'a jamais manifesté le moindre instinct maternel. Elle n'a rien fait pour me protéger de la violence de mon père. Elle s'est toujours contentée de rire et préférait s'occuper de son dernier amant en date plutôt que de son fils. Elle n'a fait qu'empirer au fil des années. Au fond, le fait qu'elle soit allée jusqu'à organiser ma mort est l'aboutissement logique de tout ce qui avait précédé.

Il secoua la tête.

— Et pourtant…

— Et pourtant…, répéta Susannah.

Cette fois, elle se rapprocha et, tendant la main vers lui, elle la posa contre sa poitrine, tout doucement. Il sentit aussitôt sa chaleur se propager en lui.

— Que comptes-tu faire ? demanda-t-elle.

— Qu'est-ce que je peux faire ?

Leonidas ne ressentait plus la violence qui l'habitait autrefois. Il avait même l'impression d'avoir perdu sa capacité à s'endurcir. Son armure s'était fendillée.

Susannah avait fait de lui un autre homme. La main toujours posée sur sa poitrine, elle le regardait, les yeux emplis de sollicitude et d'inquiétude.

C'était à cause d'elle qu'il se sentait aussi désarmé.

Une certitude se propagea soudain en lui, profonde et irrécusable. Il la refoula. Pas seulement parce qu'il s'était cru incapable d'éprouver de tels sentiments, mais parce que la conversation téléphonique qu'il venait d'avoir avec le responsable des enquêteurs lui avait démontré une fois de plus qu'il ignorait tout de l'amour.

Il n'avait jamais aimé et n'aimerait sans doute jamais.

— Je ne peux pas la traîner devant un tribunal, fit-il d'un ton faussement détaché. Je ne veux pas attirer l'attention sur l'accident d'avion et encore moins sur les quatre années qui ont suivi. Cela ne ferait que mettre l'avenir de l'entreprise en péril. Les questions fuseraient de toutes parts, créant l'inquiétude et l'incertitude. Pourquoi laisser ma mère causer encore plus de problèmes qu'elle ne l'a déjà fait ?

La rage l'étouffait, lui bloquait la respiration.

— Elle m'a pris quatre ans de ma vie. Pourquoi lui sacrifier une seule minute de plus ?

Un éclat sauvage traversa le regard de Susannah.

— J'admire ton pragmatisme. Mais je tiens à ce qu'elle paye pour ce qu'elle t'a fait.

Il se souviendrait de ces instants jusqu'à son dernier jour. La paume de Susannah sur sa poitrine, ses yeux bleus étincelant comme des saphirs tandis qu'elle le défendait de toutes ses forces. Leonidas n'avait jamais rien ressenti de comparable à la lumière qui l'éblouit soudain. Il n'aurait jamais cru que cela puisse exister.

— Il y a peut-être un moyen très simple d'y parvenir, dit-il d'une voix sourde. Une seule chose compte à ses yeux. Il suffit de l'en priver pour qu'elle ait l'impression d'avoir été envoyée dans un camp de travail, au fin fond de la Sibérie.

S'interrompant un instant, il haussa les épaules.

— Je vais lui couper les vivres. Plus un centime, plus de compte en banque. Plus rien. Elle comprendra vite sa douleur, crois-moi.

— Apollonia ? fit Susannah en hochant la tête. Elle est incapable de comprendre quoi que ce soit.

Il recula d'un pas. Avant d'en être incapable. Avant de prendre sa femme dans ses bras et de prononcer les mots qu'il ne pouvait lui dire. Il n'y avait pas de place en lui pour ces choses-là. Cela ne lui ressemblait pas. Il ne pouvait se permettre ce genre de faiblesse. Pas maintenant, alors qu'il ne restait plus pour lui que la trahison d'un côté et une épouse captive de l'autre.

Bientôt, un enfant viendrait au monde, doté d'un père capable d'avoir retenu sa mère prisonnière sur une île !

Leonidas n'avait jamais souhaité marcher dans les pas de son propre père. Il ne voulait rien avoir de commun avec cette sale brute dissimulée sous des costumes élégants coupés sur mesure.

Jusqu'ici, il ne lui était jamais venu à l'esprit qu'à travers ses propres paroles et actes il ressemblait davantage à sa mère qu'il ne voulait bien l'admettre.

Ne venait-il pas de le prouver en enlevant Susannah et en la retenant prisonnière ?

Il ne s'était pas montré violent envers sa femme comme l'aurait fait son père. En revanche, il avait usé de la manipulation, si chère à Apollonia.

Comment avait-il pu ne pas comprendre qu'il se comportait comme elle ?

— J'espère que tu lui feras savoir que tu as découvert la vérité, dit Susannah en fronçant les sourcils. Et qu'elle ne s'en tirera pas impunément.

Depuis un moment, Leonidas ne regardait plus son épouse. Il contemplait les rochers et la mer, qui l'émouvait toujours au plus profond de son être. Il aimait la rusticité de ces îles inconnues des touristes. Elles réveillaient quelque chose enfoui en lui.

Susannah détenait le même pouvoir sur lui, comprit-il soudain.

Elle l'avait prévenu. Il pouvait la garder en captivité, mais il ne la posséderait jamais tout entière. « Une cage reste une cage », avait-elle dit.

C'était seulement maintenant qu'il saisissait toute la portée de ses paroles. Il lui avait fallu voir sa mère telle qu'elle était vraiment pour comprendre. Apollonia avait organisé le meurtre de son propre fils. Comme ça, sur un coup de tête.

D'une certaine façon, il aurait préféré rester dans le

déni derrière lequel il s'était abrité pour s'expliquer le comportement d'Apollonia. Parce que c'était plus facile, et moins douloureux.

Mais à présent il allait ressentir une sorte de soulagement, de liberté. Forcément. Même si pour l'instant il n'éprouvait qu'une horrible sensation de vide.

— Je n'ai jamais rien aimé de toute ma vie, ni personne, dit-il à Susannah. Je doute d'en être capable et maintenant je sais pourquoi.

— Tu n'es pas responsable des actes d'Apollonia, répliqua-t-elle avec véhémence.

— Je crains d'avoir hérité de ses tares, avoua-t-il. C'est dans le sang des Betancur. Cela fait partie de moi. Cette vénalité, cette cruauté. Cette insensibilité totale. C'est gravé dans ma chair, Susannah.

— Leonidas…

— Je suis un homme de pouvoir, un amant fougueux, mais je n'ai jamais éprouvé aucun sentiment. Alors je ne vois vraiment pas comment je pourrais devenir père et élever un enfant.

Il secoua la tête.

— Je ne suis même pas certain de savoir comment être un homme.

— Tais-toi ! s'écria Susannah d'une voix rauque.

Sans hésiter, elle s'avança vers lui sans plus se soucier de retenir son châle, qui glissa à terre. Elle s'appuya contre Leonidas et lui entoura la taille de ses bras.

— Tais-toi, répéta-t-elle.

— Et si je refuse ?

Elle s'écarta de lui pour le dévisager un moment en silence. Puis, lentement, elle saisit sa robe par le bas et la fit remonter sur ses cuisses puis son buste, la faisant bientôt passer par-dessus sa tête…

Elle se tenait maintenant devant lui, vêtue d'une seule culotte de dentelle rose perle. En une semaine, son corps avait changé de manière visible. Ses seins s'étaient épanouis, devenant plus lourds, plus ronds et plus sensibles. Un très léger renflement commençait à lui arrondir le ventre.

— Si tu refuses de me prendre, peu importe, dit-elle, les yeux emplis de défi. Mais à ta...

S'il n'était peut-être pas un homme, Leonidas était néanmoins viril. Et face à cette femme divinement belle il perdait toutes ses défenses.

Sans plus attendre, il l'attira contre lui et prit sa bouche avec fièvre. Puis il l'allongea sur le transat, libéra son érection et la pénétra.

Il n'y eut aucun préliminaire. L'étreinte fut primaire, sauvage. Folle. Magnifique.

Susannah brûlait, elle se consumait pour lui et en lui. Elle était à lui. Tout entière.

Fermant les yeux, Leonidas s'enfouit en elle, conscient que c'était la dernière fois. Il se permit de croire qu'il la méritait.

Le temps de cette ultime étreinte. Juste pour savoir ce que cela faisait.

Il la fit jouir, crier son prénom. Il la força à le supplier. Jamais plus il ne vivrait d'instants aussi merveilleux, n'entendrait de son aussi beau que celui de la voix de sa femme le suppliant de continuer, encore et encore. De ne jamais s'arrêter.

Quand il s'abandonna enfin en elle, Leonidas bascula dans un univers inconnu, où il entraîna Susannah.

Plus tard dans l'après-midi, sous le soleil étincelant dans la transparence de l'air encore froid, il la fit monter à bord de l'hélicoptère et lui rendit sa liberté.

12.

Depuis son retour à Rome une semaine plus tôt, Leonidas avait passé la majeure partie de son temps dans son bureau. En effet, il ne supportait pas de rester dans ce fichu appartement, empli du fantôme de celle qu'il avait envoyée au loin.

Tu l'as fait pour elle, pour son bien, se répétait-il, sans pouvoir se départir de l'agitation qui régnait en lui. Il craignait même de ne pouvoir jamais s'en débarrasser.

Comment pouvait-il être hanté par Susannah, alors qu'ils n'avaient passé que sept courtes semaines ensemble, et qu'elle avait tout fait pour l'éviter ? Elle lui semblait être partout, dans les moindres recoins de cet appartement qui vibrait de sa présence. Ou plus exactement de son absence.

Et, pourtant, elle n'avait jamais partagé son lit ici, s'enfermant résolument chaque soir dans la chambre d'amis où elle s'était installée dès le lendemain de leur mariage. Elle n'avait cédé au désir que sur l'île, au bout d'une semaine.

Malgré cela, il n'avait pu trouver le sommeil depuis son retour. Lorsqu'il était chez lui, il restait éveillé à penser à elle, respirant son parfum contre les oreillers sur lesquels elle n'avait jamais posé la tête.

Aussi était-il bien mieux au bureau. Y passer ses jours et ses nuits ne lui posait aucun problème. Le travail ne manquait pas, c'est pourquoi il s'y était plongé totalement, comme autrefois, avant son mariage.

Pour tenter d'oublier sa femme, il avait pris une autre

mesure radicale et fait expédier ses affaires à l'autre bout du monde, où elle vivait maintenant. Loin de lui.

Comme il l'avait souhaité, se rappelait-il quotidiennement.

Il n'avait pas pris contact avec les bureaux de Sydney pour savoir comment Susannah se débrouillait en Australie. Il ne l'avait pas non plus fait surveiller ou suivre, se contentant de veiller à ce qu'elle bénéficie du minimum de sécurité indispensable. Il s'était juré que la rupture serait franche et cordiale.

— Tu veux savoir pourquoi tu n'aurais jamais pu me posséder tout entière ? avait-elle demandé quand il lui avait annoncé qu'ils devaient se séparer.

Il lui avait expliqué que tout était terminé, puisque leur mariage ne fonctionnait que lorsqu'ils étaient loin de l'autre.

— Parce que je savais que tu me quitterais inévitablement un jour, avait-elle ajouté d'une voix vibrante d'émotion. La seule chose que j'ignorais, c'était *comment* et *quand* tu le ferais.

Son regard voilé de larmes avait failli avoir raison de lui.

— Je m'attendais à des frasques de mauvais goût, des infidélités vulgaires dont j'apprendrais l'existence par la presse. En général, c'est ainsi qu'on procède dans notre milieu, n'est-ce pas ?

Leonidas s'était interdit de réagir, au prix d'un effort surhumain.

— Le monde est vaste, avait-il répliqué d'un ton froid. Tout ce que je te demande, c'est de choisir un endroit situé à proximité d'une succursale de Betancur Corporation.

— Pour pouvoir suivre mes moindres faits et gestes, c'est ça ?

— Non. Pour que je puisse vous venir en aide rapidement, si notre enfant ou toi rencontriez des difficultés, avait-il répondu, les mâchoires serrées. Je fais de mon mieux pour ne pas me conduire en monstre, Susannah.

Ce qui ne l'empêchait pas d'avoir l'impression d'en être un.

— Je désire m'installer à Sydney, avait-elle murmuré. Je souhaite non seulement que nous vivions sur des continents différents, mais que nous soyons séparés par le plus grand décalage horaire possible. Ainsi, nous n'aurons pas même la lumière du jour en commun.

Se gardant de tout commentaire, Leonidas avait alors organisé son voyage, d'abord en hélicoptère jusqu'à Athènes, puis en avion.

À présent, des milliers de kilomètres s'étendaient entre eux, comme il l'avait désiré. Immobile devant l'immense baie vitrée offrant un panorama grandiose de la Ville éternelle où avaient régné autrefois de redoutables empereurs, il se sentait vide de l'intérieur. Qu'était-il, sinon un roi seul sur son trône ? songea-t-il avec amertume.

Il n'avait pas menti en disant à Susannah qu'il obtenait toujours ce qu'il désirait. Mais il n'avait jamais songé que la victoire puisse avoir un goût de défaite. Une victoire à la Pyrrhus, en quelque sorte. Parce que en vérité, sans Susannah, le monde ressemblait à un vaste champ de ruines.

Ça passera. Tout passe, avec le temps.

Se rendant compte qu'il avait complètement oublié la téléconférence avec plusieurs vice-présidents répartis aux quatre coins de la planète, il revint vers son bureau.

— Je veux que ce problème soit réglé, dit-il, coupant la parole à celui de Berlin qui adressait un reproche à son alter ego de New York.

Le silence régna aussitôt. Leonidas était à bout de patience, voire de force. Il consacrait toute son énergie à ne *pas* s'envoler pour Sydney.

— Rapidement, ajouta-t-il d'un ton sec. Et, si vous n'êtes pas capables de remédier à la situation, c'est que vous n'avez rien à faire à vos postes.

Sur ces paroles, Leonidas mit fin à la conférence. Il se retourna vers la vitre le séparant du vaste espace ouvert où travaillaient les cadres de haut niveau… et resta figé.

Ce n'était pas possible. Il était victime d'une hallucination…

Il en fut presque heureux. Le cœur lui martelant les côtes, il regarda Susannah s'avancer dans l'allée centrale, toute vêtue de noir.

Sa veuve était ressuscitée à son tour et se dirigeait droit vers lui.

Suffoqué, il contempla les talons aiguilles d'une hauteur invraisemblable, laissa remonter son regard sur la silhouette mince, l'arrêta sur le beau visage à l'expression indéchiffrable, et se convainquit que ce qu'il ressentait était de la fureur.

Son cœur allait exploser, son crâne aussi. Ainsi que son sexe.

Oui, c'était de la fureur, se dit-il en serrant les poings. Comment *osait*-elle revenir après qu'il l'eut envoyée à l'autre bout du monde ?

Susannah passa devant sa secrétaire qu'elle salua d'un signe de tête, sans ralentir. Quelques secondes plus tard, elle pénétrait dans son bureau comme s'il venait de lui faire savoir qu'il souhaitait la voir.

Elle était là. Face à lui. Une semaine à peine s'était écoulée depuis leur dernière entrevue sur l'île, lorsqu'il avait prononcé les mots qui la blesseraient à coup sûr. Il le savait et avait atteint son but. Elle l'avait dévisagé en silence, les yeux brillants et la bouche légèrement tremblante, trahissant l'effort qu'elle faisait pour retenir ses larmes.

Elle n'en avait pas versé une seule. Et Leonidas avait ressenti cette retenue comme une perte supplémentaire.

Rivant son regard au sien, elle appuya sur la touche commandant les parois vitrées, qui devinrent opaques, les plongeant dans une intimité dont il ne voulait pas.

— Tu es censée être à Sydney, dit-il d'une voix dure. En Australie. C'est-à-dire à des *milliers* de kilomètres d'ici. Et je te rappelle par ailleurs que c'est *toi* qui as choisi cette destination.

— En effet, mais je n'y suis pas, comme tu peux le constater.

Elle lui donnait soif. Il la buvait des yeux. La coupe de la ravissante robe noire attirait le regard sur le minuscule renflement de son ventre. Si imperceptible que toute personne n'étant pas au courant de son état ne l'aurait pas remarqué.

Or, lui, il savait. Cette pensée l'obsédait jour et nuit.

Lorsqu'une nouvelle vague de colère fondit sur lui, Leonidas comprit que cette fois sa rage était bien réelle.

— Crois-tu que je t'aie envoyée là-bas pour mon bien-être ?

— Je me fiche de savoir pourquoi tu m'as envoyée en Australie, Leonidas ! répliqua-t-elle, les yeux étincelant de défi.

Il ne lui avait encore jamais entendu ce ton. Disparus, le calme et la sérénité. La nouvelle Susannah était si différente de celle qu'il connaissait que Leonidas ne put s'empêcher de la dévisager avec stupeur.

Avant de se rendre compte brusquement que son assurance n'était qu'une apparence.

Le chignon décontracté et chic, la robe élégante, les escarpins à talons aiguilles, tout cela était du pur Susannah.

Mais pas l'ouragan qui faisait rage dans ses yeux bleus. En outre, il s'aperçut soudain qu'elle tremblait de la tête aux pieds.

— Susannah…

— Je m'en fiche ! répéta-t-elle le menton haut.

Elle s'avança vers lui avant de s'arrêter aussitôt. Comme si elle craignait de ne pouvoir se contrôler.

— Pour une fois, je me fiche de toi, de ton bien-être, de ce que tu ressens et de tout le reste ! Ma parole, tu ne te rends pas compte que ma vie *entière* a tourné autour de toi ?

— Pas vraiment, répliqua-t-il sèchement. Si on t'avait laissé le choix entre plusieurs candidats, je ne pense pas que tu m'aurais choisi.

Elle éclata alors de rire. Ce n'était même pas un rire sincère mais fêlé, qui résonna douloureusement en Leonidas.

— Tu penses à toi, pas à moi, rétorqua-t-elle. Comme d'habitude.

Surpris par ses paroles, il la regarda en plissant le front.

— J'étais une adolescente. Mes parents m'ont annoncé que je t'étais destinée des années avant notre mariage et, crois-moi, je savais précisément *pour qui* je devais me préserver. Leonidas Betancur. Je t'aurais reconnu les yeux bandés.

— Je ne suis pour rien dans les fantasmes d'une collégienne, fit-il entre ses dents.

Elle hocha la tête, signifiant clairement par là qu'elle s'attendait à ce genre de commentaire.

— Le jour de notre mariage, tu t'es donné beaucoup de mal pour me faire comprendre que ce qui importait à mes yeux ne comptait absolument pas pour toi. Mes *fantasmes de collégienne*, par exemple. Et que tu entendais me traiter comme tout homme de ton milieu traiterait sa jeune épouse. Et je l'ai accepté, parce que ma mère m'avait dit que c'était mon rôle.

À vrai dire, Leonidas ne savait s'il se sentait offensé ou suffoqué par ses paroles. Il décida qu'il préférait l'offense.

— Tu avais dix-neuf ans et j'étais très occupé…

— Ensuite tu es mort, l'interrompit-elle, la voix légèrement tremblante.

Elle fit un nouveau pas vers lui.

— Cela ne t'a jamais traversé l'esprit que ça aurait été bien plus simple pour moi de me remarier, après ta disparition ?

— Ce qui aurait fait de toi une bigame, mais je pressens que cela ne modifie en rien cette évocation particulièrement biaisée de notre relation.

— Je ne crois pas que *relation* soit le terme approprié pour décrire nos fiançailles distantes, notre parodie de mariage, ta mort puis ta résurrection, ma tentative malavisée de t'aider…

— Susannah…, l'interrompit-il à son tour, la bouche affreusement sèche. Je suis toujours un homme très occupé, comme tu le sais. Cette diatribe aurait pu m'être envoyée par courrier postal, voire par mail. Pourquoi avoir franchi seize mille kilomètres pour me l'adresser en personne ?

Elle le regarda un instant en silence, toujours parcourue par un léger tremblement. Sa bouche, ses doigts en étaient affectés. Et même ses jambes. Mais elle ne semblait pas s'en apercevoir.

— Tout le monde était avide de me voir me remarier, Leonidas. J'ai subi toutes sortes de pressions, j'ai été manipulée, malmenée, ignorée. Tant que je refusais de prendre un nouvel époux, personne ne me prenait au sérieux. Personne ne voulait me parler. Mais j'ai résisté. À tout.

— Oui, et ton obstination a fait de toi une véritable héroïne, répliqua Leonidas avec ironie. Et peut-être même la femme la plus puissante du monde. Mon cœur saigne à la pensée du grand sacrifice auquel tu as consenti.

— J'ai résisté à cause de toi, espèce de…

Elle se tut. Il la vit inspirer à fond pour se ressaisir, puis ses yeux bleus plongèrent à nouveau dans les siens.

— J'ai résisté à cause de toi, répéta-t-elle. À cause de l'idée que je me faisais de toi.

— Fondée sur des âneries colportées par les tabloïds et nourrie par une lecture abondante de conte de fées, naturellement.

— Non, je parle de l'idée que je m'étais faite après avoir dansé avec toi le jour de notre mariage, corrigea-t-elle d'une voix calme et raffermie. Tu m'as tenue dans tes bras et tu m'as regardée comme si j'étais… une femme. *Ta* femme. L'espace d'un bref instant, j'y ai cru. J'ai cru que tout allait s'arranger. Que notre mariage allait fonctionner, d'une façon ou d'une autre.

Leonidas la regarda en silence. Il se rappelait cette danse et ce souvenir lui donnait soudain envie de l'enlacer, de l'emporter dans ses bras…

Susannah fit un nouveau pas vers lui, une lueur sauvage couvant au fond des yeux.

— J'ai dirigé cette entreprise pendant quatre ans,

dit-elle d'un ton détaché. J'ai fait de moi une icône, une légende vivante. Je suis devenue la veuve intouchable. Et durant tout ce temps je te cherchais.

— Personne ne t'avait demandé de le faire, objecta-t-il d'une voix gutturale. Tu aurais dû me laisser sur ma montagne de l'Idaho. Personne ne te l'aurait reproché. Au contraire !

— Je t'ai cherché et je t'ai retrouvé, continua-t-elle avec le même détachement. Je t'ai fait sortir de cette communauté. J'ai même adouci le processus en t'offrant la virginité que j'avais préservée pendant toutes ces années. Mais, comme il fallait s'y attendre, tu n'as pas semblé te rendre compte qu'il s'agissait d'un cadeau.

— Tu m'en vois désolé, la coupa-t-il avec dédain. As-tu fait tout ce chemin pour me rappeler que je te dois un mot de remerciement ? Je demanderai à ma secrétaire de s'en occuper dès que possible. Est-ce tout ?

Elle secoua la tête, l'air déçu. Une fois de plus.

— Tu connais tes cousins. Tu peux imaginer jusqu'où ils étaient prêts à aller pour mettre la main sur moi — au sens propre comme au sens figuré —, et sur l'entreprise du même coup, bien entendu.

En effet, il le savait. Et ne voulait pas le savoir.

— Je me méfiais du moindre verre que l'on m'offrait, craignant de me réveiller mariée à l'un de mes odieux prétendants, avant de me voir expédier dans une clinique psychiatrique pour déséquilibre mental ou autre. Penses-tu que c'était amusant ?

— Je ne m'étais pas trompé, dit-il au bout de quelques instants.

Si elle ne s'en allait pas rapidement, il allait commettre un acte qu'il regretterait ensuite. Oublier pourquoi il l'avait envoyée loin de lui, par exemple.

— Il te faut vraiment un mot de remerciement.

Susannah franchit le peu de distance qui les séparait encore. Puis elle se tint devant lui, à quelques centimètres à peine. Elle tremblait toujours et Leonidas comprit soudain qu'il ne s'agissait pas d'un tremblement de peur ou d'émotion, mais de colère.

— J'ai voulu m'en aller quand nous sommes rentrés à Rome, mais tu m'as suppliée de rester, lui rappela-t-elle.

— Supplié ? répéta-t-il avec un rire sardonique. Aurais-tu toi aussi des problèmes de mémoire ?

— Le plus drôle, c'est que je savais que rester serait une mauvaise idée. Que rien de bon ne pourrait en sortir, et que nous finirions toujours par revenir au même point.

Ses yeux étincelaient de rage, à présent.

Leonidas resta silencieux. Il ne pouvait que demeurer immobile face à elle, anéanti par des pensées et des sensations qu'il refusait d'analyser. Il doutait même de pouvoir redevenir lui-même un jour.

Car rien n'aurait plus d'importance, une fois qu'elle serait repartie.

— Je suis enceinte, Leonidas. Ne comprends-tu pas ce que cela signifie ?

— Bien sûr que je le comprends, riposta-t-il sans réfléchir.

À sa grande stupéfaction, Susannah lui donna un coup de poing en pleine poitrine. Pas assez puissant pour lui faire mal, bien sûr, mais Leonidas en sentit néanmoins l'impact.

Personne n'avait jamais osé le défier ainsi. Le provoquer.

Il baissa les yeux sur le poing qu'elle gardait appuyé contre son sternum et sentit quelque chose vibrer en lui. Impérieux et sourd. Brut.

— Je te conseille de réfléchir à ce que tu comptes faire maintenant, et vite, dit-il avec un calme qui le surprit lui-même.

— Je suis ta femme, répliqua-t-elle avec le même calme. Et la mère de ton enfant. Quoi qu'il arrive.

Elle serra le poing, comme si elle s'apprêtait à le frapper de nouveau.

— J'en conclus que tu as renoncé à ton projet de divorce, riposta-t-il, presque méchamment. Peut-être as-tu lu trop de romans sentimentaux dans ta pension stricte pour petites filles riches, trop rêvé de…

Le poing de Susannah s'enfonça de nouveau dans sa poitrine, plus vigoureusement, cette fois.

— Espèce de lâche !

La chose qui vibrait en lui enfla. Leonidas vit des éclairs danser devant ses yeux. Il prit le poing de Susannah et l'écarta de lui comme s'il s'agissait d'une arme véritable.

Puis il l'enlaça et l'attira contre lui.

— Répète ! ordonna-t-il en rapprochant son visage du sien. Vas-y, si tu n'as pas peur des conséquences !

Elle avait résisté à tout durant quatre ans. Peut-être n'aurait-il pas dû s'étonner de voir ses yeux bleus flamboyer.

— Espèce de lâche, répéta-t-elle avec force. J'ai mis beaucoup trop de temps à comprendre. J'étais si certaine que tu te comporterais exactement comme ma mère l'avait prédit. Comme tous les hommes qu'elle connaissait, y compris mon père. Des êtres infidèles, déloyaux et cruels, persuadés de n'exister qu'en fonction de leurs comptes en banque. J'ai cru que tu étais comme eux.

— Je le suis, en pire.

— Ces hommes sont faibles, continua-t-elle, nullement intimidée ou effarouchée par la façon dont il la serrait contre lui. Si ça avait été l'un de tes cousins qui s'était trouvé à bord du jet qui s'est écrasé, il serait mort, mais pas dans l'accident. Contrairement à toi, il n'aurait pas eu assez de cran pour s'en sortir. Tes cicatrices sont plus éloquentes que tout ce que tu pourras jamais raconter, Leonidas. Ce n'est pas un hasard si ces gens t'ont retrouvé et secouru, puis protégé et vénéré comme un héros.

— On passe vite pour un héros dans un endroit où il n'y a pas l'eau courante et où les hivers durent dix mois, répliqua-t-il d'une voix tranchante.

— Si je t'ai dit que tu ne pourrais jamais me posséder corps et âme, c'était pour me protéger, chuchota-t-elle.

— Ce que tu devrais continuer à faire maintenant, Susannah.

— Alors que de ton côté tu m'as caché la vérité, continua-t-elle d'un ton accusateur. Tu ne m'as jamais dit que personne ne pouvait te posséder, Leonidas. En fait, ce n'est pas du tout de moi qu'il s'agit, mais de *toi*.

Sa remarque atteignit Leonidas droit au cœur et il détesta la sensation qui le traversa soudain.

— Tu ne sais pas de quoi tu parles.

— Tu entretiens un mépris de toi-même si profond, tu es tellement meurtri par ces terribles ténèbres que tu portes en toi, que tu es persuadé de n'avoir rien à offrir à personne. Mais tu te trompes.

Ses paroles s'insinuèrent en lui, pesèrent sur sa poitrine, l'empêchant presque de respirer.

Parce qu'elle avait raison.

— Non, c'est toi qui te trompes, dit-il d'une voix qui sembla résonner au loin. Je n'ai rien à offrir. À personne.

Un petit cri étouffé jaillit des lèvres de Susannah. Son regard changea, devenant électrique et doux à la fois.

Puis elle se détendit et s'abandonna contre lui. S'il n'avait craint de lui faire mal, Leonidas l'aurait repoussée de toutes ses forces. Avant que sa douceur ne le gagne et le fasse fondre.

— Au contraire, affirma-t-elle avec une certitude absolue. Tu as tout à offrir. Tu es un homme bon et généreux, Leonidas.

Il éclata de rire. D'un rire bref et incisif.

— C'est faux, Susannah, et tu ne me connais pas. Je suis un étranger pour toi.

— Celui que j'ai retrouvé dans cette petite maison en rondins était un étranger, pourtant il m'a traitée gentiment. L'homme que tu étais alors aurait pu refuser de me voir, me faire renvoyer. *Tu* n'en as rien fait.

— Je t'ai pris ta virginité.

— Non, c'est moi qui te l'ai offerte, et même à ce moment-là, alors que tu ne te souvenais pas de moi, tu n'as pas abusé de la situation.

Elle s'interrompit un instant, avant de poursuivre.

— J'aimerais que tu réfléchisses à ce que je viens de dire, Leonidas.

— De toute façon, rien de tout cela n'a plus d'importance, à présent, répliqua-t-il d'un ton neutre.

— Au contraire ! protesta-t-elle, l'air agacé. Tu es persuadé de ressembler à tes parents ou à tes cousins, alors que tu n'as *rien* de commun avec eux ! Tu es différent de tous ceux que nous connaissons.

— Ce n'est qu'un masque…

— Non ! C'est toi, le vrai Leonidas.

Il la lâcha, avant de commettre l'irréparable.

— Vous ne manquerez jamais de rien, toi et notre enfant, dit-il d'un ton brusque. Même si tu souhaites te remarier, je continuerai à vous soutenir financièrement. Libre à toi de garder mon nom, Susannah. Tu es entièrement libre. La seule chose que je te demande, c'est de vivre loin d'ici, de moi…

Sa voix avait pris un accent si rauque qu'il dut s'interrompre pour s'éclaircir la gorge.

— Et de faire de cet enfant un Betancur meilleur que ceux qui l'ont précédé, qu'il s'agisse d'un fils ou d'une fille.

— C'est un garçon.

Leonidas en eut le souffle coupé. Il se sentit glacé.

Un sourire lumineux éclaira les traits fins de Susannah, si beau, si entier, qu'il en eut le cœur brisé. Elle savait ce qu'elle faisait, songea-t-il confusément.

— Oui, c'est un garçon, Leonidas. Nous allons avoir un petit garçon.

Ne lui laissant pas le loisir de se ressaisir, elle enfonça le couteau dans la plaie.

— Et tu as le choix. Traiteras-tu ton propre fils comme ton père t'a traité ? Ou prouveras-tu que tu es meilleur que lui ? Te comporteras-tu comme ta mère — qui a poussé le vice jusqu'à organiser la mort de son fils unique ? Ou veilleras-tu à ce que ton enfant ne puisse jamais t'imaginer capable de commettre une monstruosité pareille ?

— Tu sais d'où je viens, Susannah. Comment peux-tu…

— Je suis bien placée pour le savoir, puisque j'ai vécu à peu près la même chose que toi, l'interrompit-elle. Je t'ai aimé dès l'instant où j'ai appris que je t'étais destinée.

Leonidas avait déjà senti l'univers vaciller autour de lui, mais cette fois il craignit de ne jamais réussir à retrouver son équilibre.

— C'est encore l'un de tes fantasmes de collégienne, parvint-il à dire d'une voix à peu près normale.

— Peut-être. Mais ce rêve n'a fait que grandir. Et il n'est pas près de disparaître.

— Il faut que tu t'en ailles, répliqua-t-il dans un souffle.

— Je vais faire quelque chose de radical, continua-t-elle en souriant. Quelque chose qui ne s'est jamais fait dans nos familles respectives. Je vais aimer cet enfant. Notre fils.

Le regard de Susannah fouillait le sien, étincelant, limpide… Magnifique.

— Et toi ? demanda-t-elle doucement.

Il recula, comme si elle l'avait giflé. En fait, il aurait préféré qu'elle le fasse. Il savait comment encaisser les coups. Il l'avait appris très tôt, grâce à son père.

À la pensée que son propre fils puisse être battu comme lui-même l'avait été autrefois, il sentit un dégoût immense l'envahir.

— Je te l'ai déjà dit : je suis incapable d'aimer, Susannah. J'ignore ce que c'est.

Mais elle ne se laissa pas décourager et se rapprocha de lui. Elle l'avait sauvé et n'avait jamais vu en lui un monstre. Elle avait dit qu'il était le pire de tous les Betancur, mais avait fait l'amour avec lui comme s'il était un homme, tout simplement.

— Moi aussi, j'ignore ce qu'est l'amour, rétorqua-t-elle. Mais j'essaye d'apprendre. Essaye avec moi, Leonidas.

Sans l'avoir voulu, il se retrouva à genoux devant elle et lui referma les bras autour de sa taille. À moins que ce ne fût elle qui l'ait pris dans ses bras. Il embrassa le ventre où se développait la vie minuscule qu'ils avaient créée ensemble.

Et, quand il redressa la tête pour contempler le visage de Susannah, il vit des larmes rouler sur ses joues. Ses yeux étaient aussi bleus que les ciels d'été qu'il désirait faire découvrir à son fils. Aussi clairs qu'une promesse.

— J'essayerai, Susannah, chuchota-t-il. Pour toi, pour lui. Et, peu importe le temps que cela me prendra, je réussirai

— En attendant, j'ai déjà assez d'amour en moi pour nous deux, Leonidas, dit-elle d'une voix rauque. Et notre fils en aura encore plus pour toi.

— Je vous aimerai tous les deux de tout mon être, déclara-t-il lentement. Plus que ma vie.

Cette femme merveilleuse l'avait transformé. Grâce à elle, il était devenu un autre homme. Sans même s'en rendre compte, il avait commencé à changer dès ce premier baiser, dans la petite maison en rondins.

Susannah l'avait fait renaître à la vie, en lui faisant découvrir l'amour.

Une joie inconnue se déploya dans son cœur, se répandit dans sa poitrine. Immense. Invincible.

Alors Leonidas prit sa femme dans ses bras et l'embrassa, déterminé à lui montrer avec sa bouche, ses lèvres, avec tout son corps, la profondeur de ses sentiments pour elle.

Épilogue

Adonis Esteban Betancur signala son arrivée dans le monde par un cri puissant.

Jamais Susannah n'avait vu de bébé aussi beau, aussi attendrissant. Il avait hérité des cheveux noirs de son père et agita bientôt ses petits poings dans tous les sens, semblant indiquer par là que Leonidas lui avait également transmis sa détermination légendaire.

Devenu père, Leonidas s'aperçut soudain qu'il ne désirait plus diriger l'empire familial seul, d'autant plus qu'il pouvait profiter de l'aide d'une partenaire hors pair. Avec Susannah, ils formaient un tandem d'une efficacité redoutable.

Quatre ans s'étaient écoulés depuis la naissance de leur premier enfant, et Susannah attendait maintenant des jumelles.

Ce soir-là, Leonidas avait lu diverses légendes relatant les glorieux exploits des puissants dieux grecs à Adonis, avant d'aller coucher son fils. Le petit adorait ces récits extraordinaires et ne se lassait jamais de les entendre.

Installée au bord de la piscine, dans cette même propriété de Darling Point où Leonidas l'avait envoyée vivre autrefois, Susannah attendait le retour de son mari bien-aimé.

Il la rejoignit bientôt en souriant, éclairé par la lumière douce diffusée par les ampoules accrochées çà et là dans les arbres. Puis il s'assit à côté d'elle, sur le canapé d'extérieur, et l'embrassa tendrement.

Alors qu'il posait la main sur son ventre au volume impressionnant, l'une de leurs filles donna un petit coup de pied et il sourit contre ses lèvres. Les petites dansaient, maintenant, songea Susannah. Et cette danse était la plus merveilleuse qu'elle eût jamais vécue.

— Quand tu racontes à Adonis des légendes de la Grèce antique, tu crois qu'il te prend pour l'un de ces héros mythiques ? le taquina-t-elle en écartant très légèrement la bouche de la sienne.

Pour toute réponse, il approfondit son baiser, puis lui adressa un sourire qui la fit fondre. Comme à chaque fois.

— Je lui laisse croire ce qu'il veut pour l'instant, dit-il, les yeux étincelants. J'ai encore un peu de temps avant qu'il ne comprenne que je ne suis qu'un simple mortel...

Leonidas ne mentionna pas son propre père, qu'il n'avait jamais admiré. Ce n'était pas la peine. Dès la naissance d'Adonis, il semblait avoir oublié ce qu'il avait subi, les coups, les mauvais traitements. Comme il le répétait souvent lui-même, il était devenu un autre homme le jour où il avait découvert l'amour. C'était il y a longtemps déjà, là-bas, au fin fond de l'Idaho, dans une simple cabane en rondins.

Il n'avait pas eu besoin d'*essayer* d'aimer son fils et sa femme. Il les aimait, tout simplement, en dépit du pauvre modèle offert par ses parents.

Lorsque, après qu'il lui eut coupé les vivres, Apollonia avait réagi à sa manière — c'est-à-dire en allant raconter à la presse les mensonges les plus abominables sur son fils indigne — Susannah avait soutenu son mari sans faiblir un seul instant.

« Si tu veux voir ton petit-fils, tu devras d'abord me convaincre que tu le mérites », avait-il dit à sa mère la dernière fois qu'elle avait débarqué chez eux sans prévenir. « Et, pour cela, il te faudra faire de *très* gros efforts », avait-il ajouté.

Apollonia avait alors lancé à la tête de Leonidas des

injures répugnantes. Avant de partir de manière aussi bruyante qu'elle était arrivée.

Aux dernières nouvelles, elle s'était installée en Afrique du Sud, dans la ville du Cap, avec l'un de ses innombrables amants. Et Susannah espérait bien qu'elle y resterait le plus longtemps possible.

En revanche, la naissance d'Adonis avait révélé que Martin Forrester avait un cœur. Ce qu'elle n'aurait jamais soupçonné.

Peu après la venue au monde de leur enfant, son père avait absolument tenu à venir voir son petit-fils, et condamné ouvertement l'attitude d'Annemieke au cours de sa visite. De son côté, il avait littéralement fondu devant Adonis. Cela crevait les yeux.

« Je suppose que l'on n'est pas forcé d'être bon pour aimer un bébé », avait dit Susannah à Leonidas, après le départ de son père.

« Non, tu as raison, avait-il acquiescé. Mais, avec un peu de chance, aimer un enfant peut aider à devenir meilleur. »

Dans la pénombre, Susannah contempla le beau visage de son époux. Leonidas n'avait quant à lui pas le moindre effort à faire pour être le meilleur des hommes. Tenant ses promesses, il aimait son fils de tout son être. Et il aurait donné sa vie pour lui.

De la même façon, il aimait éperdument sa femme. Avec une telle force, une telle intensité, que c'était presque risible d'imaginer que, cinq ans plus tôt, tous deux s'étaient promis d'*essayer* de s'aimer.

— Tu sais quel jour on est, aujourd'hui ? demanda Susannah.

— Mardi, répondit-il aussitôt en dessinant des motifs sinueux sur son ventre.

C'était sa façon d'envoyer des messages aux jumelles, lui avait-il expliqué.

— Oui. Eh bien, il y a cinq ans jour pour jour je suis allée te retrouver à Rome, dans ton bureau, enceinte d'Adonis et *très très* en colère contre toi, lui rappela-t-elle.

— Impossible, puisque je suis le plus fabuleux des hommes, répliqua-t-il avec humour. Ce n'est pas ce que tu murmurais ce matin dans l'oreiller ?

Elle rit, puis lui posa la main sur la cuisse, savourant sa chaleur virile. Avec Leonidas, elle se sentait en sécurité et forte. Elle avait l'impression de danser, alors même qu'ils étaient assis dans le jardin. Avec lui et grâce à lui, elle se sentait légère, belle et désirable, en dépit de la taille impressionnante de son ventre.

— Je t'aime, Susannah, murmura-t-il soudain. Tu m'as sauvé il y a cinq ans et tu me sauves chaque jour depuis.

— Moi aussi, je t'aime.

Quand il reprit sa bouche, il souriait de nouveau contre ses lèvres.

— Je le sais, mon amour. Je sais *tout*. Demande à ton fils, il te confirmera que je possède des pouvoirs extraordinaires…

JENNIE LUCAS

Par devoir, par amour

Traduction française de
ÉLISABETH MARZIN

Azur

H HARLEQUIN

Titre original :
TO LOVE, HONOUR AND BETRAY

Ce roman a déjà été publié en 2013.

© 2012, Jennie Lucas.
© 2013, 2018, HarperCollins France pour la traduction française.

1.

Toute petite déjà, Callie Woodville rêvait de son mariage.

A sept ans, dans la grange de son père, elle s'était mis une grande serviette blanche sur la tête, puis elle avait avancé d'un pas lent vers un autel imaginaire, au milieu de ses ours en peluche et suivie de sa petite sœur portant une corbeille de pétales de fleurs.

A dix-sept ans, rondelette, affublée de grosses lunettes et habillée de vêtements démodés confectionnés par sa mère, elle était la risée des garçons de son lycée et s'efforçait de se convaincre qu'elle s'en moquait. C'était son meilleur ami, un garçon aussi peu glamour qu'elle, qui l'avait accompagnée au bal de fin d'études secondaires. Elle continuait cependant à rêver du jour où elle rencontrerait le beau brun ténébreux dont elle tomberait amoureuse. Quelque part dans le monde, cet homme qui l'éveillerait à la sensualité par un baiser ardent l'attendait. Elle le savait.

A vingt-quatre ans, elle l'avait enfin rencontré.

Son patron, milliardaire et homme d'affaires redoutable, l'avait embrassée. Séduite. Son cœur était déjà à lui, elle lui avait offert son corps. Il l'avait emportée dans un tourbillon de passion. L'espace d'une nuit magique, elle avait vécu dans un monde enchanté où les rêves deviennent réalité.

Mais, au petit matin, il lui avait brisé le cœur.

Huit mois et demi plus tard, Callie était assise sur le perron de l'immeuble de Greenwich Village qu'elle s'apprêtait à quitter. En ce début septembre, le temps était lourd et le ciel chargé de nuages menaçants. Son appartement vide était trop déprimant. Elle préférait attendre dehors avec ses valises.

Aujourd'hui, elle se mariait. C'était le grand jour qu'elle attendait depuis si longtemps. Malheureusement, la réalité n'avait rien à voir avec ses rêves de petite fille.

Elle baissa les yeux sur la robe de mariée trop grande pour elle achetée dans un dépôt-vente et sur le bouquet de fleurs sauvages flétries qu'elle avait cueillies dans le jardin communautaire voisin. Pas de voile. Juste deux barrettes ornées de perles en plastique, qui retenaient tant bien que mal ses longs cheveux châtains.

Dans quelques minutes, elle épouserait son meilleur ami. Un homme qu'elle adorait mais qu'elle n'avait jamais embrassé — pour la bonne raison qu'elle n'en avait jamais eu envie. Un homme qui n'était pas le père de son bébé.

Dès que Brandon reviendrait avec la camionnette, ils se marieraient au palais de justice, puis ils quitteraient New York pour retourner dans le Dakota du Nord.

Callie ferma les yeux. « C'est mieux pour le bébé », se répéta-t-elle pour la énième fois, le cœur serré. Son bébé avait besoin d'un père. Or son ex-patron était un play-boy égoïste et sans cœur, qui n'aimait que son compte en banque. Après trois ans de bons et loyaux services comme assistante, elle était bien placée pour le savoir. Comment avait-elle pu être assez stupide pour l'oublier, ne serait-ce que quelques heures ?

Une voiture qui arrivait de la Septième Avenue tourna dans sa rue. Une luxueuse berline noire qu'elle regarda passer puis s'éloigner avec soulagement. Dieu merci, ce n'était pas Eduardo ! S'il découvrait qu'elle était enceinte de lui…

Mais il ne le découvrirait jamais. Aux dernières nouvelles il se trouvait en Colombie, où Cruz Oil implantait de nouvelles plates-formes pétrolières. Une fois qu'Eduardo Cruz avait mis une femme dans son lit, elle ne l'intéressait plus. Quand elle travaillait pour lui, elle avait assisté au défilé incessant de ses aventures d'une nuit. Comment avait-elle pu imaginer qu'avec elle ce serait différent ? Quelle naïveté !

« Sors de mon lit immédiatement ! » Elle dormait encore quand il l'avait secouée à l'aube, le matin de Noël. « Va-t'en de chez moi ! Je ne veux plus te voir ! »

Huit mois et demi plus tard, ce souvenir était toujours aussi douloureux. Poussant un long soupir, Callie referma les bras sur son ventre. Eduardo ne saurait jamais rien de la vie qu'elle portait en elle. Il avait fait son choix. Elle avait fait le sien. Il n'aurait pas l'occasion de lui disputer la garde de l'enfant. Son bébé naîtrait dans une famille unie. Brandon, son meilleur ami depuis le cours préparatoire, serait un père exemplaire. En retour, elle serait une épouse dévouée. Même si elle n'aurait d'épouse que le statut.

Au début, elle était dubitative. Un mariage fondé sur l'amitié ne lui semblait pas viable. Mais Brandon lui avait assuré que l'amour et le sexe n'étaient pas indispensables pour fonder un foyer.

— Nous serons heureux, Callie, avait-il promis. Vraiment heureux.

Il s'était montré si attentionné tout au long de sa grossesse qu'elle avait fini par se laisser convaincre.

Le regard de Callie se posa sur son sac Vuitton. Brandon lui répétait qu'elle devrait le vendre. Pourquoi, en effet, garderait-elle un tel accessoire à la ferme ? C'était un cadeau d'Eduardo pour Noël. « Il ne fallait pas ! » s'était-elle exclamée, la gorge nouée, bouleversée qu'il ait remarqué son intérêt devant la vitrine, des mois plus tôt. « Tu le mérites, Callie, avait-il répliqué. J'ai pour habitude de récompenser la loyauté des gens qui travaillent pour moi. Une femme aussi exceptionnelle que toi, on n'en rencontre qu'une seule dans sa vie. »

Fermant les yeux, Callie offrit son visage aux gouttes éparses qui commençaient à tomber. Quel cadeau extravagant ! Un sac à main de trois mille dollars… Brandon avait raison. Elle devrait le vendre. Elle en avait fini avec Eduardo. Avec New York. Avec tout ce qu'elle avait aimé.

Seul son bébé comptait, aujourd'hui.

Un roulement de tonnerre se mêla aux lointains coups de klaxons et sirènes de police qui parvenaient de la Septième Avenue. Elle entendit une autre voiture tourner au coin de la rue et s'arrêter. Une portière claqua. Brandon était de retour avec la camionnette. Dans quelques instants, ils allaient se marier. Ensuite, ils prendraient la route. Inspirant profondément, elle se composa un visage souriant et ouvrit les yeux.

Son sourire se figea.

De l'autre côté de la rue, Eduardo Cruz venait de sortir de sa Mercedes, vêtu d'un costume noir impeccablement coupé qui mettait ses larges épaules en valeur.

Elle faillit se lever puis se ravisa. Il ne fallait surtout pas qu'il voie son ventre ! Croisant les bras sur ses genoux, elle bredouilla :

— Que fais-tu… ici ?

— C'est plutôt à toi qu'il faut poser la question, répliqua-t-il en se dirigeant vers elle.

Sa voix était profonde, avec seulement une pointe d'accent hérité de son enfance espagnole. Jamais elle n'aurait imaginé qu'elle l'entendrait de nouveau un jour. Sauf dans les rêves qui continuaient de la hanter toutes les nuits, bien sûr…

S'efforçant de masquer son trouble — elle s'était sentie blêmir à l'instant où elle l'avait vu —, elle releva le menton.

— Je m'en vais.

Malgré tous ses efforts, sa voix tremblait, constata-t-elle avec dépit avant d'ajouter :

— Tu as gagné.

— Gagné ?

Il monta les marches du perron.

— Curieuse accusation…

Sous son regard pénétrant, elle fut envahie par un grand froid, qui se mua très vite en chaleur intense.

— Tu trouves ? Après m'avoir licenciée, tu t'es arrangé pour que je ne retrouve jamais de travail à New York !

— Et alors ? McLinn ne subvient pas à tes besoins ?

— Tu es au courant pour Brandon ? murmura-t-elle d'une voix blanche.

Savait-il également qu'elle était enceinte ?

— Qui te l'a dit ?

— Lui.

Eduardo émit un petit rire grinçant.

— Je l'ai rencontré.

— Rencontré ? Quand ça ? Où ça ?

— Quelle importance ?

— Etait-ce par hasard ou bien… ?

— On peut appeler ça du hasard.

Eduardo lança un regard appuyé au luxueux immeuble devant lequel était assise Callie.

— Je suis passé chez toi et j'ai eu la surprise de découvrir que tu vivais avec quelqu'un.

— Ce n'est pas…

— Pas quoi ?

— Peu importe.

Eduardo fit un pas vers Callie.

— McLinn se plaisait ici ? Ça ne le gênait pas d'habiter l'appartement que j'avais loué pour ma précieuse assistante ?

Callie déglutit péniblement. Un an plus tôt, elle vivait dans un studio miteux à Staten Island, afin de pouvoir envoyer une partie de son salaire à sa famille. Un jour, Eduardo lui avait fait la surprise de lui louer pour un an un superbe deux pièces à proximité de son hôtel particulier de Bank Street. Elle avait failli verser des larmes de joie, convaincue que c'était la preuve qu'il tenait à elle. Par la suite, elle avait compris qu'il avait seulement voulu réduire son temps de trajet, afin de pouvoir exiger d'elle des journées de travail encore plus longues.

— Quand es-tu venu ? demanda-t-elle avec perplexité.

Elle avait passé la semaine chez elle à faire des cartons et à donner des instructions aux déménageurs.

— Un jour où tu dormais.

— Ah… Brandon ne m'en a pas parlé. Que voulais-tu ?

Les yeux noirs d'Eduardo lancèrent des étincelles.

— Pourquoi ne m'as-tu jamais dit que tu avais un amant ? Pourquoi m'as-tu menti ?

— Je ne t'ai pas menti !

— Tu m'as caché son existence ! Le lendemain de ton emménagement ici, tu l'as invité à s'installer avec toi.

— C'est faux ! Il… il est venu sans prévenir.

Un soir, tout excitée, elle avait appelé Brandon dans le Dakota du Nord pour lui parler du fabuleux appartement que son généreux patron lui avait loué. Le lendemain, il était arrivé à l'improviste.

— Il avait l'intention de louer quelque chose, mais il n'a pas trouvé de travail.

Eduardo eut une moue sarcastique.

— Un homme digne de ce nom ne profite pas des indemnités de licenciement de sa femme pour vivre à ses crochets.

— Brandon n'est pas un profiteur ! protesta Callie, outrée.

Pendant toute sa grossesse, Brandon s'était occupé d'elle. Il s'était chargé de la cuisine et du ménage. Il lui avait massé les pieds. Il lui avait tenu la main chez le médecin. Tout ce qu'elle aurait attendu du père de son bébé s'il ne s'était pas appelé Eduardo Cruz.

De lourdes gouttes de pluie s'écrasèrent sur le trottoir. Elle soupira.

— Pourquoi es-tu là ?

— Oh ! Je ne te l'ai pas dit ?

Eduardo eut un sourire glacial.

— Ta sœur m'a appelé ce matin.

Elle sentit son estomac se nouer.

— Sami ?

Sa sœur était très remontée contre elle, hier au téléphone. L'aurait-elle trahie ? Non. Sami ne ferait jamais ça.

— Que t'a-t-elle dit ?

— Deux choses très intéressantes que j'ai eu beaucoup de mal à croire. De toute évidence, il y en a au moins une qui est exacte. Tu te maries aujourd'hui.

— Et alors ?

— Tu l'admets ?

Callie baissa les yeux sur sa robe.

— Je peux difficilement le nier. Mais en quoi cela te concerne-t-il ?

— Tu sembles nerveuse. Me cacherais-tu autre chose ? Un autre secret ?

Eduardo fit un pas de plus.

— Un autre mensonge ?

Callie ressentit une vive douleur. Une contraction de Braxton Hicks, due au stress, songea-t-elle aussitôt. Comme celles qui l'avaient poussée à se précipiter à l'hôpital la semaine dernière. Les infirmières l'avaient gentiment renvoyée chez elle. Ce n'était d'ailleurs pas la première de la journée. Machinalement, elle posa une main sur son ventre et l'autre au creux de ses reins.

— Que veux-tu que je te cache ? demanda-t-elle d'une voix mal assurée.

— Je sais déjà que tu es une menteuse.

Un rayon de soleil perça les nuages et dessina des ombres sur le beau visage taillé à la serpe d'Eduardo.

— Mais j'ignore encore jusqu'où tu es capable d'aller dans le mensonge, ajouta-t-il d'une voix suave.

Callie crispa ses doigts tremblants sur son bouquet.

— S'il te plaît ne gâche pas…

— Quoi donc ?

« La vie de mon bébé ! »

— Mon mariage.

— Ah oui, ton mariage… Le grand événement dont tu rêvais depuis toujours. Alors dis-moi, la réalité est-elle à la hauteur ?

Le cœur de Callie se serra. Sa robe était minable, son bouquet était minable. Même ses bagages étaient minables…

— Absolument, répondit-elle d'une voix à peine audible.

— Où sont ta famille et tes amis ?

— Nous nous marions dans la plus stricte intimité.

Refoulant ses larmes, elle releva le menton.

— Et nous partons tout de suite après. C'est très romantique.

— Bien sûr. L'essentiel pour McLinn et toi c'est le voyage de noces, c'est ça ?

Le voyage de noces ? Callie faillit laisser échapper un rire amer. Ils retournaient dans le Dakota en faisant étape dans le Wisconsin chez un cousin de Brandon, où ils partageraient un canapé-lit en tout bien tout honneur. Depuis toujours ils étaient comme frère et sœur.

Mais elle pouvait difficilement avouer à Eduardo que le seul homme au monde avec qui elle avait couché c'était lui…

— Ça ne te regarde pas.

— Si je comprends bien, pour toi tout est romantique du moment que tu es avec McLinn. Même une robe affreuse et un bouquet de mauvaises herbes. Tu l'aimes, bien qu'il soit incapable de trouver du travail et de t'offrir une vie décente. En résumé, tu aimes un homme qui n'en est pas vraiment un.

Callie faillit bondir sur ses pieds, mais elle se rappela juste à temps qu'elle devait cacher son ventre à Eduardo.

— Il n'y a pas que l'argent dans la vie ! s'exclama-t-elle d'une voix vibrante de colère. Brandon est un homme mille fois meilleur que toi !

— Lève-toi.

— Pardon ?

— Je voudrais vérifier si la deuxième chose que m'a dite ta sœur est également exacte. Lève-toi.

— Pour qui te prends-tu ? Je ne travaille plus pour toi ! Tu n'as plus aucun pouvoir sur moi. Arrête de me harceler, sinon j'appelle la police !

Les yeux étincelants, Eduardo se pencha sur elle.

— Es-tu enceinte de moi ?

Callie fut prise de panique. Sa sœur l'avait trahie ! Elle savait qu'elle était furieuse contre elle, mais elle ne pensait pas qu'elle irait jusque-là. Hier, Sami l'avait appelée pour lui souhaiter un bon voyage de retour. Pour sa part, elle était très angoissée parce qu'elle se demandait si elle n'était pas sur le point de commettre une terrible erreur. Quand elle avait entendu la voix de sa sœur, elle n'avait pas pu s'empêcher de lui révéler qu'elle allait se marier avec Brandon parce qu'elle était enceinte de son ex-patron. Sami avait très mal réagi.

« — Je ne te laisserai pas piéger Brandon ! Tu n'as pas le droit de lui imposer l'enfant d'un autre !

— Sami, tu ne comprends pas…

— Tais-toi ! Même si ton ancien patron est un pauvre type, c'est lui le père et il a le droit de le savoir ! Tu es d'un égoïsme monstrueux ! »

Elle avait été déstabilisée, mais elle n'avait pas imaginé un seul instant que Sami appellerait Eduardo. Sa petite sœur l'adorait. Pendant des années, elle les avait accompagnés partout où ils allaient, Brandon et elle. Jamais elle ne l'aurait cru capable d'une telle trahison.

— Alors ? insista Eduardo d'un ton menaçant.

Callie eut une nouvelle contraction. Elle s'efforça de respirer comme elle l'avait appris pendant les cours d'accouchement sans douleur qu'elle avait suivis avec Brandon. En vain. La douleur était de plus en plus intense.

— Très bien. Ne réponds pas. Je ne croirais pas un mot de ce que tu me dirais, de toute façon. Mais ton corps…

Eduardo lui caressa la joue et elle eut l'impression de recevoir une décharge électrique.

— Ton corps ne me mentira pas.

Il lui prit le bouquet des mains et le jeta par terre avant de la hisser sur ses pieds.

Tremblante comme une feuille, elle ferma les yeux dans l'attente de la tempête.

La voix d'Eduardo fut étonnamment calme.

— Alors c'est vrai... Tu es enceinte.

Il fit une pause.

— Qui est le père ?

Elle ouvrit les yeux.

— Pardon ?

— Le père c'est moi ? Ou McLinn ?

— Comment peux-tu me poser cette question ?

Elle s'empourpra.

— Tu sais bien que tu étais le premier...

— Ça ne prouve rien. McLinn et toi vous aviez apparemment décidé d'attendre la nuit de noces, mais en rentrant de chez moi tu as très bien pu l'inciter à te faire l'amour. Soit parce que tu as été prise de remords, soit pour assurer tes arrières au cas où tu serais enceinte.

Callie resta un instant sans voix.

— Comment peux-tu penser une chose pareille ? Comment peux-tu me croire capable d'une conduite aussi... ?

— L'enfant est-il de moi ou de McLinn ? coupa Eduardo d'un ton glacial. Mais peut-être n'en sais-tu rien ?

— Brandon est mon ami. Juste mon meilleur ami.

— Tu vis avec lui depuis un an ! Tu ne vas tout de même pas essayer de me faire croire qu'il a dormi sur le canapé pendant tout ce temps ?

— C'est pourtant la vérité !

— Tu mens ! Il est sur le point de t'épouser !

— Pour me rendre service, rien de plus !

— *Por supuesto,* ironisa Eduardo en croisant les bras. C'est pour ça que les hommes se marient en général. Pour rendre service.

Callie soupira.

— Mes parents ne savent pas que je suis enceinte. Ils pensent que j'ai décidé de rentrer dans le Dakota parce que j'ai renoncé à trouver un emploi à New York.

Des larmes lui brouillèrent la vue.

— Ils ne comprendraient pas. Brandon est l'homme le plus généreux du monde. Il…

— Je me moque de lui. Et de toi. Une seule chose m'intéresse. L'enfant est-il de moi ?

— S'il te plaît, ne m'oblige pas à te donner une réponse que tu n'as pas envie d'entendre. Laisse-moi lui offrir un vrai foyer. Elle a besoin d'une famille.

— Elle ?

Callie se mordit la lèvre.

— J'attends une fille.

— Une fille…

— Mais quelle importance ? Tu ne veux pas de moi ! Tu as été très clair, il me semble ! Si je ne suis rien pour toi, elle non plus. Oublie que tu m'as vue et…

Eduardo saisit Callie par les épaules.

— Tu es folle ? Si cet enfant est de moi, il est hors de question que je laisse un autre homme devenir son père ! Tu vas te décider à me répondre ? L'enfant est-il de moi, oui ou non ?

Elle déglutit péniblement. L'avenir de son bébé dépendait de sa réponse.

Si elle disait la vérité à Eduardo, sa fille n'aurait jamais comme elle une enfance idyllique à la campagne, dans une famille chaleureuse. Au lieu de grandir entre deux parents responsables qui seraient les meilleurs amis du monde, elle serait ballottée entre une mère rongée par les regrets et un père égoïste.

Si seulement elle était aussi menteuse que le croyait Eduardo… Elle lui affirmerait que l'enfant était de Brandon et le problème serait réglé. Mais comment se résoudre à un tel mensonge ?

Les doigts d'Eduardo se crispèrent sur ses épaules.

— Je te préviens. Quelle que soit ta réponse, je vais demander un test de paternité. Si tu me mens, je détruirai ta vie. Et pas seulement la tienne mais celle de tous tes proches. A commencer par McLinn. Je le réduirai en miettes. Puis je m'emparerai de la ferme de tes parents. Alors fais bien attention à ce que tu vas dire. Suis-je le…

— Bien sûr ! hurla-t-elle, à bout de nerfs. Bien sûr que tu es le père ! Tu es le seul homme avec qui j'ai couché !

— Tu comptes vraiment me faire avaler ça ?

— Pourquoi te mentirais-je ? Tu crois que ça me fait plaisir que tu sois le père de ma fille ? Je regrette amèrement que ce ne soit pas Brandon ! C'est le meilleur homme du monde ! Pas un égoïste qui ne pense qu'à son travail et n'aime que son compte en banque !

— Tu ne m'aurais jamais prévenu, n'est-ce pas ? Tu t'apprêtais à me voler mon enfant et à donner ma place à un autre homme. Tu avais décidé de m'effacer complètement de ta vie.

— Oui ! Ma fille serait beaucoup plus heureuse sans toi.

Eduardo eut un sourire froid.

— Ça, c'est le plus énorme de tous tes mensonges.

Il avait raison, songea Callie, la mort dans l'âme. Depuis huit mois, elle se répétait que de toute façon il n'avait sûrement aucune envie de devenir père. Qu'il n'y avait pas de place pour un enfant dans sa vie de célibataire obsédé par ses puits de pétrole. Qu'il serait un père épouvantable, et qu'elle avait choisi la meilleure solution pour tout le monde.

Mais, tout au fond d'elle-même, elle savait que c'était faux. Après avoir perdu ses parents très tôt et être arrivé à New York à l'âge de dix ans pour vivre avec sa grand-tante, Eduardo Cruz avait forcément envie de connaître son enfant et de lui faire une place dans sa vie.

C'était seulement d'elle qu'il voudrait se débarrasser.

Et cette idée la terrorisait. Il était si riche et si puissant que, s'il réclamait la garde de l'enfant, il l'obtiendrait.

Il darda sur elle un regard noir.

— Tu aurais dû me prévenir le jour même où tu as su que tu étais enceinte.

— Que vas-tu faire, maintenant ?

Un sourire étira les lèvres d'Eduardo et il caressa

la joue de Callie. A son grand dam, elle fut électrisée. Comment pouvait-elle encore éprouver du désir pour lui ?

— Tu seras punie, *querida*. Oh ! Oui.

Elle resta immobile, le souffle court, hypnotisée par son regard pénétrant. Puis un immense soulagement la submergea à la vue de la camionnette qui venait de tourner le coin de la rue.

— Brandon !

Laissant échapper un juron, Eduardo ramassa son sac et la saisit par le bras.

Avant qu'elle ait le temps de comprendre ce qui lui arrivait, il l'entraîna vers la Mercedes garée de l'autre côté de la rue.

— Lâche-moi !

Elle tenta de se dégager mais il avait une poigne d'acier. Il l'obligea à monter à l'arrière, puis s'installa à côté d'elle et lui saisit les poignets.

— Je ne te laisserai plus jamais aucune chance de me voler mon enfant.

Assaillie par les effluves d'un parfum familier, électrisée par le contact de sa cuisse contre la sienne, elle eut soudain du mal à respirer. Son visage n'était plus qu'à quelques millimètres du sien... Le cœur battant à tout rompre, elle fut prise de vertige.

Une portière claqua et la voiture démarra.

— Non !

Elle se retourna pour regarder par la lunette arrière. Debout à côté de la camionnette, Brandon la regardait s'éloigner, l'air catastrophé.

La voiture tourna et il disparut. Désespérée, elle se tourna vers Eduardo.

— Ramène-moi, supplia-t-elle en étouffant un sanglot. S'il te plaît !

— Non.

— C'est un kidnapping !

— Appelle ça comme tu veux.

— Tu ne peux pas me retenir prisonnière !

— Vraiment ?

Elle frissonna devant la dureté de son regard.

— Tu vas me séquestrer ?

— Jusqu'à ce que mes droits paternels soient établis, oui.

— Tu ne me prends plus pour une menteuse ?

— Pas en ce qui concerne le bébé. Mais il existe toutes sortes de mensonges. Je ne suis pas certain que ma loyale assistante ne me cache pas autre chose.

— Que sais-tu de la loyauté ? Tu n'as jamais été loyal qu'envers toi-même !

— J'ai été loyal envers toi, Callie.

Callie rencontra le regard d'Eduardo et elle fut transportée à l'époque où ils travaillaient ensemble, partageaient des sushis à minuit au bureau et voyageaient dans le monde entier à bord de son jet.

Le ton d'Eduardo se durcit.

— J'ai longtemps cru que tu le méritais, mais j'ai fini par découvrir que je me trompais. J'ai retenu la leçon.

— Quelle leçon ? Dès que j'ai couché avec toi, j'ai cessé d'être ta précieuse assistante pour devenir une aventure sans lendemain comme les autres ! Après toutes ces années où nous avons travaillé main dans la main, comment as-tu pu me traiter comme ça ?

Les yeux noyés de larmes, Callie ne put s'empêcher de demander :

— Pourquoi as-tu couché avec moi ?

Eduardo détourna les yeux.

— Tu étais là au bon moment. C'est tout.

Elle eut l'impression de recevoir un coup de poignard en plein cœur. Elle l'avait aimé éperdument pendant trois ans. La nuit où elle s'était donnée à lui, avait cru que le miracle tant attendu s'était produit. Que son amour était enfin partagé. Quelle idiote !

Elle secoua la tête.

— Je ne sais pas ce qui m'a pris de te poser cette question. La réponse était évidente. Tu jettes les femmes dès que tu as eu ta minute de plaisir.

Eduardo promena sur elle un regard narquois.

— Un peu plus d'une minute. Tu ne te souviens pas ?

Elle sentit ses joues s'enflammer. Malheureusement, elle se souvenait de chaque seconde de la nuit qu'ils avaient passée ensemble. Et, à son grand désespoir, neuf mois plus tard celle-ci hantait toujours ses rêves. Nuit après nuit, elle revivait chacune de ses caresses, chacun de ses baisers. Elle sentait la bouche d'Eduardo sur ses seins, entre ses cuisses, elle criait de plaisir dans ses bras...

Malgré tous ses efforts, elle ne parvenait pas à oublier.

Elle baissa les yeux et tressaillit. Le décolleté trop ample de sa robe avait glissé sur une épaule, dévoilant en partie un sein dans son soutien-gorge de coton blanc. Elle se rajusta en marmonnant :

— Je ne sais pas comment j'ai pu te céder.

— Me céder ? Je n'ai pas eu besoin d'insister ! Tu es tombée dans mes bras dès que je t'ai effleurée. Mais je veux bien croire que tu l'as regretté. McLinn a dû très mal le prendre.

Eduardo secoua la tête.

— Quand je pense qu'il était prêt à t'épouser alors que tu es enceinte d'un autre homme ! Il doit vraiment être fou de toi.

— Pas du tout ! C'est juste mon meilleur ami !

— Bien sûr... Tu veux savoir pourquoi je t'ai traitée comme toutes les autres ? Je vais te le dire.

Eduardo plongea son regard dans celui de Callie.

— Parce que c'est tout ce que tu mérites.

— Je te hais !

— Au moins un point sur lequel nous sommes d'accord. Je te retourne le compliment.

Callie baissa les yeux et des larmes roulèrent sur sa joue.

— Tout ce que je voulais c'était donner un foyer heureux à ma fille. A présent, au lieu d'avoir deux parents unis elle va devenir l'objet d'une lutte acharnée entre un père et une mère qui se haïssent. Et qui ne sont même pas mariés. Tu n'imagines pas tout ce qu'un enfant illégitime peut endurer dans ce monde cruel. Ce n'est pas ce que je souhaite pour ma fille…

Elle étouffa un sanglot.

— Je ne veux pas qu'elle souffre. S'il te plaît, Eduardo. Tu ne veux pas me laisser épouser Brandon ? Pour le bien du bébé ?

Eduardo la considéra d'un air effaré.

Puis, soudain, il se pencha en avant pour dire quelque chose à son chauffeur en espagnol. Il sortit ensuite son portable de sa poche et parla de nouveau dans la même langue, trop rapidement pour qu'elle comprenne ce qu'il disait.

Pourvu qu'elle l'ait convaincu ! pria-t-elle en contemplant ce profil taillé à la serpe qu'elle avait tant aimé. Pourvu qu'il ait changé d'avis !

Lorsqu'il se tourna vers elle, une lueur étrange brillait dans ses yeux.

— J'ai une bonne nouvelle pour toi, *querida*. Tu vas quand même te marier aujourd'hui, finalement.

— Tu me ramènes auprès de Brandon ?

Il s'esclaffa.

— Tu ne doutes vraiment de rien !

— Mais tu viens de dire…

— Que tu vas te marier aujourd'hui. C'est exact.

Il fit une pause avant d'ajouter :

— Mais avec moi, *querida*.

2.

Suffoquée, Callie resta sans voix. Epouser Eduardo ? Son ex-patron ? L'homme qu'elle détestait le plus au monde ?

Non, il n'était pas sérieux. Et il allait le lui faire savoir d'un instant à l'autre. Voyant qu'il restait silencieux, elle dit enfin d'une voix mal assurée :

— Si c'est une plaisanterie, elle est de très mauvais goût.

— Ce n'est pas une plaisanterie.

— Mais…

Eduardo lui saisit la main gauche et indiqua sa bague de fiançailles bon marché.

— C'est ça la plaisanterie. Ma femme mérite une bague digne de ce nom.

Elle tenta en vain de dégager sa main.

— Je ne t'épouserai pas !

— Oh ! Excuse-moi. J'oubliais que tu étais une incorrigible romantique. Il faut que je fasse ma demande dans les règles.

Gardant sa main dans la sienne il la pressa contre son cœur, puis il mit un genou sur le plancher de la Mercedes.

— *Querida,* veux-tu me faire l'immense honneur de devenir ma femme ?

A son grand dam, Callie ne put s'empêcher d'être troublée par le contact de son torse musclé à travers sa chemise. Mais son ton narquois la mit hors d'elle et lui donna la force de libérer sa main.

— Va au diable !

Il se rassit sur la banquette.

— Je considère ça comme un oui.

La pluie tambourinait sur le toit de la Mercedes et ruisselait sur les vitres.

Il était sérieux, comprit-elle. Il avait vraiment l'intention de l'épouser.

— Mais tu... tu disais toujours que le jour où tu te déciderais à te marier ce serait avec une duchesse espagnole ! rappela-t-elle en désespoir de cause.

— Tu portes mon enfant. Nous allons nous marier.

Elle secoua la tête. C'était insensé !

— Il y a cinq minutes tu me traitais de menteuse et maintenant tu veux m'épouser ?

— Visiblement, que je sois le père de cet enfant te déplaît. Ça contrarie trop tes plans avec McLinn. C'est la preuve que, cela au moins, tu ne l'as pas inventé.

Elle le foudroya du regard.

— Je porte ton enfant, d'accord. Mais rien au monde ne pourra m'obliger à devenir ta femme.

Il arqua un sourcil narquois.

— Il y a deux minutes tu voulais te marier à tout prix.

— Avec Brandon ! C'est un homme bon et digne de confiance.

— Epargne-moi la liste de ses qualités, s'il te plaît. L'amour te rend aveugle.

— Il n'est peut-être pas aussi riche que toi, mais il a du cœur, lui au moins ! C'est pour ça qu'il fera un père fantastique. Bien meilleur que...

Une douleur aiguë transperça Callie. Encore une contraction !

— Bien meilleur que moi ? Tu veux dire que je ne suis pas digne de devenir père ? C'est ton excuse pour avoir décidé de me cacher la vérité et d'épouser ton amant ?

— Ce n'est pas mon amant...

Callie eut le souffle coupé par une nouvelle contraction. Son bébé ne devait pas naître avant deux semaines et demie... Cependant, ça n'avait plus rien à voir avec les contractions de Braxton Hicks de la semaine dernière. Serait-il possible que… ?

Non ! Elle inspira profondément. Elle n'allait pas accoucher maintenant… Pas avec seize jours d'avance ! C'était le stress. Il fallait qu'elle se calme. Pour le bien du bébé. Elle changea de position.

— Reconnais que tu n'as aucune envie de renoncer à ta vie de célibataire. C'est uniquement ton orgueil blessé qui te…

— Mon orgueil *blessé* ?

Eduardo eut un rire sarcastique.

— Tu es trop en colère, insista-t-elle. Tu devrais réfléchir à tout ce qu'implique le fait de fonder une famille.

— Tu crois que je ne sais pas ce que ressent un enfant qui n'a pas la chance de grandir dans une vraie famille ?

Callie soupira.

— C'est ridicule. Je ne peux pas devenir ta femme !

— Pourquoi ?

— Parce que… je ne t'aime pas.

— Et alors ? Saint McLinn peut garder ton amour.

— Tu as vraiment l'intention de m'épouser ?

— Combien de fois faut-il te le répéter ?

Malgré elle, Callie sentit son cœur s'affoler dans sa poitrine. C'était insensé mais elle ne parvenait pas à oublier ce rêve qu'elle avait fait tant de fois. Eduardo la prenait dans ses bras et lui disait : « J'ai commis la plus grave erreur de ma vie quand je t'ai laissée tomber, Callie. Je t'aime. Reviens-moi… pour toujours. » Stop ! C'était insensé, en effet !

— Pour toujours ?

Il eut un rire méprisant.

— Bien sûr que non ! Je n'ai pas l'intention de vivre éternellement avec une dissimulatrice. Notre mariage durera juste assez longtemps pour donner un nom à notre enfant.

— Ah !

Voilà qui changeait tout.

— Ce serait un mariage de convenance, alors ?

— Appelle ça comme tu veux.

— Pour quelques semaines ?

— Disons trois mois. Il faut quand même qu'il dure assez longtemps pour ressembler à un vrai mariage. Et pour que les premiers mois de notre bébé se déroulent dans les meilleures conditions, auprès de ses deux parents.

— Mais où vivrions-nous ? J'ai quitté mon appartement et tu as vendu ton hôtel particulier.

— Je viens d'acheter un duplex dans l'Upper West Side.

Callie se mordit la lèvre. Etait-ce la meilleure solution pour leur fille comme le croyait Eduardo ?

— Comment ce mariage est-il censé se terminer ? Par un divorce sanglant ? Ce serait catastrophique pour mon bébé.

— *Notre* bébé, affirma Eduardo d'un ton vif. Les conditions du divorce seront stipulées dans le contrat de mariage.

— Prévoir le divorce avant même d'être mariés ? C'est horrible...

— Pas horrible. Civilisé.

Eduardo eut un sourire factice.

— Etant donné que nous ne sommes amoureux ni l'un ni l'autre, nous nous séparerons sans rancune.

Trois mois. Callie déglutit péniblement. Trois mois à vivre chez Eduardo... Même quand elle était son assistante, elle n'avait jamais partagé une telle intimité avec lui. Ça risquait d'être un piège redoutable. Même si elle n'était plus la petite idiote naïve qui était tombée amoureuse de lui, il gardait sur elle un pouvoir terrifiant. Il suffisait qu'il la touche pour qu'elle s'enflamme...

— Et si je refuse ? demanda-t-elle dans un souffle. Rien ne m'empêche de descendre de cette voiture et de prendre un taxi pour rejoindre Brandon.

— Si tu es vraiment assez égoïste pour faire passer ton désir d'amour avant l'intérêt de notre enfant, je serai obligé de mettre en doute ta capacité à être une bonne mère. Et je demanderai la garde.

Elle ouvrit la bouche pour protester, mais il la réduisit au silence d'un geste impérieux.

— J'ai des ressources illimitées et les meilleurs avocats de la ville. Tu n'auras aucune chance.

Callie eut une nouvelle contraction. La douleur fut si aiguë qu'elle ferma brièvement les yeux.

— Tu me menaces ?

— Je te préviens.

— Nous sommes arrivés, monsieur, annonça le chauffeur en se garant le long du trottoir.

Callie regarda par la vitre. Ils se trouvaient devant le palais de justice où elle était venue la veille avec Brandon pour chercher une licence de mariage. Epouser Eduardo serait de la pure folie. Malheureusement, elle n'avait pas vraiment le choix. Soit elle devenait Mme Eduardo Cruz pendant trois mois, soit elle perdait sa fille.

— Et ensuite ? Comment nous partagerions-nous la garde ?

Eduardo eut un sourire froid.

— Une fois que tu m'auras prouvé que tu es une mère responsable et que notre enfant compte plus pour toi que ton amant, je suis sûr que nous parviendrons à un arrangement.

Tandis que Sanchez, le chauffeur, faisait le tour de la voiture pour ouvrir la portière, Eduardo ajouta sèchement :

— Tu as trente secondes pour te décider.

Les mains posées sur son ventre, Callie sentit sa fille bouger. Elle ne supporterait pas de la perdre...

Terrorisée et furieuse à la fois, elle foudroya Eduardo du regard.

— Tu ne me laisses pas le choix.

— Je savais que tu te montrerais raisonnable.

Il descendit de voiture et lui tendit la main.

Craignant d'être troublée, elle hésita un instant avant de la prendre. Puis elle finit par céder. Tandis qu'il la hissait sur ses pieds, elle se remémora la première fois où leurs mains étaient entrées en contact.

« Callie Woodville ? » Le président-directeur général de Cruz Oil visitait l'antenne du bassin de Bakken, dans le Dakota du Nord, où elle assurait la liaison entre les différents services. Très élégant dans son costume noir, Eduardo Cruz lui avait tendu la main à peine descendu de son hélicoptère. « J'ai entendu dire que vous gériez toute l'antenne et que vous abattiez le travail de quatre personnes avec une efficacité redoutable. » Un sourire ravageur avait illuminé son visage. « J'aurais bien besoin d'une assistante comme vous à New York. »

Elle lui avait serré la main et c'était arrivé. Le coup de foudre qu'elle attendait depuis toujours. Dès cet instant, elle était tombée éperdument amoureuse.

Sa main dans la main d'Eduardo, Callie eut à peine conscience de la foule qui se pressait sur le trottoir. Elle ne voyait que lui. Son beau visage avait changé en neuf mois. Ses traits s'étaient imperceptiblement durcis. A trente-six ans, il semblait encore plus arrogant que dans son souvenir. Elle croisa le regard de ses yeux noirs et déglutit péniblement. Il serait très facile de retomber sous son charme et d'oublier qu'il exigeait des autres un dévouement total sans jamais rien donner en échange…

Il cala une mèche de cheveux derrière son oreille, et un long frisson la parcourut. Pas de doute, elle était de nouveau subjuguée, malgré elle. Fascinée par son regard, électrisée par le contact de ses doigts et rattrapée par le souvenir de toutes les années où elle n'avait vécu que pour lui…

Une petite toux insistante rompit le charme et elle recula d'un pas. Un homme chauve à la mine grave venait de les rejoindre. Elle reconnut John Bleekman, l'avocat d'Eduardo. Que faisait-il là ?

— Bonjour, mademoiselle Woodville, dit-il d'un ton neutre.

— Bonjour.

Il tendit un dossier à Eduardo.

— Voici ce que vous m'avez demandé, monsieur.

Eduardo ouvrit le dossier, parcourut les documents, puis les tendit à Callie.

— Signe.

— Qu'est-ce que c'est ?

— Notre contrat de mariage.

— Déjà ?

— J'avais demandé à Bleekman de le préparer après avoir eu ta sœur au téléphone ce matin.

Elle le regarda avec stupéfaction.

— Mais… tu n'étais même pas sûr que le bébé était de toi !

— J'ai l'habitude de prévoir toutes les éventualités.

— Bien sûr. Pour être sûr d'obtenir ce que tu désires.

— Pour minimiser les risques.

Eduardo mit un stylo dans la main de Callie.

— Signe. Ensuite nous irons chercher la licence de mariage.

Callie commença à lire le premier paragraphe, puis s'interrompit et considéra l'épaisse liasse de documents. Il lui faudrait sans doute une heure pour tout étudier dans le détail… Elle feuilleta les pages et tomba sur le montant de la pension alimentaire qu'Eduardo avait prévu de lui verser après le divorce.

— Tu es devenu fou ? Je ne veux pas de ton argent !

— Ma fille grandira dans le confort et la sécurité. Ce qui veut dire que tu ne devras jamais avoir de problèmes d'argent.

Callie reprit sa lecture.

— Tu as l'intention de tout éplucher ?

— Bien sûr.

Relevant le menton, elle défia Eduardo du regard au milieu de la foule des piétons.

— Je te connais. Je sais comment tu fonctionnes…

Une nouvelle douleur aiguë la transperça et elle se plia en deux avec un cri étouffé. Les contractions étaient de plus en plus intenses et rapprochées. Il n'y avait plus aucun doute. Le travail avait commencé ! Elle posa la main sur son ventre et expira longuement.

— Qu'est-ce qui ne va pas ? demanda Eduardo d'une voix altérée.

S'efforçant de masquer sa souffrance, elle leva les yeux vers lui.

Visiblement inquiet, il l'enveloppait d'un regard qui lui rappelait l'époque où elle était sa précieuse assistante. La seule femme en qui il avait confiance… Elle sentit sa gorge se nouer. Sa colère, elle était capable de l'affronter. Sa sollicitude, non.

— Tout va bien. Je veux juste en finir le plus vite possible.

Elle prit le stylo et griffonna sa signature. Les jambes tremblantes, elle eut toutes les peines du monde à écrire. Elle rendit le contrat et le stylo à Eduardo, puis elle se détourna pour se concentrer sur sa respiration.

Inspirer, expirer… Elle s'efforça de supporter la douleur sans la combattre ni contracter ses muscles. Impossible. Fichus cours d'accouchement sans douleur ! A quoi servaient-ils ?

— Je croyais que tu voulais parcourir toutes les pages.

La voix d'Eduardo trahissait la plus grande perplexité.

Un policier à cheval avançait dans leur direction, tandis que des taxis et des bus filaient à toute allure dans la rue. Mais les mouvements et les couleurs du monde extérieur semblaient glisser sur elle comme de l'eau. Elle ne répondit pas.

Eduardo lui toucha l'épaule et la fit pivoter sur elle-même.

— Callie, que se passe-t-il ? demanda-t-il d'une voix rauque.

Sa gorge était si nouée qu'elle était incapable de prononcer un mot. Elle l'avait aimé en dépit de ses défauts. Elle avait cru qu'elle était la seule femme au monde dont il ne pourrait jamais se passer. Jusqu'à ce qu'il la rejette violemment au moment où elle s'y attendait le moins. Il n'était pas question d'éprouver de nouveau le moindre sentiment pour lui. Et encore moins de croire, ne serait-ce qu'un instant, qu'il en éprouvait pour elle.

— Rien. Finissons-en avec ce simulacre de mariage.

Une vague de douleur la traversa et elle expira longuement, en s'efforçant de relâcher ses muscles. Puis, sans attendre Eduardo, elle commença à monter les marches du palais de justice.

— Très bien, dit-il en la rattrapant.

Il n'y avait plus le moindre soupçon d'inquiétude dans sa voix. Il passa devant elle pour lui ouvrir la porte. Son regard était de nouveau dur. Tant mieux, songea-t-elle. Elle ne supportait pas sa tendresse. Ni dans ses yeux ni dans sa voix. Même après tout ce temps, cela lui brisait le cœur.

« Trois mois, se dit-elle en serrant les dents. Ensuite, je serai libre. »

Elle le suivit dans le palais de justice, son avocat sur les talons. Vingt-deux minutes plus tard, ils ressortaient avec la licence de mariage. Elle savait que cela faisait exactement vingt-deux minutes parce qu'elle n'avait cessé de contrôler la fréquence de ses contractions en consultant sa montre.

Après avoir pris congé de l'avocat, Eduardo l'entraîna jusqu'à la voiture.

— J'ai pris des dispositions pour que nous nous mariions en privé, chez moi, déclara-t-il d'un ton neutre comme s'il parlait d'un rendez-vous d'affaires.

Et c'était bien ce dont il s'agissait, se rappela-t-elle, le cœur serré. Vivement qu'ils en aient fini avec cette comédie ! Elle le suivit mais une nouvelle contraction faillit lui arracher un cri de douleur. Elle prit une profonde inspiration.

— Je crois que je ne vais pas y arriver.

— Il est trop tard pour changer d'avis.

Le soleil perça les nuages tandis que de fines gouttes de pluie rafraîchissaient un peu les joues brûlantes de

Callie. Une autre contraction s'annonça. Elle agrippa la manche d'Eduardo.

— Je crois… je crois que le travail a commencé.

— Le travail ?

Elle hocha la tête. La douleur s'intensifia et elle sentit ses genoux se dérober sous elle. Les bras puissants d'Eduardo la soulevèrent de terre.

— Depuis combien de temps ? demanda-t-il.

— Depuis… ce matin, je crois.

— Bon sang, Callie ! Tu ne pouvais pas le dire plus tôt ?

Elle souffrait trop pour répondre. Crispant la mâchoire, il se précipita vers la voiture.

— Sanchez ! La portière !

Le chauffeur bondit de son siège, et quelques secondes plus tard Callie était installée sur la banquette arrière de la Mercedes. Eduardo lui prit les mains.

— Quel hôpital ? Le nom de ton médecin ?

Eduardo cria à son chauffeur les renseignements qu'elle lui donna.

— Tiens bon, *querida,* murmura-t-il ensuite d'une voix douce en lui caressant les cheveux. Nous allons bientôt arriver.

Tandis que le chauffeur fonçait dans les rues de New York en donnant de grands coups de Klaxon, Callie perdit la notion du temps, submergée par la douleur. Après un dernier virage abrupt, la voiture s'immobilisa. La portière s'ouvrit et elle entendit vaguement Eduardo crier que sa femme avait besoin d'aide, « tout de suite, bon sang ! »

— Je ne suis pas ta femme, fit-elle d'une voix hachée, alors qu'on l'allongeait sur une civière roulante.

Elle poussa un long soupir. La douleur s'atténuait un peu.

— Nous avons juste la licence.

Elle entendit Eduardo marmonner avant d'être emmenée par une infirmière dans une salle d'examen. Les contractions s'étaient calmées. Elle put se déshabiller et enfiler une blouse d'hôpital. Quand l'infirmière revint, elle eut le temps d'apercevoir Eduardo qui faisait les cent pas dans le couloir en téléphonant. La porte se referma et l'infirmière l'examina.

— Dilatation de six centimètres… Ce bébé ne va plus tarder. Je vais prévenir le médecin et on va vous conduire en salle d'accouchement. Je crains qu'il soit trop tard pour la péridurale.

— Ça m'est… égal… Je veux juste… que mon bébé… aille bien.

A peine arrivée dans la salle d'accouchement, elle eut une contraction encore plus douloureuse que les précédentes. Prise de nausée, elle porta la main à sa bouche.

Eduardo, qui l'avait rejointe, saisit une corbeille à papier et la lui tendit juste à temps pour qu'elle vomisse dedans. Quand la douleur finit par s'estomper, elle se mit à pleurer. De douleur, de peur et surtout de dépit. Elle venait de se montrer vulnérable devant Eduardo Cruz… et ça n'allait sûrement pas s'arranger !

— Aidez-la ! cria Eduardo à l'infirmière.

— Je suis désolée, répliqua celle-ci avec un sourire compatissant. Je ne pense pas qu'il reste assez de temps pour l'anesthésie. Mais ne vous inquiétez pas. Le médecin arrive…

Eduardo marmonna un juron, puis se dirigea vers la porte à grands pas et regarda dans le couloir.

— Enfin ! Ce n'est pas trop tôt !

Un homme aux cheveux blancs entra dans la salle d'accouchement, et Eduardo retourna auprès de Callie. Etendue sur le lit, les pieds dans les étriers, elle faisait des exercices de respiration en s'efforçant de se détendre avant la contraction suivante.

— Ce n'est pas mon médecin ! s'exclama-t-elle.

Eduardo s'agenouilla à côté du lit.

— Il est là pour nous marier, Callie.

— Maintenant ?

Avec un petit sourire contrit, il écarta de son front des mèches humides de sueur.

— Pourquoi ? Tu es attendue quelque part ?

Callie regarda l'homme, qui portait un nœud papillon.

— Il est habilité à marier les gens ?

— Absolument. C'est un juge de la Cour suprême de New York.

— Mais… il y a un délai de vingt-quatre heures après l'obtention de la licence…

— Il a décidé de faire une exception.

— Et ma licence précédente ?

— C'est réglé.

— Tu arrives toujours à tes fins, n'est-ce pas ?

Eduardo se pencha sur elle et déposa un baiser sur son front.

— Non, pas toujours. Nous sommes prêts, ajouta-t-il en se tournant vers le juge.

— Le médecin va arriver d'une minute à l'autre, prévint l'infirmière.

— Dans ce cas, je vais m'en tenir à la version express, déclara le juge.

Il adressa un clin d'œil à la jeune femme.

— Vous voulez bien servir de témoin ?

— Pourquoi pas ? répliqua-t-elle, les joues en feu. Mais faites vite.

— D'accord. Nous sommes réunis aujourd'hui dans cette chambre d'hôpital pour marier cet homme et cette femme.

Le juge jeta un coup d'œil au ventre de Callie.

— Et juste à temps, apparemment…

— Au fait, Leland ! coupa Eduardo d'un ton vif.

— Eduardo Jorge Cruz, acceptez-vous de prendre… Quel est votre nom, mademoiselle ?

— Calliope Marlena Woodville, répondit Eduardo pour Callie.

— Bien. Donc, Eduardo Jorge Cruz, acceptez-vous de prendre pour épouse Calliope Marlena Woodville et de lui être fidèle jusqu'à ce que la mort vous sépare ?

— Oui.

170

Callie sentit la douleur renaître et agrippa la chemise d'Eduardo. Il posa la main sur la sienne.

— Dépêchez-vous, bon sang ! lança-t-il au juge.

— Et vous, Calliope Marlena Woodville, acceptez-vous de prendre pour époux Eduardo Jorge Cruz et de lui être fidèle jusqu'à ce que la mort vous sépare ?

Eduardo plongea son regard dans celui de Callie. Elle déglutit péniblement. A une époque, lui promettre amour et fidélité pour l'éternité était son rêve le plus cher. Aujourd'hui, c'était la réalité. Sauf que ce serment était un mensonge.

Parce que c'était un mensonge, non ?

— Callie ? murmura Eduardo.

— Oui, dit-elle d'une voix étranglée.

Il poussa un profond soupir. Avait-il eu peur qu'elle se rebiffe au dernier moment ? se demanda-t-elle avec perplexité. Non, impossible. Il était trop arrogant, trop sûr de son pouvoir sur les femmes pour douter…

— Je vois que vous avez déjà une bague, déclara le juge, visiblement surpris par le diamant factice qu'elle avait au doigt. Mais avez-vous pensé aux alliances ?

Elle portait toujours la bague de Brandon ! Horrifiée, Callie essaya de l'enlever mais ses doigts étaient gonflés et elle n'y parvint pas.

— Je suis désolée, j'ai oublié…

Eduardo lui enleva la bague et la jeta à la corbeille.

— Je t'en achèterai une autre. Digne de mon épouse. Mais je crains d'avoir oublié les alliances.

Elle eut un sourire crispé, tandis qu'une nouvelle contraction s'annonçait.

— La bague… n'a aucune importance… Les alliances… non plus.

— Absolument, acquiesça le juge d'un ton enjoué. C'est un détail. Je vous déclare unis par les liens du mariage. Voilà, c'est fait.

Callie regarda le juge, puis Eduardo. Le mariage était-il déjà terminé ? Juste quelques mots prononcés et deux vies — bientôt trois — bouleversées à jamais… Comment un événement d'une telle portée pouvait-il être expédié en aussi peu de temps ?

Le juge adressa à Eduardo un sourire complice.

— Vous pouvez embrasser la mariée.

Elle faillit laisser échapper un petit cri étranglé. Encore un « détail » qu'elle avait oublié ! Eduardo allait-il vraiment l'embrasser ?

Leurs regards se croisèrent. Il se pencha lentement sur elle, et l'espace d'un instant la douleur sembla déserter son corps.

Alors que ses lèvres n'étaient plus qu'à quelques millimètres des siennes, il sembla hésiter. Elle sentit son souffle chaud et fut parcourue d'un long frisson.

Puis sa bouche se posa sur la sienne.

Le frisson se mua en courant électrique qui fit jaillir des étincelles dans tout son corps. Elle ferma les yeux. Il avait les lèvres si douces, si chaudes… Ce baiser ne dura que quelques secondes mais elle en fut toute bouleversée.

— Félicitations, déclara le juge avec un large sourire. Tous mes vœux de bonheur aux jeunes mariés.

Mariés. Callie déglutit péniblement. Elle avait épousé Eduardo. Elle était son épouse.

Pour trois mois seulement, se rappela-t-elle. Le contrat de mariage était très clair sur ce point. Du moins les paragraphes qu'elle avait parcourus… Une douleur aiguë lui arracha un cri étranglé. Au même instant, son médecin arriva. Il consulta les moniteurs et sourit.

— On dirait que vous vous en sortez très bien pour une première fois. Allez, Callie. Il est temps de pousser.

Saisie d'une peur panique, elle agrippa instinctivement la main d'Eduardo.

— Je suis là, Callie, murmura-t-il d'une voix apaisante. Tout va bien se passer.

Le souffle court, elle se mit à pousser. Jamais elle n'avait ressenti une douleur aussi violente… Elle allait finir par perdre conscience, songea-t-elle confusément en serrant de toutes ses forces la main d'Eduardo. Il continua de lui murmurer des paroles d'encouragement, tandis que les infirmières s'affairaient autour d'eux. Pendant tout l'accouchement, il resta à son côté, solide et rassurant.

Jusqu'au moment où elle fut enfin récompensée de sa souffrance. Une émotion indicible la submergea quand on lui mit sa fille dans les bras. Une petite merveille de trois kilos trois, blottie contre sa poitrine.

Se penchant sur elle, Eduardo embrassa son front trempé de sueur, puis la tête du bébé. Pendant un long moment de pur bonheur, les jeunes mariés couvèrent leur fille d'un regard ébloui.

— Merci pour ce cadeau, murmura Eduardo en caressant la joue du bébé. C'est le plus merveilleux qu'on m'ait jamais fait.

Son regard étincelant transperça le cœur de Callie.

3.

Eduardo Cruz savait depuis toujours qu'il fonderait une famille différente de celle dans laquelle il avait grandi.

Une famille heureuse.

Ses enfants vivraient dans le confort et la sécurité. Ils ne manqueraient jamais de rien. Et surtout pas d'amour. Leurs parents ne seraient pas assez égoïstes pour les abandonner.

La première fois qu'Eduardo avait vu une famille heureuse, il avait dix ans et il se trouvait dans une petite épicerie de son village, en Espagne. Une berline noire rutilante s'était arrêtée devant le magasin et un homme distingué en était sorti, suivi de sa femme et de ses enfants. Pendant que l'épicier expliquait à l'homme comment trouver la route pour Madrid, Eduardo avait regardé la jeune femme très élégante faire le tour du magasin avec ses deux fils. Quand ces derniers avaient réclamé des glaces, elle ne les avait pas houspillés ni frappés. Elle leur avait ébouriffé les cheveux, puis elle avait ri avec son mari. Celui-ci avait sorti son portefeuille de sa poche et acheté deux glaces. Après les avoir données à ses enfants, il avait pris sa femme par la taille et lui avait murmuré quelque chose à l'oreille.

Eduardo les avait regardés sortir du magasin, remonter dans leur belle voiture et s'éloigner sur la route vers leur vie de conte de fées.

— Qui était-ce ? avait-il demandé à l'épicier.

— Le duc et la duchesse de Quixota. Je les ai déjà vus en photo dans le journal, avait répondu le vieil homme, visiblement impressionné lui aussi.

Puis il avait froncé les sourcils.

— Mais que fais-tu ici ? J'ai dit à tes parents que je ne leur faisais plus crédit ! Et ça, qu'est-ce que c'est ?

Il avait saisi Eduardo par le col de sa veste trop petite et usée, et avait sorti de sa poche trois glaces à moitié fondues.

— Tu voles, maintenant ? avait-il hurlé. Il fallait s'y attendre avec une famille comme la tienne !

Ecrasé de honte, Eduardo avait eu l'impression que son cœur allait exploser, mais il était resté impassible. A dix ans, il avait appris depuis longtemps à ne jamais montrer ce qu'il ressentait. Quand il riait, sa mère le rabrouait. Quand il pleurait, son père le battait.

Ce jour-là, il avait l'estomac vide, mais ce n'était pas la raison de son geste. Il avait été renvoyé chez lui plus tôt que d'habitude pour s'être battu avec d'autres garçons. Son père n'avait bien sûr pas cherché à savoir ce qui avait déclenché cette bagarre. Il s'était contenté de le gifler puis de le chasser de la maison à coups de pied. Il était trop estropié — et trop ivre — pour faire autre chose que de rester affalé sur le divan en pestant contre sa femme infidèle. La mère d'Eduardo, qui travaillait comme barmaid dans le village voisin, rentrait de moins en moins souvent à la maison et, depuis trois jours, elle avait complètement disparu.

A l'école, les garçons s'étaient moqués d'Eduardo. « Ta mère en a tellement marre de toi qu'elle ne reviendra pas. »

Quand il avait vu les *Madrileños* manger les glaces, il avait confusément pensé que s'il en rapportait chez lui les choses pourraient s'arranger entre ses parents. *¡Idiota !*

— Tu n'as pas honte ? avait lancé l'épicier.

Furieux contre lui-même et contre la terre entière, il avait secoué le bras du vieil homme pour faire tomber les glaces par terre. Puis il s'était enfui à toutes jambes.

— Gardez-les vos glaces minables !

Une fois de retour chez lui, il avait trouvé son père…

Eduardo tressaillit dans sa luxueuse voiture avec chauffeur. Les yeux étrangement humides, il regarda sa fille de deux jours, qui dormait paisiblement.

Elle aurait une enfance différente de la sienne.

Une enfance heureuse.

Il ne laisserait jamais personne la faire souffrir. Il protégerait son bonheur quoi qu'il lui en coûte. Il était prêt à tuer pour elle. A mourir pour elle. A faire n'importe quoi.

D'ailleurs, n'avait-il pas épousé sa mère ?

Tandis que la voiture remontait Madison Avenue vers le nord, Eduardo jeta un coup d'œil à Callie. Dire qu'autrefois il la croyait digne de confiance… Quel idiot !

Elle lui avait menti pendant des années.

Et pas seulement à lui. Quelques heures après la naissance, Callie avait appelé ses parents pour leur annoncer son mariage et la naissance de sa fille. Très pâle, elle avait refusé de parler à sa sœur, puis elle s'était mise à pleurer en discutant avec sa mère. Quand il avait entendu son père crier à l'autre bout de la ligne, il avait fini par lui prendre le téléphone alors qu'elle éclatait en sanglots. Il avait l'intention de calmer son père mais ce n'était pas le résultat qu'il avait obtenu.

Eduardo crispa la mâchoire au souvenir des paroles de Walter Woodville. De toute évidence, cet homme était un véritable tyran. Pas étonnant que Callie ait appris à tout garder pour elle…

Eduardo regarda sa fille et un sourire étira ses lèvres. Depuis deux jours il ne se lassait pas de contempler ses minuscules doigts. Ses joues rebondies. Ses longs cils. Sa petite bouche qui avait le réflexe de téter, même pendant son sommeil.

Il prit une profonde inspiration.

Il avait un enfant. Une famille.

Une femme.

S'il avait épousé Callie c'était pour donner un nom à leur bébé, se rappela-t-il. Mais elle n'avait toujours pas de prénom…

Foudroyant sa femme du regard, il lança d'un ton vif :

— María.

Callie tourna la tête vers lui et ses yeux émeraude lancèrent des éclairs.

— Je t'ai dit non. Mon bébé ne portera pas le nom de l'épouse espagnole de tes rêves. C'est hors de question.

Il soupira. Pourquoi avait-il fallu qu'il dise un jour à son assistante que lorsqu'il déciderait de se marier ce serait avec une femme comme María de Leondros, la jeune et belle duchesse d'Alda. Il ne l'avait rencontrée qu'une fois ou deux dans des soirées et elle ne lui plaisait pas plus qu'une autre. Il trouvait juste qu'épouser une duchesse serait une belle revanche pour le gosse qui s'était fait prendre avec des glaces volées dans la poche.

— María est un prénom très répandu, déclara-t-il d'un ton calme. Et c'est surtout celui de ma grand-tante.

Callie croisa les bras et darda sur Eduardo un regard noir.

— Ma fille s'appelle Soleil.

Irrité, Eduardo soupira. Etait-il si extravagant qu'il veuille donner à sa fille le prénom de sa grand-tante María, qui l'avait accueilli à New York et qui avait cumulé trois emplois pendant des années pour l'élever ? María Cruz l'avait incité à considérer son job de pompiste à Brooklyn quand il était au lycée non pas comme un travail sans intérêt mais comme un point de départ. Après sa mort, il était devenu chauffeur de camion-citerne, puis propriétaire d'une station-essence qu'il avait revendue à vingt-quatre ans pour devenir prospecteur. Le premier gros gisement qu'il avait découvert se trouvait en Alaska. Il avait été rapidement suivi par un deuxième en Oklahoma. Si aujourd'hui Cruz Oil procédait à des opérations de forage partout dans le monde, c'était un peu grâce à sa grand-tante.

Mais Callie refusait obstinément d'entendre raison.

Elle insistait pour appeler leur fille Soleil, uniquement parce que c'était un prénom qui lui plaisait ! Un prénom qui n'avait aucune valeur sentimentale pour personne.

— Tu es irrationnelle.

— Notre fille portera ton nom de famille, ça ne te suffit pas ? J'ai choisi ce prénom depuis des mois. Je n'en changerai pas pour satisfaire ton caprice !

Elle se tourna vers la vitre et le silence s'installa dans la voiture. Eduardo prit une profonde inspiration. L'entêtement de sa femme était ahurissant ! A cause d'elle, ils avaient été obligés de quitter l'hôpital sans même avoir rempli l'acte de naissance.

— Callie...

La tête appuyée contre la vitre, elle avait les yeux fermés. Et, à en juger par sa respiration régulière, elle dormait. Elle s'était endormie au milieu de leur dispute !

Il la contempla longuement. Derrière la vitre, les arbres et les pelouses de Central Park qui défilaient évoquaient le vert de ses yeux... Ses cheveux châtains tombaient en boucles souples sur ses joues au teint rosé. Comme d'habitude, elle n'était pas maquillée, mais aucune ingénue de Broadway ne pouvait rivaliser avec sa beauté. Elle portait le caleçon ample et le T-shirt à manches longues qu'un de ses employés avait apporté à l'hôpital, mais il connaissait assez ses courbes féminines pour savoir qu'elles feraient pâlir d'envie n'importe quel mannequin.

Pendant des mois, il avait tenté d'oublier à quel point elle lui plaisait. Mais, depuis qu'il l'avait retrouvée, il était de nouveau subjugué. Son épouse était la femme la plus désirable du monde. Même avec ces cernes sous les yeux.

Dire qu'elle avait mis leur bébé au monde sans anesthésie... Elle avait fait preuve d'un courage qui le dépassait. Les deux nuits qui avaient suivi, pendant qu'il dormait dans un fauteuil à côté de son lit, elle n'avait pratiquement pas fermé l'œil. Le bébé avait eu un peu de mal à apprendre à téter et elle s'était levée pratiquement toutes les heures pour le nourrir et le changer. Il avait proposé de l'aider, et les infirmières également, mais elle avait insisté pour tout faire elle-même.

— C'est mon bébé, murmurait-elle, pâle de fatigue. Elle a besoin de moi.

Il fallait bien reconnaître qu'elle lui inspirait des sentiments qu'il pensait pourtant ne plus jamais éprouver pour elle.

De l'admiration. De la reconnaissance. Du respect.

Des sentiments qu'elle n'avait visiblement jamais éprouvés pour lui...

— Je savais déjà que vous étiez un requin, Eduardo Cruz ! avait lancé Walter Woodville au téléphone, deux jours plus tôt. Ma fille m'a parlé de vos méthodes. Elle avait juste oublié de me dire l'essentiel ! Et je suppose qu'aujourd'hui vous estimez vous être racheté en l'épousant ?

Sachant que Callie était très attachée à sa famille, il s'était exhorté au calme.

— Monsieur Woodville, j'imagine ce que vous ressentez, mais de votre côté vous devez comprendre que...

— Que voulez-vous que je comprenne ? Vous avez séduit ma fille puis vous l'avez licenciée !

La voix de Walter Woodville tremblait de colère.

— Et, quand vous avez appris qu'elle était enceinte, vous n'avez même pas eu le courage de venir me voir pour me demander sa main ! Vous m'avez volé ma fille !

— J'ai pris mes responsabilités, monsieur Woodville. Notre fille portera mon nom. Callie et elle ne manqueront jamais de rien et...

— Vos responsabilités ? avait coupé le père de Callie d'un ton méprisant. La seule chose que vous êtes capable de proposer c'est de l'argent. Vous possédez peut-être la moitié de notre ville, mais vous ne m'impressionnez pas. Je sais exactement quel genre d'homme vous êtes. Vous ne serez jamais un mari ni un père digne de ce nom et vous le savez aussi bien que moi !

Sur ces mots, il lui avait raccroché au nez.

Eduardo était resté interdit dans la chambre d'hôpital

à fixer son téléphone en tremblant de rage. Personne ne lui parlait sur ce ton… Enfin, personne sauf Callie.

Mais le père de celle-ci n'avait pas peur de lui non plus. De toute évidence, il connaissait ses failles. Et une seule personne avait pu le renseigner… Dire que pendant des années il avait eu une confiance absolue en elle !

Elle l'avait attiré dès le premier jour. Mais elle lui était devenue tellement indispensable dans son travail, dans sa vie, qu'il s'était interdit de céder à son désir pour elle.

Jusqu'à Noël dernier.

Il se trouvait alors dans la somptueuse salle de réception d'un hôtel de Manhattan, au milieu des vice-présidents et des membres du conseil d'administration de Cruz Oil, accompagnés de leurs femmes trophées. Les hommes en smoking et les femmes ruisselantes de diamants avaient passé la soirée à danser et à boire du lait de poule arrosé d'alcool, tout en se réjouissant des derniers forages prometteurs en Colombie et en discutant des luxueux jouets qu'ils comptaient s'offrir avec leurs prochains dividendes.

Eduardo les observait en se demandant pourquoi il se sentait aussi étranger. Il aurait pourtant dû être dans son élément. Sa réussite professionnelle dépassait toutes ses espérances. Il avait le pouvoir et l'argent. Il était maître de sa vie. En principe, il aurait dû en être satisfait. En réalité, il se sentait… seul.

Et puis, soudain, il l'avait vue, à l'autre bout de la salle.

Sa robe ne provenait pas d'un grand couturier et elle ne portait pas de diamants, mais c'était la femme la plus belle de l'assistance. Il avait été transpercé par un éclair de désir.

Dans cette salle de bal au décor clinquant, où le champagne coulait à flots, tout était factice. Sans aucun intérêt.

Sauf elle.

— Excusez-moi.

Après avoir mis dans les mains de son directeur financier le verre de vin chaud qu'il n'avait pas touché, il avait fendu la foule. Sans un mot, il avait pris la main de Callie. Il l'avait entraînée hors de la salle de bal et elle l'avait suivi dans la nuit glaciale sans protester. Sans prendre le temps d'attendre sa limousine, il avait hélé un taxi et l'avait emmenée à Bank Street. Là, dans le silence de la nuit, ils avaient fait l'amour. Il était son premier amant et cette découverte l'avait bouleversé. Inexpérimentée mais passionnée, elle lui avait fait vivre la nuit la plus extraordinaire de son existence. Il n'avait jamais rien ressenti de tel. Ni avant ni depuis.

Cette nuit inoubliable avait abouti à la naissance de leur fille.

Et à leur mariage.

Eduardo contempla Callie, qui dormait toujours tandis que la voiture quittait Central Park pour les rues du quartier chic de l'Upper West Side.

Elle était toujours aussi attirante, mais c'était une menteuse. Elle lui avait caché trop de choses. Il ne pourrait plus jamais lui faire confiance.

Seule sa fille comptait, à présent. Avec ses cheveux noirs, elle était son portrait craché. Il avait tout de suite su qu'elle était bien sa fille. Avant que le test de paternité lui en apporte ce matin la confirmation. Cependant, si Sami Woodville ne l'avait pas appelé deux jours plus tôt, sa fille serait en ce moment même dans le Dakota. Et son père officiel serait Brandon McLinn.

Une bouffée de colère assaillit Eduardo. Même si Callie était amoureuse d'un autre homme, il n'arrivait pas à croire qu'elle ait pu le trahir à ce point. Mais, heureusement, il avait à son service un détective privé très efficace. Elle n'aurait plus jamais l'occasion de le duper.

La voiture s'arrêta devant son immeuble de vingt étages sur West End Avenue. Sanchez ouvrit la portière et Eduardo sortit de la voiture avec sa fille dans les bras. Il avança lentement pour ne pas la réveiller, maintenant sa tête appuyée contre sa poitrine, et franchit la porte que lui tenait le portier. Elle était si petite… si fragile…

Sa gouvernante, Mme McAuliffe, une dame rondelette aux cheveux gris, attendait dans le hall.

— La chambre d'enfants est prête. Oh ! qu'elle est mignonne !

— Vous savez tenir un bébé ? demanda-t-il.

— Vous me vexez, monsieur Cruz ! Vous savez bien que j'en ai élevé quatre !

Après avoir confié le bébé à la gouvernante, il ressortit. Le soleil de septembre était encore chaud et ses rayons perçaient les nuages. Son chauffeur s'apprêtait à ouvrir la portière de Callie mais il l'arrêta.

— Laissez, Sanchez, je m'en occupe.

— Bien, monsieur.

Il contempla sa femme à travers la vitre. Sa tête s'était renversée en arrière contre le dossier. Ses longs cils dessinaient deux petits arcs noirs sur sa peau blanche. Elle semblait très jeune. Et très fatiguée. Lorsqu'il la souleva du siège, elle remua mais ne se réveilla pas. Elle battit des cils et murmura quelque chose dans son sommeil, appuyant sa joue contre son torse.

Elle ne pesait pratiquement rien... Plus ému qu'il ne l'aurait voulu, il la porta dans l'immeuble et prit son ascenseur privé jusqu'au dernier étage.

Il avait décidé d'acquérir ce duplex une semaine plus tôt pour faire un investissement. Il était en vente depuis deux ans à trente-six millions de dollars et il l'avait obtenu à vingt-sept. Au départ il n'avait pas prévu d'y vivre longtemps. Mais à présent...

— J'emmène le bébé dans sa chambre, déclara la gouvernante quand il sortit de l'ascenseur.

Hochant la tête, il porta sa femme à travers l'immense hall à deux étages, monta l'escalier en colimaçon et se dirigea vers la chambre d'amis.

Non. Callie serait beaucoup mieux dans sa chambre, décida-t-il. Non seulement elle était plus vaste, mais elle communiquait avec le bureau, qui avait été transformé en nurserie. Eduardo fit demi-tour et porta Callie dans sa chambre, où il la déposa sur son lit. *Sí.* C'était mieux ainsi.

Murmurant dans son sommeil, Callie changea de position et frotta sa joue contre l'oreiller. Eduardo ferma les rideaux et la couvrit avec une couverture. Puis il resta un long moment à la contempler et à écouter son souffle régulier.

Au départ, il avait prévu que leur mariage ne durerait que trois mois. Il ne pensait pas pouvoir tenir le coup plus longtemps.

Mais, depuis la naissance, il avait changé d'avis.

Sa fille était minuscule, innocente et terriblement fragile. Il savait à quel point il était douloureux de se sentir indésirable, d'être un enfant perdu sans foyer. Il voulait que sa fille se sente aimée et protégée. Pas ballottée entre des parents divorcés. Il voulait qu'elle ait un nom mais aussi un véritable foyer. Une vraie famille.

Et, même s'il avait des griefs contre Callie, il savait qu'elle aimait leur bébé. Il l'avait vu à son courage pendant l'accouchement, puis à son dévouement absolu depuis la naissance. Elle sacrifiait son confort et son sommeil pour nourrir et choyer leur fille. Même son entêtement à propos du choix du prénom était une preuve d'amour.

Eduardo soupira. Si Callie était capable de se sacrifier, lui aussi. Il n'y aurait pas de divorce. Il renoncerait à trouver une femme en qui il pouvait avoir confiance. Et, de son côté, elle abandonnerait ses rêves d'amour. De toute façon, l'amour était une illusion.

Bien sûr, elle risquait de ne pas approuver ce projet. Déjà qu'elle avait été horrifiée qu'il lui parle de mariage… Elle n'accepterait pas sa nouvelle décision sans se battre. Il fallait donc lui laisser le temps de s'adapter à sa nouvelle vie. D'apprécier ce qu'il avait à lui offrir. D'oublier les gens qu'elle avait laissés derrière elle.

Eduardo crispa la main sur la poignée de la porte. Mais si au bout de trois mois elle voulait malgré tout reprendre sa liberté ? Il ne le lui permettrait pas. Il sortit dans le couloir et referma silencieusement la porte à double battant.

A présent que Callie était sa femme, il ne la laisserait plus partir.

4.

Callie se redressa dans le lit.

Désorientée, elle promena son regard sur la pièce plongée dans la pénombre. Où était-elle ? Comment était-elle arrivée dans cette chambre ? Elle portait le même T-shirt et le même pantalon qu'à l'hôpital… Ses seins étaient pleins et douloureux et elle avait cru entendre les pleurs de son bébé…

Son cœur fit un bond dans sa poitrine. Sa fille. Où se trouvait-elle ?

Elle bondit hors du lit.

— Soleil !

La porte à double battant s'ouvrit et la lumière du couloir inonda la pièce. Elle sentit les bras d'Eduardo se refermer sur elle.

— Où est-elle ? s'écria-t-elle en s'efforçant de se dégager. Où l'as-tu emmenée ?

— Elle est ici.

Eduardo la lâcha et traversa la chambre pour ouvrir une porte.

Les pleurs du bébé devinrent plus sonores. Avec un petit cri étouffé, Callie se précipita dans la pièce voisine. Eduardo alluma la lumière et elle vit le berceau en osier. Avec des sanglots de soulagement, elle prit sa fille dans ses bras. Celle-ci cessa aussitôt de pleurer, mais elle avait visiblement faim. Callie s'installa dans un rocking-chair et commença à remonter son T-shirt. Puis elle s'interrompit et regarda Eduardo.

— Il faut que je l'allaite.

— Vas-y.

— Tourne-toi.

— Je te rappelle que j'ai déjà vu tes seins.

Elle le foudroya du regard.

— Tourne-toi !

Il arqua un sourcil moqueur, puis se retourna en soupirant. Callie releva son T-shirt, dégrafa un bonnet de son soutien-gorge de maternité et présenta son sein à sa fille. Elle eut une brève sensation de douleur puis se détendit très vite, tandis que sa fille tétait avec délectation.

— On dirait qu'elle avait faim.

— N'écoute pas ! s'exclama-t-elle, embarrassée.

Eduardo rit doucement.

— Désolé.

Quelques instants passèrent en silence, puis elle prit une profonde inspiration.

— Excuse-moi pour tout à l'heure. J'ai paniqué. Je me suis réveillée dans une chambre inconnue et je ne savais pas où j'étais.

Eduardo se raidit mais il ne se retourna pas.

— Tu t'es endormie dans la voiture et je t'ai portée jusqu'ici. Tu ne te souviens pas ?

La dernière chose dont elle se souvenait c'était leur dispute à propos du prénom, alors qu'ils traversaient Central Park... Comme si elle allait accepter que sa fille porte le nom d'une duchesse espagnole !

— Je crois que j'étais fatiguée.

Callie se frotta les yeux.

— J'ai dormi si profondément que j'ai presque cru que tu m'avais droguée pour me prendre le bébé. C'est drôle, non ?

— Tordant, rétorqua Eduardo d'un ton glacial.

— Je suis désolée. Je ne voulais pas insinuer que tu es capable de...

Il se retourna, le regard rivé au sien.

— De te voler le bébé ?

Elle eut une moue contrite.

— Oui.

— Ce n'est rien.

Cette indulgence accrut les remords de Callie. Pendant des mois elle avait haï Eduardo. Elle l'avait traité de monstre d'égoïsme. Elle avait fait de lui un portrait peu flatteur à sa famille et à ses amis, en se disant qu'il ne méritait pas d'être père.

Mais, en réalité, c'était elle qui avait fait preuve d'un égoïsme monstrueux. Si Sami n'était pas intervenue, elle aurait fait exactement ce dont elle venait de l'accuser. Elle lui aurait volé leur bébé. Il n'aurait jamais su qu'il avait une fille. Elle déglutit péniblement.

— Je regrette de ne pas t'avoir prévenu. J'ai eu tort.

— Oublions ça.

Eduardo croisa les bras.

— Nous avons tous les deux commis des erreurs. C'est le passé. Notre mariage est un nouveau départ.

— Merci.

Elle ne méritait pas sa générosité, songea Callie en regardant autour d'elle. La chambre d'enfants semblait sortir des pages d'un luxueux magazine de décoration. Murs jaunes, profusion de peluches, berceau et lit d'enfant à la dernière mode.

— Cette pièce est très agréable.

— J'ai demandé à Mme McAuliffe de s'occuper de la transformation du bureau en chambre d'enfants pendant que nous étions à l'hôpital.

— La pièce voisine est la chambre d'amis ?

— Non, c'est ma chambre.

Le cœur de Callie fit un bond dans sa poitrine.

— Je… je dormais dans ton lit ?

— *Sí.*

— Oh !

Elle s'efforça de masquer son trouble. Quelle importance si elle avait dormi dans le lit où Eduardo dormait nu toutes les nuits ? Les joues en feu, elle changea le bébé de sein.

— Eh bien, merci beaucoup, dit-elle d'un ton qu'elle espérait léger. Je m'installerai dans la chambre d'amis tout à l'heure.

— Non, tu resteras dans cette chambre. Ce sera plus pratique.

— Mais… et toi ?

— Je vais prendre la chambre d'amis.

Eduardo s'approcha et caressa la tête duveteuse du bébé.

— Vous serez bien ici, toutes les deux.

Les traits durs d'Eduardo étaient soudain empreints d'une immense tendresse. Il était transfiguré… C'était l'homme qu'il serait devenu si son enfance avait été moins tragique. Une bouffée de compassion mêlée de nostalgie assaillit Callie. Comme si son amour pour lui n'attendait qu'un signe pour s'emparer de nouveau de son cœur… Non, pas question de commettre une telle erreur ! Elle prit une profonde inspiration.

— Merci de si bien prendre soin de moi, dit-elle.

Avec un sourire tremblant, elle regarda sa fille, endormie dans ses bras.

— Et de Soleil.

— Marisol.

— Pardon ?

— Marisol. C'est un prénom espagnol classique. Un mélange de ton prénom favori — Soleil — et de celui de ma grand-tante — María.

Callie s'humecta les lèvres.

— Marisol.

Ça ne lui déplaisait pas…

— Marisol… Cruz.

— Marisol Samantha Cruz, fit Eduardo d'une voix douce.

Callie le regarda avec effarement.

— A cause de ma sœur ?

— Elle a réuni notre famille.

— Sami m'a trahie !

— C'est ta sœur. Tu lui pardonneras. Tu le sais aussi bien que moi.

Callie était au comble de la consternation. Non. Pas question ! Elle ne pardonnerait jamais à sa sœur d'avoir parlé à Eduardo à son insu et de lui avoir révélé l'existence du bébé. Jamais !

Et pourtant…

Comment pourrait-elle en vouloir à Sami d'avoir fait la seule chose qui convenait au vu des circonstances ? Même si le geste de Sami n'était pas tout à fait désintéressé…

De toute évidence, sa sœur était amoureuse de Brandon. Longtemps, Callie avait cru que c'était juste un béguin de gamine. Elle n'avait pas vu la réalité. Et Brandon non plus, sans doute. Ils n'avaient jamais pris conscience des sentiments de Sami.

Et, en y réfléchissant bien, elle devait admettre que Brandon méritait d'être aimé de cette manière. En fin de compte, elle s'était montrée bien égoïste. D'abord, en cachant à Eduardo qu'il avait une fille. Ensuite, en laissant Brandon faire le sacrifice d'une vie amoureuse épanouie. Comment avait-elle pu penser un seul instant que l'amitié suffirait à bâtir un mariage heureux ? La gorge de Callie se noua. Elle avait bien failli gâcher plusieurs vies…

Eduardo posa la main sur son épaule.

— Je t'ai entendue parler de ta petite sœur pendant des années. Tu lui envoyais des cadeaux et tu lui écrivais sans arrêt. Tu sais aussi bien que moi que tu lui pardonneras.

Callie leva les yeux vers lui, tout en s'efforçant de refouler ses larmes.

— Tu as raison. J'étais furieuse contre elle, mais elle n'a rien fait de mal.

Elle ferma les yeux.

— C'est moi la coupable.

Le silence s'installa dans la pièce. Quand elle rouvrit les yeux, Eduardo la regardait d'un air perplexe. Leurs regards se croisèrent et elle sentit son cœur faire un petit bond dans sa poitrine. Elle détourna les yeux.

— D'accord.

— D'accord ?

— D'accord pour Samantha comme deuxième prénom.

Elle caressa la joue de sa fille.

— Marisol Samantha Cruz.

— Nous sommes d'accord ? s'exclama Eduardo avec un sourire malicieux. Je n'arrive pas à le croire ! Je peux remplir l'acte de naissance alors ?

Elle sourit à son tour.

— Oui.

— C'est un miracle !

Ils restèrent un long moment les yeux dans les yeux, puis Eduardo regarda sa montre et s'éclaircit la voix.

— Il est presque 10 heures. Tu dois être affamée.

— Non, pas trop…

Au même instant, l'estomac de Callie se mit à gargouiller.

— Enfin si, un peu.

— Je vais te préparer quelque chose.

— Toi ? Tu vas faire la cuisine ?

— Absolument.

— Tu as beaucoup changé, alors ! L'homme que j'ai connu savait à peine où se trouvait sa cuisine.

Eduardo se dirigea vers la sortie.

— Rejoins-moi en bas quand tu seras prête.

Perplexe, Callie resta un instant les yeux fixés sur l'embrasure de la porte. Comment en étaient-ils arrivés tout à coup à des relations aussi cordiales ? Elle se balança doucement dans le rocking-chair en contemplant son bébé avec émerveillement. Sa fille avait le petit nez et le visage rond de son père, ainsi que son teint mat et ses cheveux noirs. Elle serait très belle. Comment pourrait-elle ne pas l'être avec un père comme le sien ?

Pendant toutes les années où elle avait travaillé pour Eduardo, elle ne l'avait jamais vu se préoccuper du bien-être des autres. Pourtant, au cours des deux derniers jours, il l'avait épousée, il avait dormi deux nuits de suite dans un fauteuil à l'hôpital, il avait transformé son bureau en nurserie, il lui avait cédé sa chambre et il lui avait demandé de lui montrer comment changer le bébé. Eduardo Cruz, milliardaire et homme d'affaires redoutable, en train de changer une couche ? Jamais elle n'aurait pu imaginer ça !

Il ne fallait pas se faire d'illusions. Ça ne durerait pas. Lorsque l'attrait de la nouveauté aurait disparu, les responsabilités et les contraintes liées à la vie de famille commenceraient à lui peser. Il regretterait alors sa liberté de célibataire, qui lui permettait d'avoir des journées de travail de seize heures et des nuits peuplées d'aventures sans lendemain. Sa vraie nature reprendrait le dessus et il redeviendrait un play-boy égoïste et sans cœur. Très bientôt — sans doute bien avant la fin des trois mois prévus — il demanderait le divorce et il se contenterait d'assumer son rôle de père en subvenant aux besoins de Marisol.

Et Callie pourrait retourner dans le Dakota avec sa fille. Dans sa famille.

Elle déglutit péniblement. Le coup de téléphone qu'elle avait donné à ses parents depuis l'hôpital avait été un véritable désastre. Quand elle leur avait annoncé qu'elle venait de mettre un bébé au monde, qu'elle s'était mariée à un homme dont ils ne connaissaient que la mauvaise réputation et qu'elle restait à New York, sa mère avait éclaté en sanglots. Quant à son père…

Son père ne réagissait jamais bien quand on faisait pleurer sa femme. Certes. Mais jamais il ne lui avait parlé sur ce ton.

Callie sentit sa gorge se nouer. Cacher sa grossesse avait été une erreur. A présent, elle se sentait rejetée par les siens et cela lui brisait le cœur.

Mais elle était également en colère. Comment ses parents avaient-ils pu s'en prendre à elle de cette manière ? Ils étaient censés l'aimer, la soutenir. Ils auraient pu au moins essayer de comprendre son point de vue…

Au lieu de cela, son père s'était montré très dur avec Eduardo. Elle ne savait pas exactement ce qu'il lui avait dit, mais les traits d'Eduardo, déformés par la colère, en disaient long sur la virulence de ses propos…

Walter Woodville n'avait jamais apprécié la façon dont Cruz Oil avait fait irruption dans leur ville, en soudoyant les autorités et en détournant les jeunes du travail de la ferme avec des salaires très élevés. Et il fallait reconnaître qu'elle avait attisé cette aversion… Les joues de Callie s'enflammèrent au souvenir des commentaires peu flatteurs qu'elle avait faits sur Eduardo quand il l'avait licenciée. Comment s'étonner que Walter, homme vieux jeu qui avait épousé son amour de lycée et qui travaillait la terre héritée de son grand-père, soit horrifié à l'idée qu'un homme comme Eduardo Cruz ait mis sa fille enceinte et l'ait épousée ?

Quant à Brandon…

Ecrasée de remords, Callie s'empourpra de plus belle. Brandon devait être arrivé dans le Dakota, après avoir traversé le pays tout seul. Qu'avait-il dit à ses parents ? Que ressentait-il ? Etait-il inquiet pour elle ? Furieux ?

« Quand je pense qu'il était prêt à t'épouser alors que tu es enceinte d'un autre homme ! Il doit vraiment être fou de toi. »

Callie s'efforça de chasser les paroles d'Eduardo de son esprit. Brandon amoureux d'elle ? Non… Certes, entre amis, il est normal de s'entraider. Mais elle n'aurait jamais dû accepter qu'il l'épouse pour lui rendre service. Elle avait profité de sa gentillesse. Et elle ne l'avait toujours pas appelé depuis qu'Eduardo l'avait kidnappée sous ses yeux ! C'était impardonnable. Il fallait absolument qu'elle lui téléphone.

Callie se leva, moulue, les jambes tremblantes. Tandis qu'elle bordait sa fille endormie dans son berceau, une image s'imposa à elle. Le regard illuminé de tendresse d'Eduardo quand il avait pris Marisol dans ses bras pour la première fois. Ou quand il lui avait fait un câlin, assis dans un fauteuil à l'hôpital, en la tenant contre son torse nu afin qu'elle sente la chaleur de sa peau. Malgré ses griefs contre lui, elle se sentait très proche de lui depuis la naissance de leur fille.

Quittant la nurserie sans bruit, elle passa dans la chambre, où elle trouva la valise de vêtements neufs que des employés d'Eduardo avaient apportés à l'hôpital. Elle l'ouvrit et choisit un ensemble en cachemire rose. Il avait probablement coûté l'équivalent d'un mois de salaire, mais le cachemire était si doux…

Après avoir savouré une longue douche dans la salle de bains en marbre, elle se coiffa, enfila l'ensemble en cachemire sur un T-shirt de coton blanc et descendit à l'étage inférieur du duplex. Cet appartement était vraiment spectaculaire, songea-t-elle avec émerveillement. C'était un véritable hôtel particulier en plein ciel. L'escalier en colimaçon aboutissait à un vaste salon, doté d'une cheminée et de baies vitrées qui offraient une vue panoramique sur les lumières de New York.

— Qu'en penses-tu ?

Elle tressaillit et se retourna. Eduardo la rejoignait avec deux verres de Martini. Il était vêtu d'un jean foncé et d'un T-shirt noir qui mettaient en valeur son corps musclé.

— C'est fabuleux, répliqua-t-elle.

Il sourit.

— Je suis heureux que cet appartement te plaise.

Il lui tendit un verre rempli d'un liquide orangé.

— Je ne peux pas boire d'alcool tant que j'allaite.

Il montra son verre, qui contenait un Martini et une olive.

— Ça, c'est de l'alcool. Pour toi, c'est du jus de fruits.

— Oh ! Merci.

Prenant soudain conscience qu'elle mourait de soif, elle vida son verre d'un trait. Et elle avait également très faim…

— L'odeur qui vient de la cuisine est très alléchante, déclara-t-elle en posant son verre.

— J'ai fait des *quesadillas* et du riz.

— J'ai hâte de goûter ça !

— Ça ne te plaira peut-être pas.

Eduardo sourit de nouveau, mais son sourire n'atteignait pas ses yeux, constata-t-elle soudain. Et ses doigts étaient crispés sur le pied de son verre.

— Comme tu l'as dit, je suis nul en cuisine. Pas comme certains, qui sont sans aucun doute de véritables chefs.

Callie plissa le front. Et ce ton sarcastique… Pourquoi ce brusque changement d'humeur ?

— Quelque chose ne va pas.

Il eut un nouveau sourire factice.

— Non, tout va très bien.

— Tu as l'air… bizarre.

— Pas du tout. Si nous dînions ?

— Bien sûr.

Peut-être était-ce la fatigue qui alimentait son imagination… Ou bien son sentiment de culpabilité. Réprimant un soupir, Callie regarda autour d'elle.

— Tu sais où est mon sac ? J'ai un coup de téléphone à donner.

— A tes parents ?

— Non. Après le coup de fil que je leur ai donné de l'hôpital, je crois que je vais attendre un peu avant de renouveler l'expérience. C'est à Brandon que je veux téléphoner. Il doit être de retour à Fern. Je suis sûre qu'il s'inquiète à mon sujet et, de mon côté, je m'inquiète pour lui.

— Il va bien.

Eduardo vida son verre et le posa sur le manteau de la cheminée.

— Je viens de lui parler.

— Ah bon ?

— Ça faisait des heures qu'il appelait. J'en ai eu assez d'entendre la sonnerie et j'ai répondu il y a dix minutes. Je lui ai demandé d'arrêter.

— Qu'a-t-il dit ?

Eduardo crispa la mâchoire.

— Il m'a cassé les oreilles. Que lui as-tu raconté à mon sujet ?

Callie s'empourpra.

— J'étais furieuse quand tu m'as licenciée. Il est possible que j'aie forcé le trait. Je voulais justement l'appeler. Donne-moi mon téléphone.

— Non.

— Pas de problème. Je vais le trouver toute seule.

Elle franchit une porte battante qui donnait sur une luxueuse cuisine équipée de tous les derniers appareils à la pointe de la technologie, y compris une cave à vin et un four à pizza. Ses grandes fenêtres donnaient sur l'Hudson River. Elle vit son sac sur le comptoir en granit, le prit et se mit à fouiller dedans.

— Inutile de chercher, il n'est pas là, déclara Eduardo en la rejoignant.

— Où est-il ?

— Je l'ai jeté.

Elle se figea.

— Tu plaisantes ?

— Je ne veux pas que vous vous appeliez.

— Tu ne peux pas m'empêcher de téléphoner ! s'écria-t-elle avec indignation. Tu n'en as pas le droit !

— Je suis ton mari. J'ai tous les droits.

— Je vais acheter un nouveau téléphone !

Les yeux d'Eduardo lancèrent des étincelles.

— Essaie un peu.

— C'est ridicule. Je ne suis pas ta prisonnière !

— Tant que nous serons mariés, j'attends de toi une loyauté absolue.

— Brandon est mon meilleur ami !

— Et tu es ma femme.

— Combien de fois faut-il te répéter qu'il n'y a jamais rien eu entre nous ?

— Non, bien sûr… C'est juste l'homme que tu adores, à qui tu fais aveuglément confiance et que tu as failli épouser il y a deux jours.

— Seulement parce que j'étais enceinte…

— Vous étiez déjà fiancés avant même que je te rencontre !

Callie ouvrit de grands yeux.

— Quoi ?

Eduardo s'appuya sur le comptoir.

— Quand tu as passé la nuit chez moi à Noël, je n'ai pas réussi à dormir. Je suis sorti faire un tour et j'ai décidé de passer chez toi pour prendre quelques affaires. J'avais l'intention de te demander de rester chez moi, figure-toi. Mais j'ai eu la bonne surprise de tomber sur ton amant.

— Pardon ?

— Pendant que tu dormais dans mon lit, j'ai trouvé chez toi l'homme avec qui tu vivais. Et avec qui tu étais fiancée depuis des années.

Abasourdie, Callie resta sans voix.

— Eh bien, tu as perdu ta langue ? demanda Eduardo d'un ton sarcastique.

— Brandon n'était pas mon fiancé ! Pas à ce moment-là !

— Tu n'arrêteras donc jamais de mentir ? Puisque je te dis que je l'ai vu chez toi.

— Peut-être, mais nous n'étions ni amants ni fiancés ! Nous nous sommes fiancés il y a seulement quelques semaines.

Eduardo croisa les bras, le visage dur.

— C'est très simple. Ou c'est toi qui mens, ou c'est lui. Lequel des deux ?

Callie s'humecta les lèvres.

— Brandon n'est pas du genre à mentir. A moins que…

« Si nous ne sommes pas mariés à trente ans, nous nous marierons ensemble, d'accord ? » avait-il dit en lui prenant les mains. « D'accord ! » avait-elle répondu en riant. C'était le soir du bal de fin d'études secondaires, et elle avait cru que Brandon plaisantait. Etait-il possible qu'il ait dit ça sérieusement ? Etait-ce pour cette raison qu'en apprenant qu'Eduardo lui avait loué un appartement Brandon avait décidé de venir la rejoindre ? Parce qu'il avait entendu dans sa voix qu'elle était en train de tomber éperdument amoureuse de son patron et qu'il avait décidé de défendre son territoire ?

Non. Impossible. Brandon l'aimait comme un ami. Juste comme un ami !

Elle foudroya Eduardo du regard.

— Ou bien tu l'as mal compris, ou bien il a dit ça pour me protéger parce qu'il connaissait ta réputation de séducteur. Mais il n'y a jamais rien eu d'autre que de l'amitié entre Brandon et moi. Laisse-moi l'appeler et tu en auras la preuve !

— Il est amoureux de toi. Soit tu mens, soit tu es aveugle. Mais, de toute façon, tu n'auras plus aucun contact avec McLinn. Ni par téléphone, ni par mail, ni par pigeon voyageur. Ni par l'intermédiaire de tes parents. C'est compris ?

Callie suffoqua d'indignation.

— Tu n'as pas le droit de m'interdire quoi que ce soit ! Il faut absolument que j'appelle Brandon ! Je te rappelle que je l'ai laissé en plan en pleine rue, le jour où nous devions nous marier. Il a droit à une explication !

— Je viens de la lui donner, l'explication.

— Que lui as-tu dit ?

Eduardo mit des *quesadillas* et du riz sur une assiette qu'il posa devant Callie sur le comptoir.

— Peu importe. Essaie de prendre contact avec lui pendant notre mariage, ne serait-ce qu'une fois, et je considérerai ça comme une rupture de contrat.

— Pas de problème ! Tu peux garder ta pension alimentaire. Je me moque de ton argent !

— Et la garde, tu t'en moques ?

Callie crut que son cœur cessait de battre.

— Que veux-tu dire ?

— Apparemment, tu n'as pas lu notre contrat de mariage avec assez d'attention avant de le signer.

L'estomac de Callie se noua. C'était vrai… Elle s'était contentée de parcourir les premières pages à la hâte.

— J'étais sur le point d'accoucher ! Je me tordais de douleur et j'étais sous la contrainte ! Même si j'ai signé, ça ne tiendra jamais devant un tribunal !

Eduardo eut un sourire sans joie.

— On parie ?

Callie secoua la tête avec incrédulité. Il ne pouvait tout de même pas manquer de cœur à ce point ? Mais bien sûr que si… Quelle idiote ! Comment avait-elle pu imaginer un seul instant qu'Eduardo Cruz avait un cœur ? Refoulant ses larmes, elle s'efforça de réprimer le tremblement de sa voix.

— Je ne comprends pas ton attitude. Notre mariage sera terminé dans quelque mois. Et d'ailleurs, pourquoi as-tu pris la peine de m'épouser ? Pourquoi insister pour donner à notre enfant un nom, un père et un foyer, alors que tu ne tiendras jamais le coup ?

Eduardo crispa le poing sur le comptoir.

— De quoi parles-tu ?

— Je te connais trop bien. Je sais quel genre de vie tu aimes. Voyager dans le monde entier, livrer bataille contre tes concurrents, acheter des jouets luxueux dont tu prends à peine le temps de profiter, coucher avec des femmes dont tu oublies aussitôt le nom. Accumuler les milliards à la banque.

— Mes priorités ont changé.

— Pour combien de temps ? Quelques jours ? Une semaine ? Combien de temps tiendras-tu le coup avant de nous abandonner ?

— Je commence à en avoir assez de m'entendre dire que je suis incapable d'être un bon père. Contrairement à un certain fermier au chômage… Dommage pour toi que Marisol ne soit pas sa fille !

Ce fut la goutte d'eau qui fit déborder le vase.

— C'est vraiment dommage, en effet !

Callie saisit son assiette, fouilla bruyamment dans les tiroirs pour trouver une fourchette, puis se dirigea à grands pas vers la porte.

— Vivement la fin des trois mois !

198

5.

Trois mois plus tard

Marisol était de plus en plus belle et faisait désormais ses nuits. Jour après jour, Callie avait vu Eduardo se comporter en père affectueux et dévoué. Jour après jour, elle s'était efforcée de s'accommoder de la courtoisie distante avec laquelle il la traitait. Jour après jour, elle avait été torturée par une frustration sans bornes.

Plus qu'une soirée et son calvaire serait terminé.

Debout devant le miroir de la chambre, Callie remonta la fermeture Eclair de son fourreau argent sans bretelles. Elle accrocha à ses oreilles les dormeuses en diamant assorties à sa bague, puis elle se maquilla les yeux et se mit du rouge à lèvres. Reculant d'un pas sur ses escarpins à talons aiguilles, elle redressa les épaules en observant son reflet.

Elle avait l'impression de regarder une étrangère.

Callie se considérait comme quelconque et rondelette, mais le miroir lui renvoyait une image toute différente. Ses cheveux châtains étaient longs et brillants, coiffés deux fois par semaine dans le meilleur salon de l'Upper West Side. Ses bras et ses jambes avaient minci et s'étaient musclés à force de porter Marisol et de faire de longues promenades. Elle se rendait au parc tous les jours, par tous les temps, trop heureuse de s'échapper pour quelques heures du duplex, où elle se sentait inutile, prisonnière d'un foyer qu'elle partageait avec un mari qui ne l'aimait pas.

Sa transformation en femme trophée était spectaculaire. Elle n'avait plus rien d'une fermière ni même d'une assistante. Elle était Mme Eduardo Cruz. L'épouse mal aimée du magnat du pétrole.

Mais, demain matin, elle aurait purgé sa peine. Son mariage de trois mois prendrait fin. Elle et son bébé seraient libres.

Dans le miroir, les yeux verts de Callie reflétaient une immense tristesse.

Chaque nuit, elle avait dormi seule dans l'immense lit d'Eduardo. Souvent, quand Marisol avait du mal à s'endormir, elle l'avait entendu lui chanter des berceuses de sa belle voix de baryton. En trois mois, elle avait accumulé un million de nouveaux souvenirs qui se transformeraient en regrets dès le divorce prononcé.

Avec elle, Eduardo avait été d'une affabilité sans faille. Il n'avait jamais parlé de Brandon, ni de sa famille, ni d'aucun sujet risquant de provoquer une dispute. L'essentiel de leurs conversations tournait autour de leur fille.

Il ne l'avait jamais touchée. Tout ce qu'il lui avait demandé c'était de l'accompagner de temps en temps à des galas de bienfaisance. Comme ce soir.

Dans le cercle très fermé de la haute société new-yorkaise, la saison de Noël débutait officiellement début décembre par le Winter Ball, qui permettait de récolter des fonds pour les associations caritatives d'aide aux enfants sur les cinq continents. C'était la dernière soirée où elle se rendrait au bras de son mari en feignant de ne pas avoir le cœur brisé.

Demain, comme stipulé dans le contrat de mariage, elle déménagerait et Eduardo entamerait la procédure de divorce.

Toujours devant le miroir de la chambre, Callie soupira. Elle ne croyait pas un seul instant qu'il lui avait été fidèle. Elle le connaissait trop bien. Il avait forcément eu des maîtresses pendant ces trois mois. Mais où ? Quand ? Ces questions la hantaient.

Elle porta la main à son front. Quelle importance ? Demain, elle ferait ses bagages pour retourner dans le Dakota. Chez elle. Sa famille lui manquait. Sami. Sa mère. Brandon. Et même son père. Elle avait manqué tellement de choses... La moisson. L'automne. Le brassage des pommes et le cidre chaud. Thanksgiving avec la dinde découpée par son père et la tarte à la citrouille primée de sa mère. Malgré tout, elle leur en voulait. Elle avait espéré qu'ils l'appellent pour se réconcilier avec elle. Ils avaient le numéro, après tout. Mais ils ne l'avaient pas fait. Et elle non plus.

Demain, elle les retrouverait et tout rentrerait dans l'ordre. Elle avait entouré la date dans son calendrier. Ce simulacre de mariage serait enfin terminé.

Nul doute qu'Eduardo serait très soulagé lui aussi. Il avait joué merveilleusement son rôle de père mais il devait en avoir plus qu'assez de cacher ses aventures, de ne travailler que neuf heures par jour au lieu de seize et de dîner chez lui tous les soirs ! Honnêtement, elle n'aurait jamais cru qu'il tiendrait aussi longtemps.

Callie frissonna comme si le vent froid de décembre s'était engouffré dans la pièce.

Dire qu'il n'avait pas tenté une seule fois de la toucher au cours des trois mois de leur mariage... En fait, ils n'avaient passé qu'une seule nuit ensemble. La nuit où ils avaient conçu Marisol. Une nuit magique, qui avait vu s'accomplir tous ses rêves. Une nuit qui lui avait laissé des souvenirs inoubliables. Le regard brûlant d'Eduardo à l'autre bout de la salle de bal. La chaleur de ses lèvres quand ils s'étaient embrassés dans le taxi qui filait le long de la Cinquième Avenue. Le parfum boisé qui émanait de son corps puissant quand il l'avait portée jusqu'à la chambre. La douceur de ses cheveux, dans lesquels elle avait enfoncé les doigts quand il s'était penché sur ses seins. La plénitude qui l'avait enveloppée quand il était entré en elle. Et puis le plaisir inouï qu'ils avaient partagé, encore et encore...

Demain, elle rentrerait chez elle et elle chercherait du travail. Elle affronterait sa famille. Elle oublierait Eduardo. Il faudrait qu'elle l'oublie. Sinon le reste de sa vie serait désespérément sombre et désolé.

— *Querida*.

Elle pivota sur elle-même, le cœur battant. Eduardo se tenait sur le seuil de la chambre, incroyablement séduisant dans son smoking.

Il promena sur elle un regard admiratif.

— Tu es d'une beauté insolente, dit-il d'une voix rauque. Tous les hommes vont m'envier, ce soir.

Stupéfaite, elle sentit ses joues s'enflammer. Comment réagir ? C'était la première fois qu'il lui faisait un tel compliment. C'était la dernière soirée de leur mariage et elle se sentait soudain aussi embarrassée que si c'était leur premier rendez-vous !

— Merci...

Il sourit.

— Je t'ai apporté un cadeau.

Il sortit de sa poche un écrin de velours noir qu'il ouvrit devant elle. Elle eut le souffle coupé par le collier d'émeraudes et de diamants qui scintillait à l'intérieur.

— C'est pour moi ? En quel honneur ?

— Tu as vraiment besoin de poser la question ?

Elle sentit son cœur se serrer.

— C'est... un cadeau d'adieu ?

— Non.

Il secoua la tête avec un sourire enjôleur.

— Considère ça comme un cadeau de Noël avant l'heure.

Il posa l'écrin sur le lit et prit le collier.

— Je peux ?

Troublée, elle releva ses longs cheveux châtains. Il lui passa le lourd collier autour du cou et le ferma sur sa nuque. Elle sentit ses doigts effleurer sa peau et fut parcourue d'un long frisson. C'était la première fois qu'il la touchait depuis des mois... S'écartant de lui, elle se regarda dans le miroir et toucha les pierres vertes qui brillaient de mille feux.

— Il est splendide, murmura-t-elle, la gorge nouée.

Leurs regards se croisèrent dans le miroir.

— Beaucoup moins que toi, murmura-t-il.

Il était juste derrière elle, si proche qu'ils se touchaient presque. Une vague de désir submergea soudain Callie. Si violente qu'elle vacilla sur ses jambes. Elle ferma les yeux.

— Pourquoi es-tu aussi gentil avec moi ? demanda-t-elle d'une voix étranglée. Pourquoi maintenant ? Alors que c'est la fin ?

— Qui dit que c'est la fin ? murmura-t-il en posant les mains sur ses épaules.

Electrisée, elle répondit dans un souffle :

— Le contrat de mariage.

Il la fit pivoter sur elle-même et elle ouvrit les yeux. La chaleur qui émanait de son corps puissant attisa son désir.

S'efforçant de masquer son trouble, elle eut un petit rire factice.

— Ces trois mois ont dû te paraître les plus longs de ta vie.

Il lui caressa la joue.

— En effet.

Elle déglutit péniblement.

— Trois mois d'attente interminable...

— Trois mois d'enfer, acquiesça-t-il.

Elle s'efforça de refouler ses larmes. Ses craintes étaient confirmées...

Elle se détourna en tremblant pour prendre sa pochette sur le lit.

— Je suis prête.

Il lui tendit le bras en souriant.

— Madame Cruz.

Ils prirent congé de Mme McAuliffe, qui gardait Marisol, et descendirent au premier niveau. Eduardo sortit l'étole de fausse fourrure blanche de Callie de la penderie et l'enveloppa dedans. Dans l'ascenseur, elle s'écarta prudemment de lui.

— Bonsoir, monsieur Cruz, madame Cruz, déclara le portier en souriant lorsqu'ils sortirent de l'immeuble. Passez une excellente soirée.

— Merci, Bernard, répondit Eduardo en posant la main au creux des reins de Callie pour l'entraîner vers la limousine qui les attendait.

Pendant le court trajet, elle garda une conscience aiguë du corps de son mari à quelques centimètres du sien sur la banquette.

Le Winter Ball se tenait dans un luxueux hôtel de l'Upper East Side, en bordure de Central Park. En traversant le hall au bras de son mari, Callie admira la fresque qui ornait le plafond. La réception donnée par Cruz Oil le soir de Noël l'année précédente était fastueuse, mais elle n'avait rien de comparable avec ce bal, qui était la soirée la plus prestigieuse de la saison.

Le décor féerique de l'immense salle de réception évoquait un paysage hivernal. Des centaines de petites lumières clignotaient dans les branches nues de grands arbres sombres, qui se découpaient sur un fond blanc baigné d'une pâle lueur mauve. L'hiver était la saison favorite de Callie et elle fut éblouie par cette forêt de conte de fées.

Mais elle déchanta à la vue de la foule qui fourmillait autour d'eux. Des femmes superbes et des hommes puissants, visiblement issus d'un milieu privilégié où l'on fréquentait les universités les plus cotées du pays et où l'on passait ses vacances entre pairs à Kennebunkport ou à Martha's Vineyard. Et elle, qui était-elle ? Une pauvre fermière du Dakota.

Dans sa chambre, devant son miroir, elle s'était trouvée svelte et élégante. Ici, elle se sentait gauche et empruntée. Des mannequins immenses et très minces tournaient autour d'eux en dévorant Eduardo des yeux.

— Tu les connais ? murmura-t-elle en s'accrochant à son bras.

— Qui ?

— Ces femmes qui ne te quittent pas des yeux.

Il jeta un coup d'œil aux créatures de rêve.

— Non.

Elle déglutit péniblement. Disait-il la vérité ? Ou bien voulait-il juste la ménager ? Avait-il couché avec certaines de ces femmes ? Si ce n'était pas le cas, nul doute qu'il venait de les inscrire sur sa liste de futures conquêtes. Et qu'il avait hâte d'être enfin libre de ramener qui il voulait chez lui. Comment le blâmer ?

Malheureusement, elle avait beau se dire que leur mariage n'en était pas vraiment un et s'efforcer de ne pas se sentir concernée, elle ne pouvait s'empêcher d'imaginer Eduardo en train de séduire ces femmes. Et elle en était malade.

— Tu veux boire quelque chose ?

Elle hocha nerveusement la tête. Lorsque Eduardo lui tendit un verre de punch quelques instants plus tard, elle but de longues gorgées.

— Fais attention, dit-il d'un air amusé en sirotant son Martini au concombre. C'est plus fort que tu ne le penses.

Peut-être, mais elle n'avait aucune envie de faire attention ! Elle venait d'arrêter l'allaitement, alors pourquoi se priver ? Le punch était à la fois sucré et légèrement épicé... Un délice. Callie vida son verre et le tendit à Eduardo.

— Pourrais-je en avoir un autre ?

— Ce n'est pas très raisonnable, *querida*.

— J'en ai assez d'être raisonnable, murmura-t-elle. Ce soir j'ai envie de prendre des risques.

Eduardo sourit.

— Comme tu veux.

Il retourna au bar. Quand il revint, il avait dans les yeux une lueur qui électrisa Callie.

— Tiens, souffla-t-il en lui tendant le verre.

Leurs doigts s'effleurèrent et elle fut submergée par une vive chaleur.

Pendant des semaines, il l'avait traitée avec une affabilité distante. Elle aurait aussi bien pu être la nurse chargée de s'occuper de sa fille. Mais ce soir... Ce soir, il la regardait vraiment. Comme s'il mourait d'envie de lui arracher sa robe, de couvrir son corps de baisers et de la rendre folle de plaisir...

« Il m'a laissée tomber, se rappela-t-elle fermement. Je ne suis rien pour lui. S'il a couché avec moi c'est uniquement parce que je me trouvais là au bon moment. »

— Comment s'appelle ce cocktail ?

— Un Rudolph.

Renversant la tête en arrière, elle but une longue gorgée, consciente du regard d'Eduardo sur son cou et son décolleté. Elle vida son verre. Les yeux noirs caressèrent son visage.

— As-tu déjà eu la gueule de bois ?

— Non.

— Tu veux en faire l'expérience ?

Il fallait reconnaître que l'idée de se réveiller avec la gueule de bois était assez alléchante. Ça détournerait peut-être ses pensées du divorce imminent...

— Pourquoi pas ?

L'orchestre se mit à jouer et Eduardo lui tendit la main.

— Allons danser.

Elle jeta un coup d'œil aux mannequins, qui continuaient de le dévorer des yeux.

— Pourquoi n'invites-tu pas plutôt l'une d'entre elles ?

Il arqua les sourcils.

— Pourquoi ferais-je ça ?

— Elles semblent te connaître.

— Comme des tas de gens présents ici ce soir.

— Si nous cessions de jouer la comédie ? Tu n'as pas de raison d'être aussi discret. Je sais parfaitement que tu as eu des maîtresses depuis notre mariage.

Eduardo arqua de nouveau les sourcils.

— De qui tiens-tu cela ?

— Personne n'a eu besoin de me le dire. Nous faisons chambre à part depuis trois mois. J'en ai déduit que…

— Tu te trompes.

— Je te connais, Eduardo. Il est impossible que tu sois resté chaste pendant trois mois alors que toutes les femmes se jettent à ta tête. Aucun homme ne peut résister à ça. Surtout pas…

— Surtout pas moi ? coupa-t-il d'un ton dangereusement posé.

Un peu étourdie par l'alcool et la chaleur qui régnait dans la pièce, Callie haussa les épaules.

— Oh ! N'y pense plus ! Ça n'a pas d'importance. Plus maintenant !

Elle voulut s'éloigner mais la main d'Eduardo se referma sur la sienne. Il lui prit son verre et le posa sur le plateau d'un serveur qui passait à proximité. Puis il l'attira dans ses bras et plongea son regard dans le sien.

— Je ne t'ai jamais trahie, Callie.

— Pourquoi me serais-tu resté fidèle ?

— Si tu poses cette question c'est que tu ne me connais pas du tout. Dansons.

Elle le considéra avec stupéfaction. L'idée qu'il lui était resté fidèle était trop déstabilisante. Privée de sa colère, elle était vulnérable. Elle n'avait plus rien pour se défendre. Leur mariage prendrait fin demain. Elle était sur le point de retrouver sa liberté. Il fallait à tout prix garder ses distances avec lui. Il fallait le fuir. A toutes jambes !

Mais il l'entraîna sur la piste de danse et elle n'eut pas le courage de résister.

— Juste une danse.

« Pour se dire adieu », ajouta-t-elle *in petto*.

Eduardo l'attira contre lui et ils se mirent à danser au milieu des autres couples, parmi les grands arbres sombres aux branches scintillantes. Grisée par la chaleur de son corps, elle ferma les yeux et appuya une joue contre son épaule. Elle se sentait étrangement apaisée. Protégée.

Elle avait l'impression d'avoir remonté le temps jusqu'à la soirée de Noël de l'année précédente.

Pendant deux heures, ils ne quittèrent pas la piste de danse et elle se perdit dans la brume d'un rêve enchanteur. Plus rien n'existait que le corps d'Eduardo contre le sien et ses bras autour d'elle. Elle entendait à peine la musique. Ils étaient seuls au monde dans une forêt magique.

Elle l'aimait, comprit-elle tout à coup.

Elle n'avait jamais cessé de l'aimer.

S'immobilisant brusquement, elle leva les yeux vers lui, tandis que les autres couples continuaient de tournoyer autour d'eux.

— Qu'y a-t-il, *querida ?* demanda-t-il d'une voix douce.

Prise de vertige, elle s'humecta les lèvres. Non… Elle ne pouvait pas se permettre d'être amoureuse de lui. Ce serait vraiment trop stupide.

— A quoi joues-tu ? demanda-t-elle d'une voix mal assurée. Que fais-tu ?

Sous le regard étincelant des yeux noirs, elle fut parcourue d'un long frisson. Eduardo lui caressa la joue.

— Ce que je fais ?

Il plongea son regard dans le sien.

— Je t'embrasse.

Elle resta clouée sur place, tandis qu'il se penchait vers elle.

Elle sentit d'abord son souffle chaud sur sa peau, puis ses lèvres qui se posaient sur les siennes, douces comme du satin. Sa bouche prit possession de la sienne, tandis qu'il enfonçait les doigts dans ses cheveux.

« Je t'aime, Eduardo.

Je n'ai jamais cessé de t'aimer. »

Mon Dieu, ces mots qui s'imposaient à son esprit et à son cœur sans qu'elle le veuille, les devinait-il sur ses lèvres en l'embrassant ? Son corps frémissant contre le sien trahissait-il ses sentiments ?

— J'ai envie de toi, Callie, murmura-t-il contre sa bouche.

— Pourquoi ce soir ? Parce que, demain matin, tu me jetteras dehors ? demanda-t-elle d'une voix tremblante.

— Callie !

— Non !

Elle s'arracha à ses bras. Pas question de lui laisser voir la souffrance dans son regard ! Elle ne supporterait pas cette ultime humiliation. Pivotant sur elle-même, elle quitta la piste de danse en courant. Elle se fraya un chemin à travers la foule, gagna le hall, passa devant le vestiaire sans prendre le temps de s'arrêter pour récupérer son étole et se précipita dehors. Un taxi l'évita de justesse, alors qu'elle traversait sans regarder, et le chauffeur lui cria des injures en klaxonnant. Elle courut se réfugier dans Central Park.

De grands arbres sombres et nus se dressaient au-dessus du sol recouvert de neige. Un peu comme dans le décor de la salle de bal, mais en beaucoup plus sinistre.

Secouée de sanglots, elle jeta un coup d'œil derrière elle. Eduardo la suivait, haute silhouette noire se découpant sur le tapis neigeux.

Etouffant un petit cri, elle se mit à courir encore plus vite, tête baissée, trébuchant sur ses talons aiguilles. S'il la rattrapait, il comprendrait. Il verrait dans ses yeux l'amour pathétique qu'elle éprouvait pour lui et qui lui déchirait le cœur.

Elle perdit un de ses escarpins et voulut faire demi-tour pour le ramasser. Mais, voyant qu'Eduardo n'était plus qu'à quelques mètres, elle se débarrassa de l'autre chaussure et reprit sa course folle, pieds nus dans la neige, insensible au vent glacial qui cinglait ses épaules nues.

Quelques instants plus tard, Eduardo la rattrapa et la souleva de terre.

— Va-t'en !

En larmes, au comble de l'humiliation, elle cribla son torse de coups de poing.

— Laisse-moi tranquille !

— Tu crois vraiment que tu ne comptes pas pour moi ?

Le clair de lune dessinait un halo argenté autour de ses cheveux noirs et il avait tout d'un ange des ténèbres venu l'ensorceler pour l'entraîner en enfer.

— C'est ce que tu penses ? insista-t-il.

— Je le sais !

— Tu venais de mettre mon bébé au monde. Je ne suis pas une brute. Je ne voulais pas m'imposer à toi !

Elle se démena de plus belle pour tenter de se libérer.

— Bien sûr, puisque la moitié des top-modèles de la ville font la queue devant chez nous ! Comment puis-je rivaliser avec ça ? Tu l'as dit toi-même. Tu as hâte de divorcer !

— Sais-tu depuis combien de temps je t'attends ? s'écria Eduardo. En as-tu la moindre idée ?

Stupéfaite de sa véhémence, elle se figea.

La voix d'Eduardo se radoucit.

— Je rêve de toi depuis un an, Callie. Et je t'ai attendue. Pendant un an.

— Non. Ce n'est pas vrai, murmura-t-elle, électrisée par l'éclat de ses yeux noirs.

— Mon Dieu… Comment peux-tu l'ignorer ? Tu es donc aveugle ?

Elle sentit son cœur s'affoler.

— En trois mois, tu n'as pas tenté de me toucher une seule fois. C'est à peine si tu me regardais.

— Tu étais jeune maman. Tu étais submergée.

Eduardo écarta une mèche de cheveux de l'épaule de Callie.

— Tu dormais à peine quatre heures par nuit. Ce n'était pas d'un amant que tu avais besoin mais d'un partenaire. Ce dont tu avais besoin c'était que je sois un bon père.

De nouvelles larmes ruisselèrent sur les joues de Callie.

— Et tu l'as été. Tu as été le meilleur père que Marisol pouvait avoir.

Elle sentit les bras d'Eduardo se resserrer autour d'elle.

— Merci, murmura-t-il.

Tout autour d'eux, la neige brillait sous le clair de lune.

— Tu... tu me désirais vraiment ?

Eduardo laissa échapper un petit rire amer.

— J'essayais de nier mon désir. Je me répétais que la nuit que nous avions passée ensemble ne signifiait rien. Que tu m'avais menti et que la nuit où tu t'étais donnée à moi ne signifiait rien pour toi.

Callie tressaillit.

— Je...

— Mais je ne parvenais pas à t'oublier. Malgré tous mes efforts, j'en étais incapable. Il n'y a pas eu d'autre femme depuis la nuit que nous avons passée ensemble.

Eduardo plongea son regard dans celui de Callie.

— Comprends-tu ce que je suis en train de te dire ? Aucune autre femme.

— Mais... ça fait presque un an !

— Oui.

Incrédule, Callie s'humecta les lèvres.

— Et ces photos de toi avec cette duchesse, en Espagne... ?

— Elle est belle, mais elle m'a laissé froid.

— Non... Ça ne peut pas être vrai. Tu ne peux pas m'avoir attendue un an...

— Tu ne me crois pas ?

Eduardo laissa glisser doucement Callie le long de son corps et la reposa sur ses pieds.

— Ça, tu le croiras peut-être.

La serrant contre lui, il s'empara de sa bouche dans un baiser fougueux.

6.

Parmi les grands arbres sombres et nus, dans Central Park désert et recouvert de neige, Callie fut submergée par une chaleur intense.

Murmurant des mots en espagnol, Eduardo resserra encore son étreinte. Submergée par une vague de désir, elle noua les bras sur sa nuque en gémissant. Elle ne sentait plus le froid du vent sur ses joues ni celui de la neige sous ses pieds. La nuit était noire et glaciale mais elle avait l'impression d'être en plein été.

Les mains d'Eduardo se promenaient sur son dos, sur ses bras nus, faisant jaillir des étincelles dans tout son corps. Son baiser s'approfondit dans un mélange de passion et de tendresse qui la ramena un an en arrière. C'était comme si toute la souffrance de l'année écoulée n'avait jamais existé. Elle venait de remonter le temps jusqu'à la nuit la plus merveilleuse de sa vie.

Elle enfonça les doigts dans les épais cheveux noirs d'Eduardo. Comme c'était bon d'être de nouveau dans ses bras ! De sentir de nouveau contre le sien ce corps puissant qui lui donnait l'impression délicieuse d'être toute menue… D'abandonner de nouveau ses lèvres au baiser brûlant de sa bouche sensuelle…

Eduardo finit par s'écarter d'elle, le souffle court. Il sortit son portable de sa poche et composa un numéro.

— Sanchez, à la sortie du parc, déclara-t-il sans quitter Callie des yeux. Au coin.

Après avoir raccroché et rangé son portable, il la souleva de terre.

Avec un petit soupir d'aise, elle se laissa aller dans ses bras. Il rebroussa chemin, s'arrêtant au passage pour ramasser ses chaussures, en la tenant d'un seul bras comme si elle était aussi légère qu'une plume. Une fois arrivé sur Central Park South, il lui remit ses chaussures puis la posa sur ses pieds sur le trottoir.

— Merci.

Elle frissonna mais ce n'était pas de froid.

Sans un mot, il enleva sa veste de smoking et la posa sur ses épaules.

— Ne me remercie pas, murmura-t-il en plongeant son regard dans le sien. Prendre soin de toi, c'est ce que je veux.

Le cœur battant, Callie se laissa aller contre lui. La neige se mit à tomber à gros flocons. Etait-il vraiment possible qu'Eduardo n'ait touché aucune autre femme pendant un an et qu'il soit toujours rongé de désir pour elle ? Qu'il ait connu les mêmes tourments qu'elle ? Le lit vide, les regrets, le désir lancinant ?

Sa raison lui disait que non, mais son baiser lui avait prouvé le contraire.

— Callie, tu sais ce que je vais te faire quand nous rentrerons ?

Le cœur battant à tout rompre, elle eut soudain du mal à respirer et fut prise de vertige. Il avait envie d'elle. Elle avait envie de lui. Mais, la dernière fois qu'il lui avait fait l'amour, le bonheur puis le chagrin avaient failli la tuer. Leur mariage prenait fin dans quelques heures. Elle était sur le point de retrouver sa liberté…

Mais pour quoi faire ? Etre libérée d'Eduardo ce serait la mort. Le serrant dans ses bras, elle appuya une joue contre son torse et ferma les yeux en écoutant les battements de son cœur. Ils restèrent immobiles dans les bras l'un de l'autre, les cheveux parsemés de flocons de neige.

— La voiture est là.

Eduardo entraîna Callie vers la limousine et l'aida à monter à l'arrière. Quand Sanchez démarra, il lui prit le visage à deux mains et se pencha lentement vers elle.

Juste avant que leurs lèvres se touchent, elle détourna la tête.

— Je ne peux pas.

— Tu ne peux pas ? Pourquoi ?

Elle le regarda et son cœur se serra. Il était si beau ! Chaque fibre de son être lui soufflait de se jeter dans ses bras… Relevant le menton, elle se força à dire :

— J'ai peur.

Il arqua les sourcils.

— Peur ?

« Peur d'avoir le cœur brisé et de ne plus jamais pouvoir recoller les morceaux. »

— J'ai peur… que ça ne soit pas prévu par notre accord. Elle déglutit péniblement.

— Nous avons fait un mariage blanc.

— Qu'est-ce qui te fait croire ça ?

— Au palais de justice, quand on nous a délivré la licence, tu as dit…

— Il n'a jamais été question de mariage blanc. C'est toi qui as parlé d'un mariage de convenance. Pour ma part j'ai promis d'être fidèle et je l'ai été. Mais je ne peux pas continuer à vivre dans une telle frustration…

— Tu n'as aucune raison de le faire. Demain, notre mariage sera terminé.

— Non.

— Non ?

— Non, il n'y aura pas de divorce.

Callie eut l'impression que le temps s'arrêtait. Derrière la tête d'Eduardo, elle eut vaguement conscience des vitrines de Noël qui défilaient derrière la vitre.

— Mais tu avais dit trois mois !

— J'ai changé d'avis. Dès l'instant où j'ai pris notre fille dans mes bras. Il faut qu'elle grandisse entre ses deux parents. C'est la meilleure solution pour elle. La seule. J'espérais que tu en prendrais conscience également.

— Mais…

— Et il lui faut des frères et sœurs. Etre enfant unique, ce n'est pas drôle.

Callie regarda Eduardo avec stupéfaction. Il avait grandi dans la misère en Espagne, se rappela-t-elle. Sa mère était partie avec son amant et son père, incapable de supporter cette humiliation, s'était suicidé avec un vieux fusil de la Seconde Guerre mondiale. A dix ans, Eduardo avait été envoyé chez une grand-tante qu'il ne connaissait pas, à New York. Celle-ci était morte quand il avait dix-huit ans. Il n'avait plus personne. Il était seul.

Comment imaginer ce qu'il pouvait ressentir ? De son côté, elle avait souvent eu du mal à supporter l'éducation stricte imposée par ses parents vieux jeu, et sa petite sœur lui tapait régulièrement sur les nerfs. Malgré tout, elle ne s'imaginait pas en fille unique. Et encore moins en orpheline abandonnée par ses parents…

— Marisol a besoin d'une vraie famille, insista Eduardo. Il n'y aura pas de divorce.

Callie resta muette.

Rester la femme d'Eduardo ?

Pour toujours ?

C'était un rêve et elle avait très envie d'y croire. Cependant, il fallait rester lucide. Supporterait-elle de passer le reste de sa vie avec un homme qu'elle aimait éperdument, mais qui de son côté n'éprouvait pour elle que du désir ? Etait-elle prête à renoncer à tout espoir d'être aimée un jour pour donner à sa fille le foyer qu'elle méritait ?

Et puis il y avait un autre problème… Callie releva le menton.

— Marisol a aussi besoin de ses grands-parents. Comme j'ai besoin de mes parents. Ils me manquent. Comme ma sœur et…

— Et Brandon McLinn, bien sûr, coupa Eduardo avec une moue méprisante.

Prenant une profonde inspiration, elle s'exhorta au calme.

— C'était injuste de ta part de m'empêcher de le voir. Si je me suis pliée à tes exigences, c'est uniquement parce que je savais qu'au bout de trois mois je pourrais…

— Oui. Je sais exactement ce que tu comptais faire.

La limousine s'arrêta et Sanchez ouvrit la portière. Callie descendit, la mort dans l'âme. Pourquoi fallait-il qu'il persiste dans son erreur ? Pourquoi continuait-il à être jaloux de Brandon ?

Eduardo ne lui accorda pas un regard tandis qu'ils traversaient le hall de l'immeuble. La passion qui les avait jetés dans les bras l'un de l'autre dans Central Park semblait s'être évaporée. Il appela l'ascenseur et ils l'attendirent en silence, côte à côte, sans se toucher.

Tout à coup, Eduardo se tourna vers Callie.

— Je t'ai laissée seule trop longtemps. Je voulais te laisser le temps de faire ton deuil du passé et d'accepter ta nouvelle vie.

Il la prit dans ses bras.

— Mais j'ai eu tort.

Le souffle coupé, Callie bredouilla :

— Tu… tu ne peux pas…

Resserrant son étreinte, il s'empara de sa bouche dans un baiser impérieux. Elle tenta de le repousser, mais il était trop fort pour elle. Et puis ses lèvres étaient si brûlantes…

Une petite sonnerie annonça l'arrivée de l'ascenseur. Eduardo souleva Callie de terre et darda sur elle un regard étincelant.

— Cette nuit, chère épouse, je reprends mon lit.

Avant même que la porte de l'ascenseur se soit refermée sur eux, il captura de nouveau sa bouche. Callie abandonna toute velléité de résistance. Nouant les bras sur sa nuque, elle répondit à son baiser avec une fougue égale à la sienne. Il la laissa glisser contre lui et elle fut électrisée par le témoignage flagrant de son désir. Pressant son corps contre le sien, elle s'alanguit dans ses bras en priant pour qu'il ne la lâche plus jamais.

Lorsqu'une nouvelle sonnerie annonça leur arrivée au dernier étage, il la reprit dans ses bras et traversa le hall à grands pas en direction de l'escalier, qu'il monta quatre à quatre. Une fois dans la chambre, il la déposa sur ses pieds à côté du lit. Elle y jeta un coup d'œil. Dire qu'elle y avait dormi seule chaque nuit depuis qu'ils étaient mariés… Mais pas cette nuit. Cette nuit, elle serait avec son mari !

Eduardo lui cala une mèche de cheveux derrière l'oreille. Elle fut parcourue d'un long frisson, tandis qu'il faisait courir ses doigts le long de son cou puis sur ses épaules. La veste de smoking glissa par terre. L'attirant contre lui, il captura sa bouche dans un baiser qui l'embrasa tout entière. Elle sentit ses mains dans son dos et, soudain, sa robe tomba en flaque à ses pieds.

S'écartant d'elle, Eduardo la contempla dans le clair de lune.

— Comme tu es belle !

Il dénoua sa cravate et la jeta par terre. Puis il commença à déboutonner sa chemise mais ses gestes étaient maladroits. A l'évidence, ses mains tremblaient autant que les siennes, constata-t-elle, le cœur battant. Jurant à mi-voix, il finit par arracher sa chemise, dans un mouvement brusque et impatient, en faisant sauter les boutons. Fascinée, Callie promena un regard ébloui sur ses épaules et son torse recouvert d'une fine toison noire qui descendait en pointe sur son ventre plat.

Il s'approcha d'elle et enveloppa d'une main le galbe d'une hanche. Uniquement vêtue d'un soutien-gorge de soie blanche sans bretelles et de la culotte assortie, elle fut parcourue de frissons délicieux. Ce soir, curieusement, elle n'avait que faire des imperfections de son corps ; sous le regard brûlant d'Eduardo, elle se sentait plus belle et désirable que jamais.

Enfonçant les doigts dans ses cheveux, Eduardo s'empara de sa bouche dans un baiser fougueux auquel elle répondit avec ardeur. Il referma les mains sur ses seins et leurs pointes se hérissèrent contre ses paumes à travers la soie de son soutien-gorge. Il l'en débarrassa et laissa échapper un soupir à la vue des deux globes rebondis, que l'allaitement rendait encore plus pleins et volumineux qu'à l'ordinaire. Il les couvrit de caresses qui achevèrent d'enflammer Callie.

— Comme tu es belle ! répéta-t-il en la renversant doucement sur le lit.

Sans la quitter des yeux, il acheva de se déshabiller. Fascinée, elle admira son corps parfait baigné par le clair de lune argenté. Avec les lumières de l'Upper West Side en toile de fond, il avait tout d'une apparition venue d'un autre monde. Un héros de conte fantastique d'une beauté saisissante. A qui elle inspirait un désir indéniable…

Enfin, il la rejoignit sur le lit et s'empara de sa bouche dans un baiser langoureux avant de tracer un sillon de baisers vers ses seins. Assaillie par des sensations délicieuses, elle laissa échapper des gémissements tandis qu'il en honorait tour à tour les deux pointes dressées. Sans même en avoir conscience, elle murmura d'une voix suppliante :

— Oui…

— Tu es à moi, Callie. Seulement à moi.

Relevant la tête, il plongea son regard dans le sien.

— Dis-le.

— Je suis à toi.

Bien sûr qu'elle était à lui ! Elle était à lui depuis l'instant où ils s'étaient vus pour la première fois…

Il l'embrassa de nouveau tout en la couvrant de caresses. D'une main, il s'attarda sur son ventre, suivit la courbe de sa hanche, descendit le long de sa cuisse, se glissa entre ses jambes, avant de remonter avec une lenteur infinie. Lorsqu'il effleura la fleur de sa féminité à travers le fin triangle de soie qui la protégeait, elle crut défaillir.

S'arrachant à sa bouche, il lui enleva sa culotte et prit place entre ses cuisses. Callie retint son souffle, à la fois impatiente et un peu anxieuse de le recevoir en elle. Après tout ce temps, après l'accouchement, ne risquait-elle pas d'avoir mal ? Comme s'il lisait dans ses pensées, il plongea son regard dans le sien et entra en elle avec d'infinies précautions.

— Ça va ?

— Oui.

Il s'enfonça un peu plus profondément et elle ferma les yeux. C'était bon, si bon…

Mais, tout à coup, un éclair de lucidité lui fit rouvrir les yeux.

— Préservatif ?

— Nous n'en avons pas besoin, *querida,* murmura-t-il avec un sourire malicieux. Plus jamais. Tu es ma femme. Je veux te faire un bébé.

— Mais…

— Chut ! Laisse-moi te faire plein de bébés, *querida.*

Callie déglutit péniblement, prenant conscience de la portée de ces mots. S'engager avec Eduardo pour la vie… Fonder avec lui une famille nombreuse…

Il s'enfonça encore et elle ferma les yeux avec un gémissement de plaisir. C'était si bon de le sentir de nouveau en elle après tout ce temps… Elle avait tellement envie de lui…

L'espace de quelques secondes, toute raison oubliée, elle savoura leur étreinte. Crispant les doigts sur les épaules d'Eduardo, elle se cambra pour mieux l'accueillir en elle. Aspirant la pointe d'un sein entre ses lèvres, il donna un coup de reins puissant qui lui arracha un cri de plaisir.

Mais, tout à coup, la raison reprit le dessus.

Elle ouvrit les yeux.

— Eduardo… Pas sans préservatif, s'il te plaît.

Il s'immobilisa et la considéra un instant en silence. Puis il s'écarta d'elle et fouilla dans le tiroir de la table de chevet.

— Merci…, dit-elle, tandis qu'il enfilait une protection.

Il la fit taire en posant un doigt sur ses lèvres. Puis, d'un seul mouvement, il entra de nouveau en elle, l'emportant avec lui dans un tourbillon de passion. Submergée par le plaisir prodigieux de ne faire plus qu'un avec lui, elle s'abandonna au rythme enivrant de ses hanches. La tête renversée en arrière, les yeux fermés, elle fut balayée par un raz-de-marée qui lui coupa le souffle. D'un dernier coup de reins, il la rejoignit avec un cri rauque.

Un moment plus tard, il la serrait dans ses bras.

— Tu finiras par m'appartenir. Tu verras, murmura-t-il.

Encore parcourue d'ondes de volupté, elle pressa son corps contre le sien. S'il savait… C'était déjà vrai. Depuis bien longtemps.

Son cœur et son corps étaient à lui et à lui seul.

7.

Callie se réveilla en sursaut. Quelle heure était-il ? Etait-ce sa fille qui pleurait ?

Elle se leva, encore ensommeillée. Le clair de lune avait progressé dans la chambre. Elle avait dû dormir… La mémoire lui revint brusquement. Eduardo lui avait fait l'amour passionnément… Le cœur battant, elle se retourna.

Le lit était vide. Eduardo était parti.

Elle jeta un coup d'œil à l'horloge sur le manteau de la cheminée. 3 heures. Où pouvait-il être ? Pourquoi l'avait-il quittée au milieu de la nuit ?

De nouveaux pleurs lui parvinrent et elle se précipita dans la nurserie. Après avoir allumé la veilleuse en forme de girafe, elle prit sa fille dans ses bras.

— Tout va bien, murmura-t-elle. Maman est là.

Comme sa fille était belle ! Elle s'installa dans le rocking-chair à côté de la fenêtre et la berça tendrement. Ses longs cils noirs, qu'elle avait hérités d'Eduardo, dessinaient des petits arcs sombres sur ses joues rebondies. Une de ses mains minuscules agrippait son index gauche.

Ce serait comment d'avoir plein de bébés ? Une grande famille ? Un mari aimant ?

Callie promena son regard autour d'elle. Avec ses huit chambres, le duplex était assez grand pour en accueillir, des bébés. Cette pièce-ci était chaleureuse, mais elle aurait aimé décorer elle-même la chambre de sa fille au lieu de payer quelqu'un pour le faire. Un pot de peinture et une machine à coudre lui auraient suffi. Elle y aurait

mis tout son amour. La prochaine fois, se promit-elle.
Puis elle plissa le front.

La prochaine fois ?

Pouvait-elle vraiment rester mariée à Eduardo, sachant
qu'il ne l'aimerait jamais ? Il savait faire l'amour... Oh !
oui. Parcourue d'un long frisson, elle ferma les yeux en
se remémorant ses caresses, le contact de son corps nu
contre le sien, le son de sa voix quand il avait dit : « Tu
es à moi, Callie. »

Le désir et leur amour commun pour leur enfant consti-
tueraient-ils une base assez solide pour leur mariage ?

Quand sa fille se fut endormie, Callie la recoucha
dans son berceau en prenant soin de ne pas la réveiller,
puis elle ferma la porte de la chambre avec précaution.

Eduardo voulait qu'ils forment une vraie famille. De
son côté, elle l'aimait depuis le premier jour. Même la
haine qu'elle avait cru éprouver pour lui à une époque
était encore de l'amour.

Peut-être que ça pouvait marcher.

Et peut-être qu'un jour il finirait par partager ses sentiments... A cette pensée, elle ferma brièvement les yeux.
Puis elle secoua la tête. Mieux valait éviter de prendre
ses rêves pour des réalités...

Mais où était-il passé ? Où pouvait-il bien être allé au
beau milieu de la nuit ?

Peut-être dans la cuisine.

Elle enfila un peignoir et descendit, mais la cuisine
était vide et plongée dans l'obscurité. Elle longea la baie
vitrée, derrière laquelle la ville brillait de tous ses feux,
et prit le couloir qui conduisait à son bureau. Personne.
Elle essaya ensuite la salle de cinéma et passa même
devant la porte des appartements de Mme McAuliffe. Elle
n'entendit que les ronflements étouffés de la gouvernante.
Perplexe, elle remonta à l'étage.

En passant devant la chambre d'amis, elle entendit la
voix d'Eduardo.

— Rien n'a changé.

Son ton était arrogant, comme souvent.

— Rien.

Le cœur battant, elle s'écarta de la porte et se plaqua contre le mur du couloir.

— Inutile de rappeler ici, ajouta-t-il avant de raccrocher.

Callie porta sa main devant sa bouche. A qui avait-il parlé ? Une ex-maîtresse ? Etait-ce pour cette raison qu'il s'était levé subrepticement ? Pour pouvoir discuter discrètement au téléphone sans que sa femme l'entende ? Une bouffée d'angoisse assaillit Callie, mais les paroles d'Eduardo lui revinrent à la mémoire. « Il n'y a pas eu d'autre femme depuis la nuit que nous avons passée ensemble. Comprends-tu ce que je suis en train de te dire ? Aucune autre femme. »

Elle se détendit. Eduardo n'était pas un menteur. Sa franchise confinait parfois même à la cruauté. Lorsqu'elle travaillait pour lui, elle l'avait entendu régulièrement rompre avec ses maîtresses successives en leur disant qu'il en avait assez ou bien qu'il n'avait absolument pas l'intention d'être fidèle. Ce n'était pas un menteur.

Mais il était vrai qu'il n'avait jamais eu à mentir. Il n'était pas marié, à l'époque.

— Tu ne dors pas ?

Elle tressaillit. Eduardo la regardait d'un air perplexe.

— Je… je me suis levée pour donner le biberon à Marisol et tu étais parti.

— Je ne voulais pas te réveiller. Je n'arrivais pas à dormir.

— Oh !

Elle se mordit la lèvre. Et elle qui avait dormi comme un bébé…

— Il y a eu un problème ? Je ronflais, ou… ?

Il secoua la tête en riant.

— Je n'arrive pas à dormir avec quelqu'un dans mon lit. Je n'ai jamais réussi.

— Jamais ?

— As-tu entendu dire une seule fois que j'avais laissé une femme dormir chez moi ?

Callie se mordit la lèvre. Quand elle travaillait pour lui, il avait la réputation d'être le play-boy le plus insensible de la ville.

— Non.

Elle eut un sourire timide.

— Tu étais même connu pour tes aventures d'une heure.

Il s'appuya contre le chambranle de la porte, les yeux fixés sur le sol.

— J'ai du mal à baisser ma garde.

— Même avec moi ?

— Surtout avec toi.

Callie posa la main sur le torse nu d'Eduardo.

— Puis-je faire quelque chose pour t'aider à dormir ?

Prenant aussitôt conscience de l'ambiguïté de sa question, elle s'empourpra.

— Je veux dire, veux-tu un verre de lait chaud, ou autre chose ?

— Non. Mais merci.

Après une hésitation, elle demanda :

— Pourquoi ne m'as-tu pas mise tout de suite dehors ? L'année dernière, à Noël, quand j'ai passé la nuit chez toi ?

Il plongea son regard dans le sien.

— Tu n'étais pas une starlette que j'avais ramassée dans une soirée. Tu comptais pour moi. J'avais envie que tu restes.

— Vraiment ? Pourquoi ?

— Tu ne le sais pas ?

Eduardo prit Callie dans ses bras et lui sourit. Ce sourire ravageur qui lui mettait le cœur sens dessus dessous.

— J'ai besoin de toi.

Eduardo contempla sa femme dans la pénombre du couloir. Ses joues pâles avaient rosi, ses yeux émeraude étaient brillants, et ses cheveux châtains flottaient sur les épaules de son peignoir bleu. Elle était incroyablement

224

sexy et désirable. Il venait de lui faire l'amour et il avait de nouveau envie d'elle. Il la désirait même encore davantage.

— Tu as besoin de moi ? Je croyais… je croyais que tu voulais de moi ici uniquement à cause du bébé.

Il lui écarta doucement les cheveux, dégageant ainsi ses épaules.

— Ce n'est pas la seule raison.

Elle le regarda un long moment sans rien dire, puis elle murmura :

— Je veux rester avec toi. Etre ta femme et fonder une famille avec toi.

Le cœur d'Eduardo se gonfla d'une joie triomphante.

— *Querida*…

— Mais je ne négligerai plus mes amis et ma famille à cause de ta jalousie.

Il eut l'impression de recevoir une gifle.

— Tu dis ça parce que je t'ai interdit de parler à Brandon McLinn ?

— Oui.

Callie releva le menton, les yeux étincelants.

— C'est mon ami.

— Ton ami ? L'année dernière, quand je suis passé chez toi la nuit de Noël pour chercher des affaires, il m'a dit que vous étiez fiancés depuis le lycée !

Callie émit un petit rire gêné.

— Il est vrai qu'au bal de fin d'études secondaires nous avions conclu un pacte idiot. Nous nous étions engagés à nous marier ensemble si nous étions encore célibataires à trente ans. Mais c'était un truc de gamins !

— Alors tu n'étais pas amoureuse de lui ?

— Mais non ! Je me tue à te répéter que c'est mon meilleur ami !

Eduardo se passa la main dans les cheveux.

— Il a voulu se débarrasser de moi et ça a marché. Quel idiot !

Eduardo se mit à arpenter le couloir, furieux contre lui-même. Dire qu'un an plus tôt, s'il avait mis Callie dehors au petit matin au lieu de lui demander de rester chez lui, c'était parce qu'il avait cru ce que lui avait raconté McLinn !

— Il est amoureux de toi. Je l'ai vu sur son visage.

— Mais non, il voulait sans doute me protéger.

— Tu es peut-être aveugle mais pas moi.

Eduardo plongea son regard dans celui de Callie.

— Tu ne reprendras pas contact avec lui. Ni avec ta famille.

— Quoi ? Qu'est-ce que ma famille a à voir avec ça ?

Eduardo crispa la mâchoire. Impossible de le lui expliquer. Elle découvrirait alors tout ce qu'il lui cachait… pour son bien.

— Je suis ton mari. Tu vas me faire confiance et m'obéir.

— T'obéir ?

Les yeux étincelants, Callie croisa les bras.

— Dans quel siècle vis-tu ?

Eduardo lui caressa la joue.

— Je veux juste protéger notre famille.

— Et moi je veux rester mariée avec toi, Eduardo. Sincèrement. Mais j'ai aussi besoin de mes parents. Et de Brandon.

— Tu aurais dû lire le contrat de mariage plus attentivement. Je peux te poursuivre en justice si tu…

— Eh bien, vas-y. Fais-moi un procès.

Eduardo réprima un soupir. Il n'avait aucune envie d'attaquer en justice sa propre épouse, la mère de son bébé ! Et elle devait s'en douter…

— Je ne te permettrai pas de…

— Je ne te demande pas ton autorisation. J'ai besoin de renouer avec ma famille — y compris Brandon. Et Marisol a le droit de connaître ses grands-parents. Je vais leur rendre visite. Tu peux demander le divorce. Mais tu ne peux pas m'empêcher d'y aller.

Echec et mat, songea Eduardo avec désespoir.

Il ne parvenait toujours pas à oublier la façon dont ses parents avaient traité Callie lorsqu'elle les avait appelés deux heures après la naissance pour leur annoncer la nouvelle. Au lieu de penser à elle et de prendre le temps de se reposer, elle avait tenu à partager son bonheur avec sa mère et son père. Résultat, en raccrochant elle était en larmes. Ce souvenir le mettait hors de lui.

Il ne permettrait plus jamais à personne de la faire pleurer. Alors qu'il la contemplait, une idée lui vint à l'esprit. C'était immoral, mais au point où il en était…

C'était pour son bien, se dit-il fermement. Pour le bien de Callie et de leur famille.

— *Querida,* as-tu déjà songé qu'ils n'avaient peut-être pas envie de te voir ?

Callie tressaillit.

— Quoi ?

C'était cruel. Odieux… Eduardo s'efforça de réduire sa conscience au silence. Il n'avait pas le choix.

— McLinn a-t-il essayé de te joindre une seule fois depuis trois mois ? Tes parents ou ta sœur ont-ils essayé de te rappeler, ne serait-ce qu'une fois ?

Callie décroisa les bras, visiblement déstabilisée.

— Non.

— Mais je ne peux pas leur en vouloir. Je leur avais caché ma grossesse. Et c'est justement pour me faire pardonner que je dois aller les voir.

Les larmes aux yeux, Callie pivota sur elle-même pour regagner sa chambre. Eduardo la saisit par le bras.

— Ecris-leur d'abord.

— Pardon ?

— Si tu vas les voir directement, qui sait comment ils réagiront ? Imagine qu'ils te ferment la porte au nez. As-tu vraiment envie de prendre ce risque ?

Très pâle, Callie resta silencieuse.

— Ecris-leur d'abord. C'est le meilleur moyen de renouer avec eux.

L'air déconfit, Callie prit une profonde inspiration.

— Tu as peut-être raison. S'ils me claquaient la porte au nez, ou s'ils refusaient de voir Marisol, j'en mourrais.

Je n'arrive même pas à l'envisager. Mais il est vrai que je m'attendais à ce qu'ils m'appellent...

Eduardo la prit par les épaules.

— Ecris-leur.

— Tu crois ?

— Absolument.

— Même à Brandon ?

Il hocha la tête.

— D'accord.

— D'accord ?

— Merci, murmura Callie, les yeux noyés de larmes. Merci de m'aider. Je ne sais pas ce que je ferais sans toi.

Elle n'avait jamais été aussi belle, songea Eduardo, fasciné. Il lui caressa la joue puis la prit dans ses bras. Il huma le parfum vanillé de ses cheveux, tandis que ses seins s'écrasaient contre son torse. Son souffle chaud lui effleura le cou et il fut soudain saisi d'un désir violent.

— Tu n'as pas à me remercier, murmura-t-il.

— Mais...

— Chut.

Impossible d'accepter des remerciements alors qu'il avait l'intention d'empêcher ses lettres de parvenir à sa famille, ou à McLinn. Il écarta ses cheveux de son visage.

— Tu es ma femme, Callie. Je suis prêt à tout pour te protéger.

Plongeant son regard dans le sien, elle s'exclama soudain :

— A qui parlais-tu au téléphone ?

— Pardon ?

Elle soupira.

— Je m'étais pourtant promis de ne pas poser la question.

— Oh ! *Querida*.

Eduardo caressa la joue de Callie avec émotion. Elle était si spontanée... C'était une des choses qu'il adorait chez elle.

— Tu as cru que je parlais à une autre femme ?

— Ça m'a traversé l'esprit. Elles sont toutes folles de toi...

228

— Mais moi, il n'y a qu'une seule femme au monde dont je suis fou.

Il lui prit le menton et plongea son regard dans le sien.

— C'était à un concurrent que je parlais… Il habite dans un pays lointain. Si nous discutions aussi tard, c'est à cause du décalage horaire.

— Oh !

Avec un petit soupir, Callie se blottit contre Eduardo.

Tout en lui caressant le dos, il réprima un soupir de soulagement. Il l'avait échappé belle… Elle avait dû entendre la fin de sa conversation téléphonique. Si elle avait tout entendu, elle ne se serait pas imaginé qu'il parlait à une femme. Et ça aurait été bien plus compliqué pour lui…

— Essayez encore une fois de prendre contact avec ma femme et vous le regretterez, avait-il déclaré en s'efforçant de garder son calme.

— Vous ne pouvez pas nous séparer. Vous savez aussi bien que moi que vous n'êtes pas l'homme qu'il lui faut. Vous ne la rendrez jamais heureuse.

McLinn était furieux et visiblement à bout de patience. Pas étonnant, puisque depuis trois mois il interceptait toutes ses lettres et ses coups de téléphone… Eduardo crispa la mâchoire. Hier on avait même livré un téléphone portable de sa part ! Son garde du corps avait ouvert le colis pendant que Callie se préparait pour le Winter Ball.

Une heure plus tôt, la colère l'avait rattrapé. Il avait quitté le lit où Callie dormait profondément et il avait recherché le numéro fourni par son détective privé. Puis il avait appelé McLinn sur son portable au milieu de la nuit.

Le jeune fermier avait eu l'audace de le menacer d'appeler la police et de l'accuser de séquestration. Séquestration !

Eduardo plissa les yeux.

La police, il ne la craignait pas. Mais McLinn avait également menacé de revenir à New York. Or il ne pouvait pas faire suivre Callie en permanence, ni même empêcher une rencontre inopinée dans les rues de la ville. Mais il pouvait encore moins prendre le risque de la laisser parler à McLinn. Il ne savait que trop bien ce que lui raconterait ce dernier...

Il lui fallait une troisième solution.

Dès le jour de leur mariage, il avait chargé le détective privé qui enquêtait d'ordinaire sur ses concurrents de surveiller étroitement les éventuelles tentatives de communication entre Callie et sa famille. Il avait brûlé les lettres de son père et les cartes tachées de larmes de sa mère. Il avait jeté à la poubelle le bouquet de fleurs envoyé par sa sœur.

Au début, il avait agi ainsi parcé qu'il n'avait aucune confiance en Callie. A présent, il voulait avant tout la protéger. Ses parents l'avaient trop fait pleurer la dernière fois qu'elle les avait eus au téléphone.

Mais à quoi bon se mentir ? Tout au fond de lui, il savait bien que ce n'était pas sa seule motivation.

Il n'avait pas oublié les paroles du père de sa femme à son encontre : « Vous possédez peut-être la moitié de notre ville, mais vous ne m'impressionnez pas. Je sais exactement quel genre d'homme vous êtes. »

Pour Walter Woodville, il n'était qu'un homme d'affaires sans scrupule, assoiffé de pouvoir et d'argent. Tant pis. Il n'avait pas besoin de son respect. En revanche, il ne laisserait plus jamais personne faire pleurer sa femme.

Eduardo embrassa les cheveux de Callie.

— Eduardo ?

Elle s'écarta de lui. Son peignoir s'était entrouvert, révélant la naissance de ses seins. Un nouvel éclair de désir transperça Eduardo. Voilà ce dont il avait besoin... Il la reprit dans ses bras et lui murmura à l'oreille :

— Tu m'avais proposé de m'aider à dormir ?

— Je...

— Viens.

Il la prit par la main et l'entraîna dans la chambre. Il lui enleva son peignoir et la contempla dans le clair de lune. Sa femme était belle comme un ange... La peau de ses seins pleins et ronds était d'une blancheur délicieuse qui contrastait agréablement avec leurs pointes rosées. Il remarqua comme elles étaient déjà dressées sous la simple caresse de son regard...

Il s'empara de sa bouche dans un baiser fougueux, auquel elle répondit avec une ardeur qui l'électrisa davantage. Elle le rendait fou ! Il enfonça les doigts dans ses cheveux, enflammé par les caresses dont elle couvrait ses épaules et son torse. Lorsqu'elle effleura sa virilité durcie à travers le coton de son pyjama, il étouffa un gémissement et lui saisit le poignet.

— Je ne sais pas... combien de temps je peux résister.

Elle eut un sourire mutin.

— Alors ne résiste pas.

— *Querida*...

Elle dénoua le cordon de son pantalon et abaissa ce dernier sur ses cuisses. Avec une lenteur délibérée, elle laissa ses doigts glisser le long de son sexe en érection.

— Callie...

C'était trop bon... Mais il avait envie d'elle... Envie de s'enfoncer en elle, de se perdre au plus profond d'elle et de...

— Que fais-tu ?

Les yeux étincelants de désir, elle l'entraîna vers le lit, sur lequel elle se laissa tomber en murmurant :

— Prends-moi.

N'y tenant plus, il la rejoignit et entra en elle d'un coup de reins puissant. Crispant les doigts sur ses épaules, elle laissa échapper un gémissement étranglé et se mit à onduler des hanches.

Il l'emporta dans une danse langoureuse dont le rythme s'accéléra peu à peu, atteignant une frénésie telle que la tête du lit se mit à cogner dans le mur.

— Doucement, murmura Callie. Il ne faut pas réveiller Marisol !

Avec un petit rire ému, il déposa un baiser sur son front, puis il reprit son va-et-vient avec une nonchalance mesurée. Cette retenue exacerba leur désir. Dans le silence de la chambre, ils furent emportés dans un tourbillon vertigineux. Callie sombra la première, étouffant son cri de plaisir contre l'épaule d'Eduardo. D'un dernier coup de reins, il bascula à son tour dans le gouffre de la volupté.

Il s'effondra sur Callie, comblé comme jamais auparavant. Au bout d'un moment, il prit conscience qu'il l'écrasait de tout son poids. Depuis combien de temps était-il sur elle ? C'était curieux… Il avait l'impression de s'être endormi…

Il s'écarta d'elle, mais elle le retint par le bras.

— Reste avec moi.

Il hésita. Il ne parviendrait pas à dormir à côté d'elle. Mais comment refuser ? Il en était incapable. Sans un mot, il roula sur le côté et la prit dans ses bras, en cuillère.

Elle tourna la tête vers lui.

— Je t'aime.

Stupéfait, il resta sans voix. Des larmes ruisselaient sur les joues de Callie.

— Je t'aime, Eduardo. Je n'ai jamais cessé de t'aimer et je t'aimerai toujours.

Il lui embrassa le front, trop bouleversé pour dire un mot. Ces mots qu'il avait toujours détesté entendre dans la bouche des autres femmes, venant d'elle, étaient un cadeau inestimable qui l'atteignait en plein cœur.

Mais leur douceur extrême n'était pas dépourvue de poison.

A présent, il avait encore plus à perdre… Il resserra son étreinte. L'aimerait-elle encore si elle découvrait qu'il interceptait son courrier ?

S'efforçant de prendre un ton léger, il demanda :

— Que dirais-tu de passer Noël dans le sud de l'Espagne ?

— L'Espagne ? répéta-t-elle avec un petit soupir d'aise.

Il l'embrassa dans le cou.

— J'ai une villa sur la côte, pas très loin de mon village natal.

« Et à des milliers de kilomètres de Brandon McLinn. »

232

— Qu'en dis-tu ?

— Avec toi j'irais n'importe où, répondit-elle d'une voix endormie.

Le cœur d'Eduardo se gonfla de joie. Callie connaissait ses défauts mieux que personne. Et pourtant c'était lui qu'elle avait choisi d'aimer.

Quelques secondes plus tard, elle dormait dans ses bras. Il contempla les lumières de la ville qui scintillaient derrière la baie vitrée. On était en décembre. Les nuits étaient longues et le printemps comme un mirage. Mais Callie l'aimait. Et, pour lui, c'était le plein été.

Il ne pouvait pas se permettre de la perdre.

Jamais.

8.

Assise au bord de la piscine surplombant la Méditerranée, Callie essayait — sans grand succès — de bronzer sous le chaud soleil espagnol. Elle jeta un coup d'œil à la luxueuse villa, dans laquelle sa fille faisait sa sieste. Elle aimait cet endroit. D'accord, elle était toujours horriblement pâle, mais elle n'avait jamais été aussi heureuse.

Ni aussi triste.

Depuis leur départ de New York, quatre mois plus tôt, son mari les avait emmenées partout dans le monde en jet privé et elle avait vu tous les lieux prestigieux où elle rêvait d'aller quand elle était enfant. Ils avaient passé Noël à la villa, où ils avaient décoré leur énorme sapin avec des oranges. La veille de Noël, Eduardo et elle avaient dîné aux chandelles en tête à tête. Puis ils avaient célébré dignement le premier anniversaire de leur première nuit.

Lorsqu'elle s'était réveillée le lendemain matin, Eduardo n'était plus dans le lit, comme d'habitude. Elle avait pris Marisol dans son berceau et elle était descendue au rez-de-chaussée, où elle avait découvert un nombre indécent de paquets sous le sapin, ainsi qu'un Père Noël aux yeux noirs pétillants de malice, affublé d'une barbe blanche et vêtu d'un costume rouge un peu juste pour lui. Marisol s'était mise à battre des mains en riant et le Père Noël lui avait donné une foule de jouets, qu'elle avait délaissés pour s'amuser avec le papier de soie et les rubans.

Callie avait pouffé.

— Voilà ce qui arrive quand on gâte trop un bébé, Père Noël !

— J'ai également quelque chose pour vous, madame Noël... Oh pardon, madame Cruz.

Le Père Noël lui avait tendu un magnifique porte-clés gravé à ses initiales, visiblement en or et diamant. Elle l'avait pris avec un petit rire incrédule.

— C'est splendide... mais tu es fou ! Je n'oserai jamais utiliser un porte-clés aussi luxueux. J'aurai trop peur de le perdre ! Et cette clé, c'est quoi ?

— Va voir dehors.

Toujours en pyjama, elle avait pris sa fille sur une hanche et elle était sortie dans la cour de la villa, suivie par le Père Noël. Sous le soleil espagnol, déjà chaud, l'attendait une Rolls-Royce argent au capot entouré d'un large ruban rouge.

— La couleur m'a fait penser à la robe que tu portais au Winter Ball il y a quelques semaines, murmura Eduardo. Tu brillais de mille feux comme un diamant.

Elle s'était tournée vers lui, trop émue pour prononcer un seul mot. Promenant sur elle un regard admiratif, il lui avait caressé la joue en ajoutant :

— Vous êtes plus belle de jour en jour, madame Cruz.

Elle s'était hissée sur la pointe des pieds pour donner au Père Noël un baiser enflammé, puis elle avait pris conscience qu'il n'était peut-être pas très judicieux que sa fille la voie embrasser le Père Noël.

Elle s'était écartée d'Eduardo et l'avait remercié avant d'ajouter :

— Je crains que tu sois très déçu par mon cadeau.

— Qu'est-ce que c'est ?

— Un savon et une cravate absolument affreuse.

— Oh oui ? Justement j'avais besoin de l'un et de l'autre.

Elle avait pouffé. En réalité, c'était un mug qu'elle avait confectionné avec Marisol, qui y avait imprimé l'empreinte de ses doigts minuscules.

Visiblement ému, Eduardo avait déclaré :

— Chaque jour tu m'offres le plus merveilleux des cadeaux, Callie. En étant ma femme.

Elle lui avait souri mais sa gorge s'était soudain nouée.

— J'aurais aimé avoir des nouvelles de ma famille aujourd'hui.

— Ne t'inquiète pas, *querida*. Je suis sûr que tu en recevras bientôt.

Mais, plusieurs mois plus tard, elle n'avait toujours rien reçu. Au bord de la piscine, Callie sentit son cœur se serrer. Elle envoyait pourtant à ses parents et à sa sœur une lettre par semaine, accompagnée de photos de Marisol et de leurs voyages. Elle leur avait parlé de la première dent de Marisol, de la première fois où elle s'était retournée dans son berceau, de la première fois où elle s'était assise toute seule. Elle leur avait raconté tous les détails des sept mois de la vie de leur fille. Elle leur avait même dévoilé son amour pour Eduardo. Elle leur avait dit qu'elle voulait se réconcilier avec eux et leur faire connaître Eduardo tel qu'il était : bon et généreux.

En réponse à toutes ses lettres écrites avec cœur, elle n'avait eu droit qu'au silence.

Elle s'efforçait de bien le prendre. Quand Eduardo était là, il se consacrait entièrement à elle et à leur fille. Il avait repris ses voyages d'affaires. Il se rendait seul en Alaska ou en Colombie mais, quand il allait dans un pays plus tempéré, il les emmenait Marisol et elle dans son jet privé, ainsi que plusieurs employés et Mme McAuliffe. C'était fantastique.

Ils avaient passé la Saint-Valentin à Paris, dans une suite royale, dans un hôtel cinq étoiles avec vue sur la tour Eiffel. Une fois leur fille couchée, Eduardo lui avait fait la surprise d'un dîner en tête à tête dans leur suite. Un sourire étira les lèvres de Callie au souvenir du champagne, des fraises trempées dans du chocolat et des baisers passionnés qui avaient ponctué la soirée.

Plus récemment, ils étaient allés en Italie. A Venise, où ils séjournaient dans un palace donnant sur le Grand

Canal, ils avaient fait une promenade en gondole. A Rome, Marisol avait goûté sa première glace, qu'elle avait particulièrement appréciée. Voyager en famille était un plaisir extraordinaire.

Le soleil de l'après-midi commençait à descendre derrière les palmiers. Toujours au bord de la somptueuse piscine à débordement de leur villa espagnole, Callie leva le visage vers le ciel bleu. Elle but une gorgée de citronnade et ferma les yeux, savourant la caresse du soleil sur ses joues.

Sept mois de mariage et elle n'était toujours pas enceinte. Pourtant, Eduardo ne se lassait pas d'essayer. Il voulait un autre enfant. Chaque nuit après lui avoir fait l'amour, il la gardait dans ses bras jusqu'à ce qu'elle s'endorme, puis il s'éclipsait dans la chambre la plus proche pour dormir seul. Elle détestait se réveiller seule. Mais ce n'était qu'une frustration mineure, comparée à toutes les joies que lui apportait cette vie auprès de sa fille et de son mari.

Malgré tout, la famille qu'elle avait laissée dans le Dakota lui manquait terriblement. C'était une souffrance qui ne s'apaisait jamais. Puisque ses lettres n'avaient eu aucun effet, peut-être était-il temps d'essayer autre chose.

— Callie.

Levant la tête, elle sourit à Eduardo qui se dirigeait vers elle. En maillot de bain, il était irrésistible !

Il promena un regard amusé sur son minuscule deux-pièces.

— Tu dois avoir chaud avec tous ces vêtements !

Elle pouffa.

Il lui prit la main et demanda d'un air innocent :

— Ça te dirait, un bain rafraîchissant ?

A en juger par la lueur qui brillait dans ses yeux noirs, le « bain rafraîchissant » se muerait très vite en un exercice beaucoup plus torride… Un frisson parcourut Callie de la tête aux pieds. Le regard d'Eduardo lui donnait toujours le sentiment d'être très séduisante et c'était une sensation merveilleuse. D'ailleurs il ne cessait de lui dire qu'elle était « belle, sexy, irrésistible ».

Il la hissa sur ses pieds et l'entraîna dans la piscine. L'eau était délicieusement fraîche sur sa peau chauffée par le soleil. Ils nagèrent pendant quelques mètres, puis il la prit dans ses bras et l'embrassa longuement.

— Tu vas me manquer, *querida*.

— Pourquoi ? Où vas-tu ?

Il lui caressa la joue avec une moue dépitée.

— A Marrakech. Pour conclure un contrat.

— Pour combien de temps ?

— Je ne sais pas exactement. L'homme avec qui je dois traiter est imprévisible. Les négociations peuvent durer une journée… ou une semaine.

— Une semaine ? Une semaine entière à la villa sans toi ? Je ne vais pas tenir le coup !

— Pour moi aussi ça va être dur.

— Ce serait l'occasion ou jamais de rendre visite à mes parents. Je prendrais l'autre jet et…

— Pardon ?

— Je leur écris toutes les semaines depuis quatre mois sans résultat. Il faut que j'aille les voir.

Etait-ce un effet de son imagination ou bien avait-il légèrement pâli sous son bronzage ? se demanda-t-elle avec perplexité.

— C'est une très mauvaise idée, déclara-t-il d'un ton catégorique.

— Pourquoi ?

A vrai dire, elle s'attendait à cette réaction. Et elle s'était préparée à une querelle…

— Nous ne risquons pas de te manquer, puisque tu seras au Maroc.

— J'ai peut-être envie que vous veniez avec moi, Marisol et toi.

— Ce n'était pas prévu il y a une minute.

— Eh bien, maintenant ça l'est.

Ils s'affrontèrent du regard. Le vent soufflait dans les

238

palmiers et l'eau clapotait autour d'eux. On entendait au loin le grondement de la mer et les cris des mouettes.

Callie déglutit péniblement.

— Ils me manquent, Eduardo.

— Je croyais que tu étais heureuse, ici…

— Oui. Mais ils me manquent quand même. Chaque heure. Chaque jour. C'est comme un trou dans mon cœur.

Elle posa la main sur le torse d'Eduardo, à l'emplacement du cœur.

— Juste là.

Des larmes ruisselèrent sur ses joues.

— Je ne supporte pas le silence. Je me sens perdue sans eux.

Eduardo la fixa encore un long moment sans rien dire. Puis il ferma les yeux et poussa un profond soupir.

— D'accord.

— D'accord ?

— Pas McLinn. Mais tes parents et ta sœur, oui.

Le cœur de Callie se gonfla de joie.

— Je peux aller les voir ?

— Non, je ne veux pas que Marisol et toi vous partiez aussi loin de moi. Et il faut absolument que je sois à Marrakech demain…

— Alors il faut que je reporte ma visite ?

— Non.

Il lui prit le menton.

— Je vais affréter un avion pour les faire venir. S'ils sont d'accord, ils nous rejoindront à Marrakech demain. Qu'en dis-tu ?

Callie était si heureuse qu'elle resta sans voix.

— Est-ce que… ça te convient ?

— Bien sûr que ça me convient !

Elle noua les bras autour du cou d'Eduardo et l'embrassa sur la bouche, les joues, le front, le menton.

— Oh ! Eduardo, je t'aime ! Merci, mon chéri, merci !

Il lui prit les jambes et les enroula autour de sa taille.

— Cette fois, je veux bien te laisser me remercier, murmura-t-il.

Puis il s'empara de sa bouche dans un baiser passionné, sous le soleil et les palmiers dont les branches ondulaient dans la brise.

Plusieurs heures plus tard, dans leur chambre plongée dans la pénombre, Eduardo contemplait sa femme, qui dormait nue dans ses bras. Il était plus de minuit et il avait très envie de dormir avec elle mais, comme à son habitude, il ne trouvait pas le sommeil.

Elle était si heureuse quand elle avait appelé ses parents pour leur proposer de les rejoindre à Marrakech qu'elle n'avait même pas remarqué qu'ils étaient stupéfaits d'avoir de ses nouvelles et d'apprendre qu'elle se trouvait en Espagne. Plus tard dans la soirée, pendant qu'il mettait au point l'organisation du voyage avec son assistante, elle ne tenait pas en place. Après le dîner, ils avaient joué avec leur fille, puis ils lui avaient donné son bain et l'avaient mise au lit.

Ensuite, Callie l'avait pris par la main et l'avait emmené au lit, lui aussi. Même après avoir fait l'amour pendant des heures pour la seconde fois de la journée, il lui avait fallu beaucoup plus longtemps que d'habitude pour s'endormir dans ses bras. Dix bonnes minutes.

Il y avait déjà plusieurs heures. Eduardo promena un regard las sur la chambre. Il avait pourtant essayé de trouver le sommeil. Mais c'était toujours la même chose. Après l'amour, il la tenait dans ses bras, comblé et serein. Il savourait le bonheur merveilleux de la sentir contre lui. Mais, dès qu'il fermait les yeux, le sommeil le fuyait. Il avait beau tenter de se détendre, ses muscles se crispaient et des gouttes de sueur finissaient par perler à son front.

Il n'avait jamais dormi avec aucune femme mais ça ne lui avait jamais posé de problème puisqu'il n'en avait pas envie. Avec Callie, il en avait envie mais il ne parvenait pas à baisser complètement la garde… Eduardo soupira. Cette nuit non plus il ne trouverait pas le sommeil auprès d'elle. Il faudrait qu'il se lève et qu'il aille dormir dans la chambre d'amis, comme d'habitude.

Et pourtant, il aimerait tellement être capable de dormir avec elle.

Il voulait tant la mériter.

Depuis leur mariage, il faisait tout son possible pour protéger sa famille et la rendre heureuse. Il avait apporté tout son soutien à Callie dans tous les domaines.

Sauf un. Aucune des lettres qu'elle avait écrites à sa famille n'était partie. Et elle n'avait jamais reçu aucune de celles qu'ils lui avaient envoyées. Quand Sami Woodville avait téléphoné à son bureau, il avait demandé à son assistante de ne pas lui passer ses appels. Quand elle l'avait appelé sur son portable, il avait changé de numéro.

Un grand froid envahit Eduardo. Quand Callie découvrirait ce qu'il avait fait, parviendrait-elle à lui pardonner ? Comprendrait-elle qu'il avait agi dans le seul but de protéger leur famille ?

Cet objectif en tête, il était resté inflexible. Mais cet après-midi, quand elle s'était mise à pleurer dans la piscine, quelque chose s'était brisé en lui. Il était incapable de continuer.

Eduardo leva un regard morne vers le plafond.

Il ferait mieux de lui avouer ce qu'il avait fait avant qu'elle le découvre elle-même. Ou que ce soit Brandon McLinn qui le lui apprenne… Eduardo crispa la mâchoire. Il en avait par-dessus la tête de sentir en permanence l'ombre de McLinn dans son dos. D'attendre le moment où Callie finirait par s'en aller, horrifiée par la noirceur de son âme. De sentir Brandon McLinn à l'affût, prêt à lui prendre Callie dès qu'il commettrait une erreur.

Ce moment était-il arrivé ?

Eduardo serra Callie un peu plus fort contre lui.

Ses parents et sa sœur se trouvaient déjà quelque part au-dessus de l'Atlantique, mais son détective ne parvenait pas à trouver la trace de Brandon McLinn. Ce dernier était peut-être déjà en route vers l'Espagne, après avoir appris par la famille de Callie l'adresse de la villa.

Eduardo s'autorisa un petit sourire. Le temps qu'il arrive, Callie serait au Maroc.

Il baissa les yeux sur le visage confiant de Callie et son sourire s'estompa. Il faudrait qu'il se passe des services de son détective privé. Qu'il arrête d'intercepter le courrier de sa femme et de filtrer ses appels téléphoniques. Qu'il parvienne à lui faire de nouveau confiance.

Malheureusement, il en était incapable. Cela reviendrait à piloter sans visibilité. Et, dans ce cas, comment prévenir les catastrophes ? Comment être certain qu'elle ne le quitterait jamais ?

Eduardo ferma les yeux. Il était tendu, et le sommeil semblait le narguer.

Il se redressa. La lueur de l'aube filtrait à travers les persiennes et on entendait les premiers chants d'oiseaux. Il se prit la tête à deux mains. Il aimerait tellement être digne de sa femme. Lui faire confiance. L'aimer.

— Eduardo ?

Une main se posa sur son dos.

— Que se passe-t-il ? demanda Callie.

— J'ai rêvé que tu me quittais, répondit-il à mi-voix.

Elle se redressa en secouant la tête et le prit dans ses bras.

— Quelle idée ! Ça n'arrivera jamais.

— Mes parents s'aimaient. Ils voulaient un enfant. Ils ont fondé un foyer. Puis ils se sont éloignés l'un de l'autre, séparés par des secrets et des mensonges. Ma mère a rencontré un autre homme, et mon père en a été détruit. Ça a été la fin.

Callie berça doucement Eduardo.

— A nous, ça ne nous arrivera jamais.

Il sentit son cœur se serrer. Elle était si douce et si bonne, sa femme. Elle faisait confiance à tout le monde, même à ceux qui ne le méritaient pas.

9.

Callie tapait des pieds et des mains dans le 4x4 qu'Eduardo avait récupéré à l'aéroport de Marrakech.

— Oh ! Comme je suis heureuse !

— Je sais.

Eduardo lui sourit, mais une lueur obscurcit son regard et il se concentra sur la route en crispant les mains sur le volant.

C'était curieux… D'ordinaire, les négociations préalables à la signature d'un contrat ne le perturbaient pas. Pourquoi semblait-il aussi tendu ? se demanda-t-elle avec perplexité. Au contraire, la perspective de jouer une partie serrée avait plutôt tendance à le réjouir. Sans s'attarder plus longtemps sur ces pensées, elle se retourna pour parler à sa fille, qui était derrière eux dans son siège-auto. Par la lunette arrière, elle vit le véhicule de leurs employés et gardes du corps qui les suivaient, alors qu'ils passaient devant les remparts de la médina et continuaient vers le désert. Le ciel était bleu vif au-dessus des sommets enneigés des monts Atlas.

C'était officiellement le plus beau jour de sa vie.

— Merci, dit-elle pour la énième fois.

Eduardo lui jeta un regard en biais.

— Arrête.

La mâchoire crispée, il quitta la route principale. Quelques instants plus tard, il s'arrêta devant une imposante grille et parla en français à un garde. La grille s'ouvrit sur une large allée qu'empruntèrent les deux véhicules.

Callie ouvrit de grands yeux en voyant apparaître un immense riad de deux étages entouré de jardins luxuriants. Devant la maison d'architecture marocaine traditionnelle, l'eau bleue d'une grande piscine entourée de palmiers étincelait au soleil. Callie admira les arcades et les moucharabiehs qui agrémentaient la façade.

— Cet endroit est fantastique !

— Il appartient à Kasimir Xendzov, qui nous le prête.

— Il n'y habite pas ?

— Non.

— Pour quelle raison ?

— Il vient en ville aussi peu souvent que possible. Il préfère vivre en nomade dans le désert.

— Mais il est russe !

— Les gens d'ici l'appellent le Tsar du Désert.

Eduardo arrêta la voiture et tendit les clés à un domestique. Callie descendit et sortit sa fille du siège-auto. Elle entendit le bruit étouffé d'une fontaine et vit une ombre bouger derrière un moucharabieh.

— Ils sont là ? murmura-t-elle.

Eduardo hocha la tête. Le cœur battant, elle se dirigea vers la maison avec sa fille, suivie par son mari et ses gardes du corps. Après avoir franchi une majestueuse porte voûtée, elle découvrit une entrée aux murs et au plafond décorés de motifs géométriques, entrelacés de fleurs et de feuilles dans les nuances de vert, de rouge et d'or. Au-delà de l'entrée se trouvait le patio, entouré d'arcades, planté d'arbres et de fleurs au milieu desquels coulait une fontaine. Envoûtée par ce décor enchanteur, Callie inspira profondément, savourant le parfum des fleurs et le chant des oiseaux mêlé à celui de la fontaine.

Un cri perçant retentit.

Elle pivota sur elle-même en levant instinctivement le bras pour protéger sa fille d'un danger éventuel. Puis elle reconnut sa sœur, qui se précipitait vers elle en courant, suivie de leurs parents.

— Sami ! Maman ! Papa !

— Callie.

Le visage ruisselant de larmes, sa mère la prit dans ses bras.

— Oh, quelle ravissante petite fille !

— Maman, je te présente Marisol, déclara Callie d'une voix étranglée.

Sami se joignit à elles, puis ce fut au tour de son père, qui les prit toutes ensemble dans ses bras. Il avait lui aussi les larmes aux yeux, constata-t-elle avec stupéfaction. C'était la première fois de sa vie qu'elle le voyait pleurer !

— Vous m'avez manqué, murmura-t-elle.

Elle jeta un coup d'œil à Eduardo, qui les observait, légèrement à l'écart.

— C'est ma faute, déclara son père en enlevant sa casquette. Je n'aurais jamais dû t'écrire cette lettre horrible. Mais ta mère n'arrêtait pas de pleurer et tu sais que je perds la boule quand elle pleure. Je ne t'en veux pas de ton silence. A ta place, je n'aurais pas répondu non plus…

De quoi parlait-il ? se demanda Callie avec perplexité. Mais peu importait. On verrait ça plus tard. Pour l'instant, ce qui comptait c'était de les retrouver enfin et de constater qu'ils étaient apparemment aussi heureux qu'elle. En voyant tous ces adultes pleurer, Marisol se mit à pleurnicher. Callie la rassura aussitôt.

— Tout va bien, ma chérie, affirma-t-elle avec un large sourire. Très très bien.

Jane Woodville tendit les bras.

— Je peux la prendre ?

Marisol eut une moue inquiète, mais sa grand-mère gagna sa confiance en quelques secondes. Un peu plus tard ce fut au tour de Sami, puis de grand-père Walter de la tenir. Visiblement ravie, elle gazouillait joyeusement. Callie était au comble du bonheur. Quelle joie de revoir enfin les gens qu'elle aimait le plus au monde !

Avec son mari, bien sûr. Elle jeta un nouveau coup d'œil à Eduardo, qui restait à l'écart dans l'ombre des arcades.

— Marisol ? dit son père d'une voix hésitante.

— Oui. Marisol Samantha Cruz.

— Tu lui as donné mon prénom ? s'exclama Sami, les larmes aux yeux. Oh ! Callie ! J'avais si peur que tu ne me pardonnes jamais d'avoir dévoilé tes projets à Eduardo !

— Au contraire. Tu as bien fait. Tu m'as évité de commettre une grave erreur. Eduardo et moi nous étions faits l'un pour l'autre. C'est grâce à toi que nous nous sommes retrouvés, et aujourd'hui nous sommes très heureux.

Mais pourquoi ne les rejoignait-il pas ? se demanda-t-elle de nouveau. C'était curieux…

Sa mère suivit son regard et murmura :

— Il t'aime.

— Comment le sais-tu ?

— Ça se voit. Je dirais même que ça crève les yeux.

Jane pressa la main de sa fille.

— J'ai encore du mal à croire que nous sommes au Maroc. J'ai toujours prédit à ton père qu'un jour nous partirions en voyage. Il disait qu'il faudrait attendre que l'avion soit gratuit. Et voilà qu'Eduardo nous a envoyé son jet !

Callie et sa mère s'embrassèrent en riant. La famille passa le reste de l'après-midi à bavarder en dégustant les douceurs et les rafraîchissements servis par les domestiques de Kasimir Xendzov. Eduardo continua de se tenir à l'écart du groupe et finit par disparaître avec ses assistants pour préparer les négociations du lendemain.

Après avoir dégusté un couscous d'agneau au dîner, les parents et la sœur de Callie, fatigués par le décalage horaire, se retirèrent dans leurs chambres. Callie donna un biberon à Marisol, puis la coucha dans un berceau, dans la pièce voisine de la chambre qu'elle devait partager avec Eduardo. Elle contempla le grand lit parsemé de coussins bleu nuit. Les derniers rayons du soleil dessinaient sur la couverture blanche les motifs du moucharabieh qui garnissait la fenêtre.

Un bruit lui fit tourner la tête.

246

Eduardo se trouvait sur le seuil de la pièce, visiblement tendu.

— Ah, te voilà ! Où étais-tu passé ? Pourquoi n'es-tu pas venu discuter avec mes parents et ma sœur ?

— Je ne voulais pas vous déranger.

Callie plissa le front, de plus en plus perplexe. Pourquoi parlait-il sur un ton aussi circonspect ?

— Comment pourrais-tu nous déranger ? Tu fais partie de la famille !

Il referma la porte derrière lui et s'avança vers elle avec un sourire crispé.

— Je suis heureux pour toi que les retrouvailles se soient bien passées. J'ai encore du travail avant la réunion de demain. Repose-toi.

Callie le regarda s'éloigner, le cœur serré. Depuis leurs retrouvailles, le soir du Winter Ball, c'était la première fois qu'il ne se couchait pas en même temps qu'elle.

Il s'immobilisa sur le seuil.

— Demain, il faudra que nous parlions.

Puis il se détourna et ferma la porte derrière lui.

Dans le grand lit vide, Callie ne ferma pratiquement pas l'œil de la nuit. Le lendemain matin, elle descendit à la première heure, mais Eduardo était déjà parti avec ses collaborateurs, apprit-elle. Il faudrait patienter jusqu'au soir pour savoir de quoi il voulait lui parler…

Tout à coup, elle eut une illumination. Comment n'y avait-elle pas pensé plus tôt ? Il allait enfin lui dire qu'il l'aimait ! Son cœur se gonfla de joie. Que pouvait-il avoir à lui dire d'autre ?

Malgré son impatience de le revoir, elle passa une matinée très agréable avec sa fille, ses parents et sa sœur. Après avoir pris le petit déjeuner dans le jardin, ils visitèrent la propriété puis se baignèrent dans la piscine. L'après-midi, pendant que leurs parents faisaient la sieste avec leur petite-fille, Callie et Sami décidèrent d'explorer les souks de Marrakech.

Alors qu'elles déambulaient dans le dédale de ruelles de la médina, Callie avait du mal à contenir son excitation. Tout en admirant les poteries, les tissus, les lampes en fer forgé, les babouches ou les djellabas, elle consultait régulièrement son portable, au cas où Eduardo essaierait de la joindre. Vêtue d'un chapeau à bord baissé en toile rose, d'un corsage bouffant et d'une jupe longue, elle avait l'impression de retomber en enfance, à l'époque où Sami et elle partaient en « expédition » dans les champs qui entouraient la ferme familiale.

Mais, soudain, elle se figea au milieu du souk. Quelqu'un l'observait… Elle le sentait.

Elle se retourna vivement mais ne vit que son garde du corps, Sergio Garcia, qui les suivait à quelques mètres et ne les perdait pas de vue dans la foule. Eduardo ne la laissait jamais aller nulle part sans un garde du corps, quand ce n'était pas plusieurs. Cependant, tout au long de l'après-midi, l'impression d'être observée ne la quitta pas.

— Tu m'as vraiment pardonné ? demanda soudain Sami.

Accroupie devant des objets en cuivre, Callie leva la tête en souriant.

— Tu crois que j'aurais donné ton prénom à ma fille si je ne t'avais pas pardonné ?

Sami eut une moue dubitative.

— Pourquoi n'as-tu jamais répondu à mes lettres ?

Callie se redressa.

— Tu m'as écrit ?

— Bien sûr ! Je t'ai même envoyé des fleurs. Mais, à part le jour où Marisol est née, nous n'avons jamais eu de nouvelles de toi. Ni moi, ni Brandon, ni même papa et maman !

— Je vous ai écrit toutes les semaines ! Je vous ai envoyé des centaines de photos !

— Nous n'avons jamais rien reçu.

— C'est curieux…

Callie eut un sourire qui se voulait désinvolte.

— Mais ça n'a plus d'importance, aujourd'hui.

— Nous étions très inquiets à ton sujet. Heureusement que tu nous avais appelés de l'hôpital. Brandon est arrivé deux jours plus tard et il était dans tous ses états. D'après lui, tu avais été kidnappée !

— Tu l'as beaucoup vu depuis son retour ?

Sami devint écarlate.

— Oui.

— Tu es amoureuse de lui, n'est-ce pas ?

— Oui, depuis des années.

Sami eut un pâle sourire.

— Alors que c'était toi qu'il aimait.

Callie secoua vigoureusement la tête.

— Brandon et moi, nous sommes juste amis ! Pourquoi suis-je obligée de le répéter sans arrêt à tout le monde ?

— Il est en adoration devant toi ! Ne me dis pas que tu ne t'en es pas rendu compte !

— Je te répète que nous avons toujours été amis. Mais dis-moi, tu lui as avoué tes sentiments ?

— Pas encore.

Sami se mordit la lèvre.

— J'ai peur. Nous avons passé beaucoup de temps ensemble ces derniers temps, à faire du patin à glace, à nous promener, à regarder les étoiles. Un jour, j'ai cru qu'il allait m'embrasser, mais il s'est écarté et m'a parlé de toi.

Callie fut assaillie par le remords.

— Il doit me haïr.

— C'est Eduardo qu'il hait. Pas toi.

— Alors pourquoi ne m'a-t-il jamais écrit ?

Sami la regarda d'un air effaré.

— Tu plaisantes ? Il t'a écrit des dizaines de lettres ! Je le sais, il me les a montrées.

Callie déglutit péniblement. Comment était-il possible que sa famille n'ait reçu aucune de ses lettres ? Et qu'elle-même n'ait pas reçu les leurs ? S'efforçant de chasser ces questions de son esprit, elle posa la main sur l'épaule de Sami.

— Il faut que tu lui avoues tes sentiments. Je suis sûre que vous êtes faits l'un pour l'autre.

Une étincelle s'alluma dans le regard de sa sœur, mais elle disparut aussitôt.

— Et si tu te trompes ? Et s'il se moque de moi ?

— Ce n'est pas son genre.

— Oui, mais…

— La vie est courte. Ne perds pas plus de temps. Appelle-le.

— Tu as raison.

Sami sauta au cou de Callie.

— Merci. Je vais rentrer au riad et l'appeler de là-bas, je serai plus tranquille.

Elle se tordit les mains.

— Oh ! Mon Dieu, vais-je vraiment faire ça ?

— Sergio ! lança Callie en faisant signe au garde du corps. Pourriez-vous ramener ma sœur au riad, s'il vous plaît ?

— Et vous, madame Cruz ?

— J'ai encore quelques courses à faire.

— Je ne peux pas vous laisser seule, *señora*.

— Bien sûr que si ! s'exclama Callie avec une pointe d'agacement dans la voix. Je ne cours aucun danger ici.

Le garde du corps se détourna et composa un numéro sur son portable. Après avoir parlé un moment en espagnol, il se tourna vers Sami avec un large sourire.

— *Sí.* Je vous raccompagne, *señorita*.

— Merci, déclara Callie. Vous voulez bien prendre ces sacs ?

— *Por supuesto, señora.*

Garcia prit les achats de Callie. Des cadeaux pour ses parents, des vêtements et des jouets pour Marisol, et un *koumaya* en argent pour Eduardo.

— Restez bien dans la médina, madame Cruz.

— Ne vous inquiétez pas.

Callie embrassa sa sœur et lui murmura à l'oreille :

— Brandon et toi vous êtes faits l'un pour l'autre.

— Merci, Callie. Je t'aime.

Une fois seule, Callie inspira profondément et savoura les effluves variés qui flottaient dans l'air — épices, cuir, parfums orientaux. Pas de garde du corps. Pas de bébé. Pas même de mari. Elle était seule pour la première fois depuis des mois. Et cette liberté soudaine était à la fois grisante et déroutante.

Elle reprit sa promenade et fit de nouveaux achats. Son regard fut attiré par une minuscule étoile sculptée dans du bois, qui lui rappela le hobby de Brandon que pour sa part elle trouvait assommant. L'astronomie. Se remémorant la conversation avec sa sœur, elle eut un pincement au cœur.

« Alors pourquoi ne m'a-t-il jamais écrit ? »

« Tu plaisantes ? Il t'a écrit des dizaines de lettres ! Je le sais, il me les a montrées. »

Avec un soupir tremblant elle leva les yeux vers le ciel. Il était toujours aussi bleu, mais le soleil commençait à décliner.

— Callie.

Incrédule, elle se retourna lentement.

Avec son jean usé, sa chemise à carreaux et son vieux Stetson, Brandon semblait sortir d'un parc d'attractions.

— Enfin, je t'ai trouvée, dit-il en posant la main sur son épaule.

— Brandon ? Que fais-tu ici ?

— Quelle question ! Je suis venu t'arracher aux griffes de cette ordure de Cruz.

— Ne l'appelle pas comme ça !

Brandon plissa le front.

— Pourquoi ? Tu m'as dit que c'était un monstre d'égoïsme incapable d'aimer autre chose que son compte en banque !

Le cœur de Callie se serra. Oui, elle avait dit ça…

— Je me suis trompée. En réalité, c'est quelqu'un de bien.

— Je vois. Tu es atteinte du syndrome de Stockholm. C'est ma faute. Je n'ai pas su te protéger. Je l'ai laissé te kidnapper sous mes yeux…

— Ne me dis pas que tu te sens coupable !

— Je me suis juré de remuer ciel et terre pour vous ramener à la maison, ta fille et toi. Libres et en sécurité.

— Mais nous sommes en sécurité. Et libres. Je sais que notre mariage n'a pas commencé sous les meilleurs auspices mais Eduardo est un père et un mari merveilleux.

— Merveilleux ?

Brandon crispa la mâchoire.

— Il m'a fait suivre pendant des mois !

— Que veux-tu dire ?

— Que, depuis des mois, j'étais filé en permanence. Quand Sami m'a dit que tu étais au Maroc, je suis parti de chez moi au milieu de la nuit pour tromper la vigilance du type qui surveillait ma maison. Je suis allé à Denver en voiture et j'ai pris l'avion. Je suis dans un hôtel pas loin d'ici et, comme Sami m'envoie régulièrement des textos, je savais que tu viendrais au souk cet après-midi.

— C'est pour ça que j'avais le sentiment d'être observée. Tu nous as suivies tout l'après-midi ?

— J'attendais une occasion de te parler seul à seul. J'essaie de te joindre depuis des semaines. Lettres, coups de téléphone. J'ai tout essayé à part le télégramme chanté. En décembre, Cruz m'a appelé au milieu de la nuit pour m'ordonner d'arrêter d'essayer de te joindre. Je l'ai menacé de prévenir la police, alors il t'a emmenée à l'étranger. Tu as disparu pendant quatre mois et je n'avais aucune idée de l'endroit où tu pouvais être !

Callie déglutit péniblement. La nuit où elle avait surpris Eduardo au téléphone, il lui avait dit qu'il discutait avec un concurrent qui habitait dans un pays lointain… Et c'était cette nuit-là qu'il avait brusquement suggéré qu'ils partent en Espagne. Une fois là-bas, il ne l'avait jamais laissée seule. Elle n'avait même pas pu conduire la voiture qu'il lui avait offerte sans être accompagnée par un garde du corps. Il disait que c'était pour la protéger.

Et toutes ces lettres qui n'étaient jamais arrivées... S'il avait prévu de lui parler ce soir, ce n'était sans doute pas pour lui dire qu'il l'aimait, finalement.

— Je m'étais juré de ne pas t'abandonner, poursuivit Brandon. J'étais désespéré à l'idée qu'il te retenait prisonnière. Je me suis méfié de lui dès le début. Dès la première fois où tu m'as parlé de lui. Quand il t'a loué cet appartement à Greenwich Village, j'ai su que mes soupçons étaient fondés. Et, à ta voix, j'ai compris que tu te laisserais faire.

— Alors tu lui as dit que nous étions fiancés... La nuit où il est passé à l'appartement, tu lui as dit...

— La vérité. Nous avions pris l'engagement de nous marier toi et moi si nous étions encore célibataires à trente ans.

— C'était un truc de gamins !

— Pas pour moi.

Brandon baissa les yeux.

— Je t'aimais, Callie. Depuis l'enfance.

Callie fut assaillie de remords.

— Je suis désolée. Je n'en avais pas conscience... Et je ne partageais pas tes sentiments. Je t'ai toujours considéré comme mon meilleur ami.

— Oui. J'ai fini par le comprendre.

Brandon eut un pâle sourire.

— Je crois qu'il est temps que je trouve quelqu'un qui m'aime autrement que comme un ami.

— Je suis désolée, répéta Callie. Et je suis sûre que tu trouveras très vite cette personne car tu le mérites.

— Mais d'abord je vous ramène chez vous, toi et ta fille. Nous te trouverons un bon avocat et tu obtiendras le divorce aux torts de Cruz.

— Tu ne comprends pas...

— Il ne faut pas avoir peur, Callie. Nous serons à

ton côté et nous te soutiendrons à chaque instant. Moi. Ta famille…

— Je ne veux pas le quitter, Brandon. Je l'aime. Je n'imagine pas la vie sans lui.

Brandon pâlit.

— Je sais ce que c'est.

— Je suis terriblement navrée. Je n'ai jamais voulu te faire souffrir.

Callie prit Brandon dans ses bras.

— Pardonne-moi.

— Comment peux-tu aimer un homme comme lui ? Je peux comprendre que tu ne m'aimes pas. Mais pas que tu aimes un monstre d'égoïsme et de cruauté.

— Tu ne le connais pas. Il n'est ni égoïste ni…

Callie poussa un cri étranglé, alors que Brandon lui était brusquement arraché des bras.

— Ne touche pas à ma femme !

Les traits déformés par la fureur, Eduardo était méconnaissable.

— Non, Eduardo ! supplia Callie, terrorisée.

Le coup de poing qu'il décocha à Brandon fut si violent que ce dernier tomba comme une pierre dans la poussière.

— Arrête ! hurla-t-elle.

Autour d'eux, autochtones et touristes commentaient la scène dans les langues les plus diverses. Le poing levé, Eduardo s'apprêtait à frapper de nouveau Brandon.

Callie se jeta sur lui et perdit son chapeau dans sa précipitation.

— Je t'en supplie, laisse-le !

— Quand je pense que tu as osé lui donner rendez-vous ici !

— Pas du tout !

Dire qu'il lui mentait depuis des mois ! S'exhortant au calme, elle s'agenouilla dans la poussière pour voir comment allait Brandon. Il était étourdi par le choc mais ne semblait pas souffrir outre mesure. Elle se redressa et foudroya Eduardo du regard.

— Brandon n'avait aucun moyen de prendre contact avec moi. Tu es bien placé pour le savoir, non ? Il est venu à Marrakech parce qu'il a su par Sami que je m'y trouvais.

— Que voulait-il ?

— Me ramener dans le Dakota pour que je puisse demander le divorce.

— Et que lui as-tu dit ?

— Comment peux-tu poser une question aussi stupide ? J'ai dit non, bien sûr ! Parce que j'ai un enfant avec toi ! Et que je t'aime !

Eduardo saisit Callie par le bras et l'entraîna dans le dédale de rues, à l'écart de la foule. Lorsqu'ils arrivèrent à sa voiture, il la fit monter à l'avant et s'installa au volant. Ce fut seulement après avoir rejoint la route qu'il déclara d'un ton glacial :

— Je t'ai trouvée dans ses bras.

— Je le réconfortais !

— Je te faisais confiance.

— Confiance ? s'exclama-t-elle, suffoquée. C'est une plaisanterie ! Tu n'as jamais eu la moindre confiance en moi. Tu m'as coupée de ma famille ! Tu croyais vraiment que je ne découvrirais jamais que tu interceptais mon courrier ?

La mâchoire crispée, Eduardo resta silencieux.

— Quand je pense à toutes ces lettres que je leur ai écrites, à toutes ces photos que je leur ai envoyées ! Comment as-tu pu faire une chose aussi ignoble ?

Le visage fermé, Eduardo sortit de la médina.

— Tu ne prends même pas la peine de le nier, murmura-t-elle, les joues ruisselantes de larmes.

— J'avais prévu de te le dire ce soir. C'est pour ça que, quand Sergio Garcia m'a appelé, je l'ai autorisé à te laisser à la médina. J'avais prévu de t'y retrouver et de t'emmener dîner en tête à tête pour t'expliquer…

— Pas la peine, c'est très clair !

Les doigts d'Eduardo se crispèrent sur le volant.

— Je voulais juste protéger notre famille.

— Brandon m'a dit qu'il avait été suivi pendant des mois. Et moi, tu m'as fait surveiller aussi ? Et ma famille ?

— Keith Johnson s'est chargé de tout.

— Keith Johnson ? Mais d'habitude tu utilises ses services pour obtenir des renseignements sur tes concurrents ! Tu me considères donc comme une ennemie ?

— Non, comme ma femme. Je te répète que je voulais juste protéger notre famille.

— Contre quoi ?

— Je ne pouvais pas laisser un autre homme détruire notre mariage !

— Non, en effet. Tu as préféré t'en charger toi-même !

Eduardo resta silencieux. Quelques instants plus tard, ils franchirent la grille du riad.

— Nous avons abandonné Brandon ! s'écria Callie, horrifiée.

Comment avait-elle pu oublier Brandon blessé dans la médina ?

— Je vais envoyer quelqu'un s'occuper de lui. Je ne voudrais surtout pas que ton « meilleur ami » reste seul et abandonné.

Eduardo se gara, coupa le moteur et descendit de voiture. Callie ne bougea pas. Elle contempla la façade majestueuse de la maison, les jardins verdoyants et les palmiers dont le feuillage s'agitait doucement autour de la piscine. Cet endroit était un véritable paradis. Mais pour elle, désormais, ce n'était plus que l'antichambre de l'enfer.

Sa portière s'ouvrit.

— Viens, *querida*.

Sans un mot, elle saisit la main que lui tendait Eduardo. A l'intérieur du riad, seul le murmure de la fontaine était audible. Ses parents et sa fille devaient dormir.

Les doigts de son mari autour de sa main étaient toujours aussi forts et protecteurs. Sauf que tout avait changé. Dire que ce matin elle croyait son rêve le plus cher sur le point de se réaliser ! Une fois de plus, elle avait été d'une naïveté effarante. Comment avait-elle pu s'imaginer qu'Eduardo s'apprêtait à lui faire une déclaration d'amour ? Il ne connaissait que la guerre !

— Pourquoi as-tu fait ça ? demanda-t-elle brusquement.

Il s'immobilisa sous les arcades.

— Je suis fatigué, Callie. Fatigué de faire l'impossible pour te garder. Fatigué d'avoir le sentiment que tous mes efforts seront toujours voués à l'échec.

— Pourtant, je n'ai jamais rien fait d'autre que t'aimer.

— L'amour ne change rien.

— Tu le penses vraiment ?

— Je le sais.

Callie fut gagnée par un profond découragement.

— Tu avais raison sur un point. Brandon était amoureux de moi. Mais pour tout le reste tu t'es lourdement trompé. Tu es un père merveilleux, Eduardo. Mais un mari épouvantable.

Eduardo l'entraîna dans leur chambre et ferma la porte.

— J'ai toujours su qu'un jour tu finirais par m'échapper, murmura-t-il.

Callie sentit des larmes glacées couler sur ses joues. Elle l'aimait. Elle l'aimerait sans doute toujours. Mais elle ne pouvait pas vivre avec lui dans ces conditions.

— Je t'aime, Eduardo, dit-elle d'une voix étranglée. Et j'aurais fait n'importe quoi pour que tu m'aimes. Mais je ne peux pas accepter de vivre dans une cage, même dorée.

Elle enleva la bague qu'il lui avait offerte quelques jours après leur mariage et la lui tendit d'une main tremblante.

— Je ne peux donc pas rester ta femme.

10.

Eduardo vacilla comme s'il avait reçu un coup violent.

Quand il avait trouvé Callie en train d'embrasser McLinn, il avait cru perdre la raison. Ce qu'il redoutait le plus au monde était arrivé. Il avait d'abord éprouvé une souffrance intolérable, puis il était entré dans une fureur noire. Il avait eu des envies de meurtre et, sans l'intervention de Callie, il aurait peut-être commis l'irréparable.

S'affaissant sur le lit, il regarda le diamant qui brillait au creux de sa paume. Cette fureur avait momentanément relégué la souffrance au second plan. Mais, à présent, celle-ci reprenait toute la place.

Au fond de lui, il avait toujours su qu'un jour ou l'autre Callie le quitterait. En fin de compte, malgré la souffrance qui lui broyait le cœur, il était presque soulagé que ce jour soit arrivé. Vivre dans cette hantise était devenu insupportable.

— J'engagerai la procédure de divorce dès demain. Il y a longtemps que j'aurais dû te rendre ta liberté.

— Je ne peux pas vivre avec un homme qui n'a aucune confiance en moi et qui veut exercer sur ma vie un contrôle absolu.

— Je comprends.

— Je ne pensais pas que tu me laisserais partir aussi facilement.

— Je suis fatigué de passer ma vie à me demander quand tu finiras par me quitter.

Eduardo se releva et posa la main sur la joue de Callie.

— Je suis presque soulagé.

— Et Marisol ?

Il ferma brièvement les yeux.

— Nous serons toujours ses parents. Nous nous respecterons mutuellement, pour son bien. Je paierai une pension alimentaire. Nous partagerons la garde.

— D'accord, murmura Callie d'un air égaré.

— Et s'il y a un autre enfant… tu me le diras, cette fois, *sí* ?

— Oui, bien sûr.

— Ta famille et toi vous pourrez repartir pour les Etats-Unis demain.

— D'accord.

Callie esquissa un pas vers la sortie, puis elle se ravisa. Elle vacillait sur ses jambes, constata-t-il.

— Et Brandon ?

— Ah, oui ! Brandon…

— Tu… tu ne vas pas lui faire de mal ?

— Bien sûr que non. Je ne suis pas un monstre, contrairement à ce que tu sembles croire.

Mais, quelques heures plus tôt, il avait quand même été tenté de tuer McLinn, se rappela-t-il avec dérision.

— Je n'ai plus aucune raison de m'attaquer à lui. Notre mariage est terminé. Tu es libre.

Ce que lui avait dit McLinn plusieurs mois auparavant s'imposa à l'esprit d'Eduardo. « Vous ne pouvez pas nous séparer. Vous savez aussi bien que moi que vous n'êtes pas l'homme qu'il lui faut. Vous ne la rendrez jamais heureuse. » Au fond, il avait toujours été d'accord avec ça. Mais il avait quand même essayé de garder Callie. Par pur égoïsme, puisqu'il se savait incapable de l'aimer comme elle le méritait. Il ne parvenait même pas à dormir dans le même lit qu'elle, bon sang !

— Marisol s'est endormie dans son parc, dans la chambre de tes parents. Tu veux la voir ?

Callie le regarda d'un air perdu. Il sentit son cœur se serrer. La vue de ce beau visage ravagé par le chagrin était insupportable. Il fallait mettre fin à ce supplice. Le plus vite possible.

Il prit la main de sa femme et l'entraîna dehors. Au milieu du patio, elle s'immobilisa. Il se tourna vers elle et la contempla dans la pénombre du crépuscule, au milieu des plantes. Ses yeux émeraude étaient noyés de larmes.

— Je suis désolée.

Il la prit dans ses bras, le visage tout contre son cœur en miettes.

— Je n'ai jamais voulu que ça se termine ainsi, dit-elle d'une voix étouffée.

Il resserra son étreinte et repensa à toutes les erreurs qu'il avait commises, depuis le début. Il y en avait tellement qu'il aurait voulu éviter... Mais il était incapable de changer. Il ne pouvait faire confiance à personne. Surtout pas à quelqu'un qu'il aimait. Parce qu'il ne croyait pas aux fins heureuses. Seulement aux dénouements tragiques.

— Ce n'est pas ta faute, dit-il en lui caressant les cheveux. C'est moi le seul coupable.

Les sanglots étouffés de Callie accrurent son désarroi. Être témoin de la souffrance qu'il lui infligeait était insupportable... Il la prit dans ses bras.

— Notre mariage n'a tout de même pas été entièrement catastrophique, n'est-ce pas ?

— Non, répondit-elle en cherchant son regard dans la pénombre. Le plus souvent il a été merveilleux.

— Nous avons donné un nom à notre fille. Et nous continuerons à veiller sur elle, quoi qu'il arrive.

— Oui.

Pendant un long moment ils restèrent dans les bras l'un de l'autre dans le silence du patio, uniquement troublé par le murmure de la fontaine. Au-dessus de leurs têtes, les palmiers se découpaient sur le ciel de plus en plus sombre.

Fermant les yeux, Eduardo huma le parfum familier des cheveux de Callie. Il savoura la douceur de son corps contre le sien. Dire que c'était la dernière fois qu'il la tenait dans ses bras… Mais c'était mieux ainsi. Même s'il avait l'impression qu'il ne survivrait pas à son départ…

— Ça va aller, murmura-t-il. Tu vas rentrer chez toi. Tu seras heureuse avec ta famille. Comme avant.

— Oui.

La voix tremblante de Callie le déchira. Submergé par une émotion irrépressible, il lui prit le visage à deux mains.

— Mais, avant de partir, il y a une chose qu'il faut que tu saches. Une chose très importante que je ne t'ai jamais dite. Je t'aime. Je t'aime comme je n'ai jamais aimé personne. Malheureusement, je suis incapable de t'aimer sans te faire souffrir. C'est pour ça que je te laisse partir.

Dans la pénombre grandissante du patio, les yeux émeraude de Callie étincelaient. Comme elle était belle ! Il lui caressa la joue.

— Je regrette amèrement de ne pas avoir pu t'aimer comme tu le mérites, ajouta-t-il. J'ai toujours su que je n'étais pas digne de toi. Dès le début j'ai su…

Se hissant sur la pointe des pieds, Callie lui coupa la parole par un baiser. Au contact de ses lèvres tremblantes, il fut submergé par une vague de désir irrépressible. Il referma les bras sur elle et lui rendit son baiser avec une ferveur désespérée. Ses lèvres avaient un goût de sel, constata-t-il. Etait-ce lui ou elle qui pleurait ? Il n'en avait plus aucune idée. Tout ce qu'il savait c'était qu'il l'embrassait pour la dernière fois.

Galvanisé par la passion avec laquelle elle lui répondait, il redoubla d'ardeur tout en la couvrant de caresses fébriles. Il sentit les pointes de ses seins se durcir contre son torse et laissa échapper un gémissement étranglé. S'arrachant à ses lèvres, il contempla son beau visage éclairé par les premiers rayons de lune. L'éclat de ses yeux émeraude trahissait un désir aussi intense que le sien. Sans un mot, il la souleva de terre et la porta jusqu'à leur chambre.

Pour la dernière fois, il allait lui faire l'amour.

Après l'avoir allongée sur le lit, il lui enleva son corsage et parsema son cou, ses épaules et ses bras de baisers légers comme des papillons. Il lui ôta sa jupe, dégrafa son soutien-gorge, puis referma les mains sur ses seins avant d'en sucer tour à tour les deux pointes dressées.

— Callie, regarde-moi.

Elle s'exécuta, les yeux noyés de larmes, tandis qu'il faisait glisser sa culotte sur ses hanches. Toujours vêtu de son costume, il embrassa ses pieds, remonta lentement le long d'une jambe, s'attarda sur l'intérieur d'une cuisse et s'immobilisa à la hauteur de son triangle soyeux. Puis il la goûta, longuement. Sans cesser de lui infliger ce délicieux supplice, il caressa le cœur brûlant de sa féminité, ce qui acheva de la rendre folle de désir et de plaisir mêlés. Les doigts crispés sur les draps, Callie ondulait des hanches en gémissant. Soudain, son corps se tendit et ce fut l'explosion.

Elle poussa un cri aigu, emportée par une voluptueuse jouissance. Il contempla son visage avec une joie intense. Il lui aurait au moins donné ça. Il l'avait fait pleurer de chagrin, mais il l'avait aussi fait crier de plaisir. Elle ouvrit les yeux, haletante, le regard ébloui, et murmura :

— Je t'aime.

— Je sais, répondit-il en posant la main sur sa joue.

Elle promena les doigts sur son visage, son cou, ses épaules. Il s'empara de sa bouche et elle lui répondit avec une passion sauvage. Toujours entièrement vêtu, il pressa son bassin contre le sien. Au contact de sa virilité dure comme de la pierre, elle laissa échapper un gémissement et tenta de dénouer sa cravate avec des gestes fébriles.

S'écartant d'elle, il se déshabilla en quelques secondes, puis captura de nouveau sa bouche dans un baiser ardent qui exprimait tout ce qu'il n'osait pas lui dire avec des mots.

Ondulant des hanches en gémissant, elle noua les jambes sur ses reins. Il prit une profonde inspiration. Non. Pas encore. Il avait envie d'elle à en devenir fou, mais il voulait encore attendre. C'était la dernière fois qu'il lui faisait l'amour. Il voulait retenir le temps. Tant qu'elle était dans ses bras, il maintenait à distance le désespoir et la solitude qui l'attendaient sans elle…

Pressant les seins contre son torse, elle lui caressa les épaules et le dos. Il serra les dents tandis que ses mains poursuivaient leur descente, s'attardant sur ses fesses, enveloppant ses hanches, se glissant entre ses cuisses…

Quand elle parvint à sa virilité, il n'y tint plus. D'un mouvement puissant, il plongea en elle, savourant sa chaleur autour de lui. Cependant, sa volonté veillait toujours. Il fallait faire durer ce bonheur ultime le plus longtemps possible. C'était indispensable. Il ne pouvait pas vivre sans elle…

Au bout d'un moment, il roula sur le dos, l'entraînant avec lui, puis lui laissant le contrôle de la situation. Grave erreur, songea-t-il, tandis que, vaincu par la fougue de Callie, il basculait en même temps qu'elle dans un gouffre sans fond, incapable de détourner les yeux de son visage transfiguré de plaisir.

Plus tard, encore tout alangui, il la serrait tendrement contre lui. Quelle chance qu'il soit incapable de dormir avec elle ! Il allait pouvoir vivre pleinement cette dernière nuit. Son visage était si beau dans le clair de lune… Et elle était si douce dans ses bras… Si chaude… Elle sentait si bon… Fermant les yeux, il déposa un baiser dans ses cheveux. Toute la nuit… Il avait encore toute la nuit… Il allait en savourer chaque heure. Chaque minute…

Il se réveilla en sursaut.

La lumière douce du matin inondait la chambre. Pour la première fois, il avait dormi avec Callie.

Pris de panique, il se redressa d'un bond.

Le lit était vide. Pour la première fois, c'était elle qui s'était levée au milieu de la nuit et qui était partie. Une bouffée d'angoisse lui coupa le souffle.

Il avait toujours su qu'il finirait ainsi.

Seul.

11.

Callie était assise à la table de la cuisine, dans la ferme de ses parents. Elle tenait un dossier dans ses mains tremblantes. Les papiers du divorce.

« Ce sera rapide et indolore, lui avait assuré son avocat en lui donnant le dossier. J'ai coché tous les emplacements où vous devez signer. Toutes les dispositions étaient déjà prévues dans le contrat de mariage. Vous partagerez la garde de l'enfant, une semaine sur deux. Et, avec la pension alimentaire très généreuse que vous versera M. Cruz, vous n'aurez aucun problème financier. Heureusement que tous les divorces ne sont pas aussi simples, avait-il ajouté avec un sourire. Je n'aurais plus qu'à mettre la clé sous la porte. »

« Rapide et indolore. » Callie entendit une roue grincer, tandis que sa fille de neuf mois traversait la cuisine dans l'antique trotteur usé par trois générations de bébés Woodville. Marisol pouffa et Callie lui sourit à travers ses larmes.

— Pa-pa ? lança la petite fille d'un ton plein d'espoir.

Le sourire de Callie s'évanouit et sa gorge se noua.

— Bientôt, ma chérie. Tu le verras demain.

Marisol partirait en avion pour New York, où elle passerait une semaine en compagnie d'Eduardo. Sept longs jours sans sa fille… Callie soupira. La semaine suivante, ce serait Eduardo qui se retrouverait seul. Il était parfait. Chaque semaine, Marisol faisait la navette entre New York et le Dakota à bord de son jet privé.

Comment s'organiseraient-ils lorsqu'elle irait à l'école ? Nul doute qu'il trouverait une solution. L'argent permettait visiblement de résoudre tous les problèmes.

Sauf un. Elle aimait toujours Eduardo.

Elle ne l'avait pas vu depuis deux mois. Depuis qu'elle avait quitté Marrakech avec sa fille, sa famille et Brandon, ils ne communiquaient plus que par l'intermédiaire de leurs avocats. Chaque semaine, c'était Mme McAuliffe qui venait chercher ou qui déposait Marisol à la ferme.

Elle ne le voyait plus, mais chaque nuit elle rêvait de lui. De la dernière nuit qu'ils avaient passée ensemble. De leur baiser dans le patio, à côté de la fontaine. De la passion empreinte de désespoir avec laquelle ils avaient fait l'amour. Des mots qu'il lui avait murmurés à l'oreille et qui continuaient de résonner malgré elle dans son cœur, à chaque instant. « Je t'aime comme je n'ai jamais aimé personne. Malheureusement, je ne peux pas t'aimer sans te faire souffrir. »

A une époque, elle aurait donné dix ans de sa vie pour entendre Eduardo lui dire qu'il l'aimait. Aujourd'hui, ces mots lui fendaient le cœur. Elle avait pleuré pendant des semaines, jusqu'à épuiser toutes ses réserves de larmes. Mais il n'y avait pas d'issue. Elle ne pouvait pas vivre prisonnière. Et, de son côté, il n'était pas capable de lui accorder sa confiance. A son retour à la ferme, elle avait secrètement espéré être enceinte. Cela lui aurait au moins donné une raison de lui parler. Mais cet espoir l'avait vite abandonnée.

— Ma-man ?

Une lueur inquiète brillait dans les grands yeux noirs de Marisol, si semblables à ceux de son père.

— Tout va bien, ma chérie, murmura Callie avec un sourire larmoyant. Tout va très bien.

Elle allait signer les papiers. Son avocat se chargerait du reste. Et, bientôt, elle redeviendrait Callie Woodville. Callie Cruz disparaîtrait.

Dans un petit panier à côté du vieux téléphone, le porte-clés en or et diamants gravé à ses initiales détonnait au milieu des autres trousseaux de la famille et des stylos usés. Pas autant cependant que ce qui avait été livré hier à la ferme… Son mug de café à la main, Callie se leva et écarta le rideau en vichy rouge et blanc de la fenêtre de la cuisine. A côté de la vieille camionnette rouillée de son père était garée sa Rolls-Royce.

Un bruit de moteur attira son attention et elle sourit en voyant Brandon et Sami arriver en jeep. Le cœur de Brandon n'était pas resté en morceaux très longtemps. Débarrassé de son sentiment de culpabilité, il s'était enfin autorisé à aimer la jeune femme qui ne le quittait plus depuis neuf mois. Hier, il avait demandé Sami en mariage. Alors qu'ils franchissaient le seuil d'un pas traînant, Callie secoua la tête en riant.

— Fiancée ou pas, petite sœur, papa et maman ne sont pas ravis que tu aies découché.

— C'était tout à fait innocent ! protesta aussitôt Brandon.

Puis il adressa un sourire complice à sa fiancée.

— Enfin, presque…

— Nous étions sur la colline pour voir la comète, précisa Sami. Il y avait une foule d'étoiles. Brandon connaît toutes les constellations. Nous avons perdu la notion du temps…

— Je te souhaite bonne chance pour expliquer ça à papa.

— Il sait qu'il peut faire confiance à Brandon, objecta Sami.

— Tu devrais quand même lui parler, répondit Callie.

— Où est-il ?

— Dans le champ de luzerne, en bordure de la route principale.

— Ne t'inquiète pas, déclara Brandon en serrant la main de Sami. Tu ne seras pas seule pour l'affronter.

Il sortit ses clés de voiture de sa poche et les deux fiancés se dirigèrent vers la porte. Prise d'une impulsion, Callie les arrêta.

— Attendez !

Elle prit le porte-clés gravé à ses initiales dans le panier et le leur tendit.

— Tenez, prenez ça.

— Tu nous prêtes ta voiture ? s'exclama Sami, les yeux brillants.

— Non, je vous l'offre. C'est mon cadeau de fiançailles.

— Tu es sérieuse ?

— Pas question ! lança Brandon d'un ton vif. Nous n'avons pas besoin d'une Rolls. Ma jeep marche très bien.

— Prends ça comme une compensation pour le coup de poing qu'Eduardo t'a donné, plaida Sami d'un ton conciliant.

Brandon resta silencieux, le visage fermé.

— S'il vous plaît, prenez-la, insista Callie. Je ne supporte pas de la voir. Elle me rappelle…

Sa voix s'éteignit. C'était si douloureux de se remémorer ce merveilleux Noël dans la villa en Espagne…

— Si vous n'en voulez pas, vendez-la et utilisez l'argent comme vous en avez envie, suggéra-t-elle.

Les fiancés se regardèrent.

— Nous pourrions acheter de la terre, fit Sami.

— Une ferme à nous, renchérit Brandon.

Il prit le porte-clés avec un sourire malicieux.

— D'accord. Nous voulons bien te rendre ce service, Callie.

Ils sortirent et Callie entendit leur dialogue joyeux, tandis qu'ils couraient vers la Rolls.

— Si on faisait un tour avant de la vendre ?

— Oh oui ! Allons frimer en ville ! acquiesça Sami en pouffant. J'imagine déjà la tête de Lorene Doncaster quand elle nous verra passer devant la cafétéria…

Restée seule dans la cuisine, Callie regarda les papiers étalés sur la table. Ils portaient déjà la signature ample et énergique d'Eduardo. Il avait demandé le divorce. C'était la seule solution. Elle s'empara d'un stylo, les doigts tremblants. Leur mariage n'était-il vraiment rien d'autre qu'une erreur ?

— Vous avez bien avancé, aujourd'hui. Même heure la semaine prochaine ?

Eduardo hocha la tête et remit sa veste. Il quitta le cabinet du psy et inspira profondément l'air du matin. Le ciel de juin était d'un bleu éclatant au-dessus de Manhattan.

— Je crois que je vais marcher, Sanchez.

— Bien, monsieur, répondit le chauffeur, qui attendait au volant de la Mercedes.

Eduardo s'éloigna dans la rue et croisa un groupe d'écoliers en uniforme qui lui rappelèrent le livre de *Madeline* qu'il avait lu à sa fille quand elle n'avait que deux semaines, au grand amusement de sa femme.

Il se figea, étreint par une vive douleur dans la poitrine.

Il verrait bientôt Marisol, se dit-il en inspirant profondément. Son jet était déjà prêt à décoller d'un aérodrome privé situé en dehors de la ville. Il jeta un coup d'œil à sa montre. Mme McAuliffe était en route. Peut-être même était-elle déjà à bord. Bientôt, elle s'envolerait pour le Dakota, où elle récupérerait sa fille chez Callie… Sa future ex-épouse. Dire qu'elle hantait toujours ses rêves.

L'estomac d'Eduardo se noua. Retourner travailler ? Cette idée lui était soudain insupportable. Toutes ces heures de travail, tous ces jours, toutes ces années, et pour quoi ? Il était milliardaire et pourtant il enviait son chauffeur, qui rentrait chez lui tous les soirs dans son petit appartement douillet de Brooklyn, où l'attendaient une femme qui l'aimait et leurs trois enfants. Pour sa part, il possédait un immense duplex situé au dernier étage d'un immeuble prestigieux de l'Upper West Side, mais une semaine sur deux les couloirs et les pièces vides lui renvoyaient l'écho du rire de sa fille. Et de la femme qu'il avait perdue.

Callie.

Il soupira. Avait-elle enfin signé les papiers ? Qu'attendait-elle ? De son côté, il avait fait le nécessaire depuis deux semaines et l'attente était en train de le rendre fou. Il avait hâte que ce soit fini. Chaque jour qui prolongeait son mariage était un véritable supplice. Il ne pouvait s'empêcher de se demander s'il n'avait pas commis une terrible erreur. Callie lui aurait-elle accordé une seconde chance s'il le lui avait demandé ?

Il se passa une main dans les cheveux. Non. Aucune chance. Elle était sans doute de nouveau fiancée à McLinn. La loyauté sans faille de ce dernier avait fini par triompher. Et, contrairement à lui, McLinn était le genre d'homme qui convenait à Callie et à sa famille. Il n'oublierait pas de demander d'abord sa main à son père. Personne ne serait jamais digne de Callie mais, s'il y avait un homme qui avait gagné le droit de l'épouser, c'était bien McLinn.

Alors pourquoi n'avait-elle pas encore signé ces fichus papiers ? Depuis qu'elle avait quitté Marrakech, il ne savait plus rien d'elle. Il avait décidé de se passer des services de Keith Johnson. Du moins, en ce qui la concernait, elle. Quant à ses avocats, ils avaient ordre de se contenter de le prévenir une fois que l'avocat de Callie aurait déposé les papiers signés au tribunal. Il ne voulait rien savoir de plus. Cependant, il n'avait toujours pas reçu le moindre coup de téléphone. Cela signifiait-il qu'il restait un espoir ?

Fermant les yeux, Eduardo offrit son visage au soleil. Vu l'isolement dans lequel il l'avait maintenue pendant leur mariage, non. Aucun espoir.

— Hé, monsieur !

Eduardo rouvrit les yeux. Une petite fille de huit ou neuf ans s'était détachée du groupe d'écoliers et lui tendait une photo.

— Vous avez fait tomber ça.

Sa gorge se noua à la vue de Callie et de Marisol dans la villa en Espagne, le matin de Noël. Marisol venait d'avoir trois mois et demi et son rire joyeux révélait son unique dent. Coiffée du bonnet de Père Noël qu'elle lui avait subtilisé, Callie souriait et ses yeux émeraude étincelaient d'amour. Assailli par une souffrance inouïe, il vacilla sur ses jambes.

— Merci.

— Je sais que ça rend triste de perdre des choses. Faites attention, déclara la petite fille d'un air grave avant de courir rejoindre ses camarades.

Eduardo resta un instant immobile sur le trottoir. C'était lui qui avait dit à Callie de partir. Qui avait entamé la procédure de divorce. Il lui avait rendu sa liberté parce qu'il estimait qu'elle méritait mieux qu'un homme incapable de lui faire confiance. Mais n'aurait-il pas pu décider de devenir un autre homme ? Pourquoi son passé devrait-il obligatoirement contaminer son avenir ? Pourquoi ne pourrait-il pas choisir une vie différente ?

Un espoir fou l'envahit. Il avait rendu sa liberté à Callie. Pourquoi ne pourrait-il pas en faire autant pour lui-même ? Pourquoi ne pourrait-il pas devenir l'homme qu'il avait envie d'être ? Le divorce n'était pas encore prononcé. Il était peut-être encore temps pour une seconde chance. Il pivota sur lui-même et arriva à la hauteur de la Mercedes au moment où Sanchez démarrait. Il ouvrit la portière et bondit sur la banquette en criant :

— A l'aéroport ! Il faut que je voie ma femme.

Un large sourire éclaira le visage de Sanchez.

— Bien, monsieur !

Il s'engagea dans la circulation, tandis qu'Eduardo prenait son portable pour prévenir Mme McAuliffe du changement de programme. Mais, avant qu'il ait eu le temps de composer le numéro, ce dernier sonna. Keith Johnson… Il ignora l'appel. Quand il eut terminé sa conversation avec Mme McAuliffe, la sonnerie retentit de nouveau alors que la Mercedes roulait sur le George Washington Bridge. Son avocat… Il fut envahi par un grand froid.

Cela signifiait-il… ? La sonnerie s'arrêta pour reprendre presque aussitôt. Il ouvrit la vitre et jeta son portable dans l'Hudson. Une fois à bord de son jet, il refusa le Martini rituel que lui proposait son steward, puis il se mit à arpenter la cabine pendant des heures en s'efforçant de préparer les arguments qu'il présenterait à Callie. Il essaya même de les écrire puis renonça. Il ne restait plus qu'à espérer qu'une fois devant elle il saurait quoi lui dire...

Lorsqu'ils atterrirent enfin sur le minuscule aérodrome voisin de Fern, il descendit la passerelle les jambes tremblantes. Rien n'avait changé depuis le jour où il était venu visiter l'antenne de Cruz Oil dans le bassin de Bakken et où il avait rencontré Callie pour la première fois. Il entra dans l'unique boutique de l'aérodrome pour acheter des fleurs et une boîte de chocolats.

Au comptoir de location de voitures, l'employée resta bouche bée devant sa carte de crédit.

— Eduardo Cruz ? Le propriétaire de Cruz Oil ?

— Lui-même, mais ne m'en voulez pas trop, répliqua-t-il en s'efforçant de lui décocher un sourire malgré l'impatience qui le faisait bouillir. Pourriez-vous m'indiquer le chemin de la ferme des Woodville ? Walter et Jane Woodville ?

— Bien sûr. Elle se trouve au coin de Rural Route 12 et de Old County Road. J'étais en classe avec leur fille. Je l'ai vue se promener en Rolls-Royce hier...

— Merci. C'est elle que je viens voir...

— Mais elle n'est pas chez elle. Je suis désolée de vous l'annoncer comme ça, mais elle a eu un accident. La Rolls est en miettes.

Eduardo fut ramené des années en arrière, lorsqu'il avait appris la mort de sa mère dans un accident de voiture sur une route dangereuse de la Costa del Sol. Il sentit son sang se glacer dans ses veines.

— C'est pourtant une voiture très sûre, dit-il d'une voix blanche.

— Des gamins roulaient à bicyclette au milieu de la rue. Son fiancé a braqué et la voiture s'est écrasée contre un poteau téléphonique. Elle a été hospitalisée dans un état critique, au County General...

— Son fiancé ?

— Brandon McLinn…

Eduardo s'empara d'une carte routière sur le comptoir et partit en courant. Il bondit au volant de la camionnette de location, consulta la carte et démarra en trombe. Il filait en direction de l'hôpital à vive allure. S'il était repéré par la police, il irait tout droit en prison. Mais avant il exigerait de voir Callie. Il ne pouvait pas la perdre… Il ne le supporterait pas… L'angoisse lui comprimait la poitrine. Pourquoi l'avait-il laissée partir ? Quel idiot ! S'il l'avait gardée auprès de lui, elle n'aurait jamais eu cet accident stupide…

Pourvu qu'il arrive à temps !

Marisol ne pouvait pas grandir sans sa mère.

Il ne pouvait pas vivre sans sa femme.

12.

La nuit avait été horrible. Et la journée interminable.

Callie se leva de son fauteuil. Elle avait besoin d'un café, ou d'un peu d'air frais. Elle ne s'était ni changée ni lavée depuis la veille. Ils avaient tous passé une nuit blanche et, à présent que l'après-midi touchait à sa fin, tout le monde avait succombé à l'épuisement. Brandon était recroquevillé dans un fauteuil, de l'autre côté du lit de Sami. Jane et Walter s'étaient endormis sur l'autre lit. Quant à Marisol, elle ronflait sur le torse de son grand-père.

Callie quitta silencieusement la chambre. Une fois dans le couloir, elle prit une profonde inspiration et se laissa aller contre la porte en cachant son visage dans ses mains. C'était sa faute. Si elle ne leur avait pas donné la voiture, ils n'auraient pas eu d'accident. Dieu merci, le pire était passé. Sami s'en sortirait.

Cependant, elle avait une autre raison d'être anxieuse aujourd'hui. Une raison très personnelle. Elle ferma les yeux. Comme Eduardo lui manquait ! Son visage. Ses yeux noirs. Et sa voix. Elle pouvait presque l'entendre. Sa belle voix grave teintée d'un léger accent espagnol.

— Où est ma femme ? Mme Cruz ! Je veux la voir immédiatement !

Le cœur battant à tout rompre, Callie pivota lentement sur elle-même. Devant le bureau des infirmières, les cheveux en bataille et le costume tout froissé, Eduardo faisait de grands gestes. Jamais elle ne l'avait vu dans cet état. Jamais elle ne l'avait trouvé aussi séduisant.

— Eduardo…

Il se tourna vers elle. Elle s'élança vers lui en étouffant un sanglot. Ce n'était pas une hallucination ! songea-t-elle en sentant ses bras puissants se refermer sur elle. Il était vraiment là… D'un coup, elle se libéra de l'angoisse des dernières vingt-quatre heures et éclata en sanglots.

— Callie, murmura-t-il en embrassant son front. Dieu merci, tu vas bien !

Il s'écarta d'elle le temps de la contempler quelques secondes, puis il l'étreignit de nouveau. Pour la première fois depuis deux mois, elle sentit son cœur se gonfler de joie et elle rit à travers ses larmes.

— Que fais-tu là ? demanda-t-elle en s'essuyant les yeux. Je te croyais à New York.

— Me croirais-tu si je te disais que je passais dans le coin par hasard ?

Il regarda autour de lui.

— Je… je t'ai apporté des fleurs et des chocolats. J'ai dû les poser quelque part par là.

— Oh !

Callie fut submergée par une vive déception. Avec l'accident de sa sœur, elle en avait oublié qu'il devait récupérer Marisol aujourd'hui…

— Tu es ici pour Marisol.

— Je suis ici pour toi.

Il lui prit les mains.

— Je suis venu te demander de m'accorder une seconde chance.

N'osant pas croire ce qu'elle venait d'entendre, Callie garda le silence.

— Oublions le divorce, insista-t-il. Laisse-moi passer le reste de ma vie à t'aimer. Laisse-moi tenter de mériter que tu m'aimes en retour.

— Je…

— J'arrive trop tard, c'est ça ?

— Trop tard ?

Eduardo regardait par-dessus son épaule, constata-t-elle.

Elle se retourna et vit la tête de Brandon qui disparaissait dans la chambre.

— La fille du comptoir de location de voitures m'a parlé de ton accident, poursuivit Eduardo, visiblement tendu. Elle m'a dit aussi que vous étiez fiancés, Brandon et toi. Je suppose que je devrais te féliciter.

Callie ouvrit de grands yeux.

— Tu n'es pas au courant ? Les fiançailles sont annoncées sur la page Facebook de ma mère depuis plusieurs jours. Et c'était dans le journal de ce matin.

Eduardo déglutit péniblement.

— Non, je n'étais pas au courant. J'ai mis fin au contrat de mon détective il y a deux mois. J'ai interdit à mes avocats de me parler de toi. Et j'ai même jeté mon téléphone dans l'Hudson.

— Quoi ?

— Oui, il m'arrive encore de me comporter de manière stupide. Mais mon psy dit que je suis sur la bonne voie...

— Ton psy ? s'exclama Callie, de plus en plus abasourdie.

— Parler du passé m'a aidé à comprendre pourquoi j'avais si peur de t'aimer... Parce que je t'aime, Callie.

Eduardo baissa les yeux sur le carrelage.

— Mais... Brandon est un homme bien. Je sais qu'il te rendra heureuse.

Callie lui prit le menton.

— Brandon s'est fiancé avec ma sœur. Pas avec moi.

Il releva lentement la tête.

— Ta sœur ?

— Je leur ai offert la Rolls hier et ils ont eu un accident. Sami a été blessée. Nous avons eu très peur. Pendant plusieurs heures les médecins n'ont pas pu se prononcer. Mais elle a été opérée ce matin et elle est sauvée. Elle aura juste besoin de beaucoup de repos.

— Dieu merci !

Eduardo serra Callie dans ses bras, puis il ajouta avec un sourire malicieux :

— Ta sœur s'est fiancée avec Brandon… Je l'ai toujours trouvée très sympathique !

— Oh ! Comme je suis heureuse que tu sois là ! Si tu savais comme tu m'as manqué pendant toutes ces heures d'angoisse.

— Oh ! *Querida*.

Eduardo étreignit longuement Callie.

— Je sais que je suis égoïste, sans cœur et parfois crispant. Tu me reprocheras sans doute encore d'être insupportable. Mais donne-moi une chance de t'aimer de nouveau.

Callie voulut parler mais il la fit taire en posant un doigt sur ses lèvres.

— Avant de me donner ta réponse, attends mon dernier argument…

Il s'empara de sa bouche dans un baiser si tendre et si passionné à la fois qu'elle en eut le vertige.

— Ma réponse est « oui », murmura-t-elle quand il s'arracha à ses lèvres.

— Oh ! Callie ! Comme je t'aime !

Elle tressaillit et poussa un cri horrifié.

— Mon Dieu !

— Qu'y a-t-il, *querida* ?

— J'ai signé les papiers du divorce hier ! Nous sommes sans doute déjà divorcés !

L'espace d'une seconde Eduardo resta interdit, puis il laissa échapper un petit rire joyeux.

— Oh ! Mon amour, quelle bonne nouvelle !

— Comment ça ?

— Cette fois, nous allons nous marier dans les règles.

Par une chaude soirée de juillet, Callie rejoignit son père sous la véranda. Walter Woodville regarda avec admiration sa fille aînée dans sa robe de mariée.

— Tu es splendide, chaton.

Callie baissa un regard timide sur sa robe de dentelle ivoire style années 1950.

— C'est grâce à maman. Elle a retouché la robe de grand-mère.

— Ta maman est une femme fantastique. Et toi aussi. Je suis très fier d'être ton père, ajouta Walter, la voix rauque d'émotion. Tu es prête ?

Un bouquet de gerberas rose vif à la main, Callie traversa l'allée de graviers au bras de son père. La lune brillait sur un océan d'orge et des lucioles dessinaient des traînées lumineuses dans le ciel marine. Elle se retourna vers la ferme. La maison de son enfance était un peu défraîchie. La peinture jaune de la façade s'écaillait par endroits. Mais elle était accueillante et pleine de souvenirs merveilleux.

— J'espère que notre famille sera aussi heureuse que celle que vous nous avez offerte, maman et toi, murmura-t-elle.

Des larmes roulèrent sur le visage buriné de son père.

— J'en suis certain. Vous êtes faits l'un pour l'autre. C'est un type bien.

Callie faillit pouffer. Son père avait radicalement changé d'opinion sur Eduardo depuis qu'ils avaient passé trois jours dans le chalet du Wisconsin. Pour Walter, tout homme capable de chasser et de pêcher avec lui, ses quatre frères, leurs six fils et Brandon était digne de devenir son gendre. L'humilité avec laquelle Eduardo lui avait demandé la main de Callie n'était probablement pas non plus étrangère à ce revirement.

Par ailleurs, Eduardo et Brandon avaient enterré la hache de guerre.

— Etant donné que nous épousons chacun une fille Woodville, nous avons pris conscience que nous avions tout intérêt à être alliés, avait confié Eduardo à sa fiancée avec un sourire malicieux.

Il avait conquis Jane encore plus facilement que son mari en la complimentant sur sa cuisine. Un jour, elle avait déclaré d'un ton faussement désinvolte :

— Quelques petits-enfants supplémentaires ne me gêneraient pas du tout.

Adressant un clin d'œil à Callie, Eduardo avait répliqué :

— A vos ordres, m'dame.

A ce souvenir, les yeux de Callie s'embuèrent. Elle avait enfin la réponse à la question qu'elle se posait depuis des jours. Et elle avait hâte d'annoncer la nouvelle à Eduardo...

— Ne pleure pas ! s'exclama son père en sortant un mouchoir de sa poche pour lui essuyer le coin des yeux. Ta mère va croire que j'ai encore dit une bêtise et elle ne me pardonnera jamais d'avoir gâché ton maquillage.

— Je ne pleure pas, assura Callie d'une voix tremblante.

Refoulant ses propres larmes, Walter lui tapota la main, tandis qu'ils passaient devant la piste de danse en plein air éclairée par des torches et entourée de glacières pleines de bières et de bouteilles de champagne. Arrivés à la grange, ils firent une pause sur le seuil. Les guitaristes s'arrêtèrent au milieu de leur morceau pour entamer la *Marche nuptiale*. Tous les invités se levèrent et se tournèrent vers eux. Un murmure admiratif parcourut l'assemblée mais Callie ne l'entendit pas. Elle était trop fascinée par Eduardo.

Vêtu d'un costume vintage, il était plus séduisant que jamais. Son visage s'illumina quand il la vit et il la couva d'un regard ébloui. Il était flanqué du témoin et de la demoiselle d'honneur, qui se marieraient à leur tour deux mois plus tard. Sami, qui n'avait pas encore complètement retrouvé l'usage de sa jambe, s'appuyait sur une béquille mais son visage rayonnait de bonheur. Comme celui de Brandon, qui ne la quittait pas des yeux. Il l'avait réconfortée pendant son séjour à l'hôpital en lui parlant de la ferme qu'ils achèteraient avec l'argent de l'assurance de la Rolls. Callie fut submergée par une vive émotion. Quelle joie de voir deux des personnes qu'elle aimait le plus au monde enfin heureuses !

Comme elle.

Aujourd'hui, elle épousait l'homme qui était à la fois

son meilleur ami, son âme sœur, son amant et le père de son enfant. L'homme avec qui elle voulait s'endormir toutes les nuits et se réveiller tous les matins. L'homme qu'elle aimerait jusqu'à la fin de sa vie.

— Mes bien chères sœurs, mes bien chers frères, nous sommes réunis ici ce soir...

Tandis que le pasteur prononçait les formules consacrées, Callie regarda son ex et futur mari. Eclairé par les lanternes colorées accrochées aux poutres, son visage exprimait un amour éperdu.

— Qui donne cette femme en mariage à cet homme ?

— Sa mère et moi, répondit Walter d'une voix émue.

Sa main tremblait légèrement, constata Callie, tandis qu'il la poussait vers Eduardo. Elle l'embrassa sur la joue et sourit à sa mère, assise au premier rang, avec Marisol sur ses genoux.

Quelques instants plus tard, Eduardo prononçait son serment d'une voix grave qui résonna jusqu'au plus profond de son être. Lorsqu'il glissa l'anneau d'or à son doigt, elle réprima un sourire. Comme elle avait hâte de lui dire qu'en plus de se marier pour la seconde fois il serait également bientôt père pour la seconde fois. La naissance était annoncée pour février. Elle avait prévu de lui murmurer la nouvelle à l'oreille pendant qu'ils danseraient à la lueur des torches, sous un ciel immense parsemé d'étoiles.

— Et vous, Calliope Marlena Woodville, consentez-vous à prendre cet homme pour époux, à le chérir et à lui être fidèle pour le meilleur et pour le pire, dans la richesse et la pauvreté, jusqu'à ce que la mort vous sépare ?

Tandis que l'assemblée retenait son souffle, Callie jeta un coup d'œil derrière elle à sa fille, sa famille et ses amis réunis dans la vieille grange. Son mariage était tel qu'elle l'avait toujours imaginé.

Se tournant vers Eduardo, elle prononça les mots magiques qui transformèrent ses rêves d'enfant en réalité.

EN JUIN 2018, HARLEQUIN LANCE

MAGNETIC

UNE NOUVELLE COLLECTION SEXY
AUX ACCENTS URBAINS

PETIT PRIX
6,90€

GLAMOUR **URBAIN** **TORRIDE**

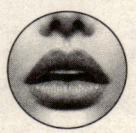  

4 romans inédits tous les 2 mois
disponibles dès à présent en magasin
et sur www.harlequin.fr

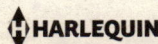

Retrouvez en octobre 2018, dans votre collection

Azur

Secret au manoir, de Cathy Williams - N°4004

ENFANT SECRET

En se rendant à Greyling Manor, Abigail ignore tout du maître des lieux. Aussi se retrouver soudain face à Leandro Sanchez est un choc pour elle. Dix-huit mois plus tôt, elle a vécu une liaison torride avec lui, avant qu'il ne l'humilie et ne l'abandonne. Alors qu'elle ne pense maintenant qu'à le fuir, la neige s'aba[t] dehors sur la campagne, bloquant la route, les isolant du reste du monde. E[t] Abigail doit se résoudre à passer la nuit dans la demeure de celui qui a été son ancien amant, et lui a donné un enfant sans le savoir...

En tête-à-tête avec lui, de Maya Blake - N°4005

COUP DE FOUDRE AU BUREAU

Travailler pour Alejandro Aguilar est une chance inespérée pour Elise. Grâce à ce contrat, elle va enfin pouvoir s'émanciper de son oppressante famille. Mais, pour que cette expérience soit couronnée de succès, encore faut-il qu'elle par vienne à garder ses distances avec son patron. En effet, si Elise éprouve un désir insensé pour Alejandro, elle sait qu'elle doit s'en tenir à des relations strictemen[t] professionnelles. Au risque de tout perdre...

Une île pour deux, de Susan Stephens - N°4006

Des eaux cristallines, une plage de sable blond... Dans ses rêves les plus fous, jamais Rosie n'aurait imaginé hériter un jour de l'Isla del Rey. Alors, aujourd'hui, elle est prête à tout pour préserver ce paradis sur terre, auquel elle est si attachée. Et même à affronter don Xavier del Rio, qui cherche à lui racheter ses précieux terrains pour y construire l'un de ses gigantesques hôtels. Un projet que Rosie est bien résolue à lui faire abandonner, dût-elle user de sa séduction...

Un jeu si innocent, de Clare Connelly - N°4007

Le jour où elle a accepté de se faire passer pour une autre, Matilda jugeait la mascarade innocente. Et puis, jouer le rôle d'une riche héritière, vivre quelque temps sur une île splendide : la perspective était trop tentante pour qu'elle s'y refuse. Seulement voilà, quand elle fait la connaissance de Rio Mastrangelo, l'homme le plus séduisant du monde, elle craint d'être démasquée... Comment en effet faire croire à Rio qu'ils appartiennent au même monde de pouvoir et de privilèges, alors qu'elle perd tous ses moyens face à lui ?

Coupable désir, de Kate Hewitt - N°4008

AMOUR COUPABLE

Désespérée de trouver un refuge à Rome, Laurel accepte de séjourner dans le luxueux penthouse de Cristiano Ferrero. Un homme qu'elle déteste depuis qu'il l'a repoussée dix ans plus tôt, lorsqu'elle s'est jetée à son cou. Aujourd'hui, bien qu'elle ne soit plus la jeune femme naïve d'autrefois, elle se sent, hélas, toujours aussi vulnérable en sa présence. Alors bien sûr, quand Cristiano lui propose qu'elle devienne sa maîtresse, Laurel cède à la tentation...

Contrat avec un don Juan, de Trish Morey - N°4009

« Je sauverai vos hôtels si vous acceptez de devenir ma femme. » Face à l'odieux marché que lui propose Domenic Silvagni, Opal sent sa gorge se nouer. Bien qu'elle rêve de dire à ce play-boy arrogant tout le mal qu'elle pense de lui, elle se retrouve à sa merci, hélas ! De ce mariage dépendent la survie de l'entreprise familiale pour laquelle son père a travaillé toute sa vie, ainsi que de nombreux emplois. Effrayée par l'attirance qu'elle ressent pour Domenic, Opal finit par accepter de se lier à cet homme sans scrupules, tout en redoutant de devoir bientôt faire chambre commune avec lui...

Un guerrier au royaume, d'Annie West - N°4010

SECRETS D'ORIENT

Il a le regard des puissants. La réputation d'un guerrier impitoyable. Devant Hussein al Rachid, la princesse Ghizlane est gagnée par l'angoisse. Si cet homme a franchi l'enceinte de son palais, c'est pour revendiquer la couronne de Jeirut. Mais il y a pire encore. Bientôt, le barbare exige de Ghizlane qu'elle devienne son épouse. Une alliance effrayante, mais qu'elle sait nécessaire pour préserver la paix du royaume...

Le choix d'Eva, de Michelle Smart - N°4011

SÉRIE : LIÉS MALGRÉ EUX - 3ᴱ VOLET

Épouser Daniele Pellegrini ? Pour Eva, cette perspective est d'autant plus impensable qu'elle déteste ce milliardaire trop sûr de lui, qu'elle a rencontré un mois plus tôt sur l'île de Caballeros. Loin de lui promettre amour et romantisme, son prétendant ne cherche, par cette union, qu'à hériter du *castello* familial. Pourtant, quand Daniele s'engage à verser une somme astronomique à l'association humanitaire pour laquelle Eva travaille, elle n'a d'autre choix que d'accepter cette folle alliance...

L'héritière du cheikh, d'Elisa Marshall - N°4012

SÉRIE : LES DUNES BLEUES - 1ᴱᴿ VOLET

Face au sultan Tarek Aal Shelad, Jasmine retient son souffle. Cela fait cinq ans qu'elle redoute cette confrontation. Cinq ans qu'elle se demande si elle n'a pas fait la plus grosse erreur de sa vie en fuyant ce ténébreux cheikh et le palais d'Aljazar, où ils se sont connus. Aujourd'hui, le désir qu'elle voit briller dans son regard sombre n'a d'égale que la haine qu'il lui voue. Malgré tous les efforts que Jasmine a déployés pour lui dissimuler son précieux secret, Tarek vient de découvrir qu'une enfant est née de leur unique nuit d'amour...

Une nuit à Paris, d'Angela Bissel - N°4013

Comme Emily haïssait Ramon de la Vega ! Autant qu'elle détestait la façon dont son corps réagissait à sa présence. Jamais aucun homme ne l'avait troublée à ce point. Or, aujourd'hui, elle a besoin de lui pour sauver le prestigieux club de sa famille. Une situation dont Ramon compte visiblement tirer profit, lorsqu'il lui propose de monter dans son jet privé – pour dîner en tête à tête avec lui à Paris. Si Emily accepte à contrecœur de suivre son ennemi, elle ignore encore que cette soirée va bouleverser leur vie à tous les deux...

Le play-boy de Santa Christobel, de Maisey Yates - N°4014

SÉRIE : *LA COURONNE DE SANTINA* - 6ᴱ VOLET

Depuis que la famille royale l'a rejetée car elle a donné naissance à un enfant illégitime, Carlotta Santina se tient aussi éloignée que possible de la Cour. Un choix qu'elle n'a jamais regretté, tant elle aime son petit Luca, mais qui l'emplit néanmoins de tristesse. Donc, lorsque son père lui demande d'épouser le prince Rodriguez pour assurer l'avenir de Santina, Carlotta décide d'accepter, avec l'espoir de renouer avec sa famille. Hélas, lier son destin à Rodriguez lui fait craindre le pire. Car, si elle est étrangement attirée par son futur époux, lui ne semble pas déterminé à abandonner ses habitudes, et ses maîtresses, pour leur mariage de façade...

 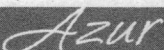

OFFRE DE BIENVENUE

Vous êtes fan de la collection Azur ?
Pour prolonger le plaisir, recevez gratuitement

◆ 2 livres Azur gratuits ◆
et 2 cadeaux surprise !

Une fois votre colis de bienvenue reçu, si vous souhaitez continuer à recevoir nos romans Azur, cela se fera automatiquement. Vous recevrez alors chaque mois 6 romans inédits de cette collection au tarif unitaire de 4,40€ (Frais de port France : 1,79€ - Frais de port Belgique : 3,79€).

➡ LES BONNES RAISONS DE S'ABONNER :

Aucun engagement de durée ni de minimum d'achat.

◆

Aucune adhésion à un club.

◆

Vos romans en avant-première.

◆

La livraison à domicile.

➡ ET AUSSI DES AVANTAGES EXCLUSIFS :

Des cadeaux tout au long de l'année.

◆

Des réductions sur vos romans par le biais de nombreuses promotions.

◆

Des romans exclusivement réédités notamment des sagas à succès.

◆

L'abonnement systématique et gratuit à notre magazine d'actu ROMANCE.

◆

Des points fidélité échangeables contre des livres ou des cadeaux.

REJOIGNEZ-NOUS VITE EN COMPLÉTANT ET EN NOUS RENVOYANT LE BULLETIN ! ✂

N° d'abonnée (si vous en avez un) | | | | | | | | | Z8ZEA6 Z8ZE6B

Mme ☐ Mlle ☐ Nom : .... Prénom : ....

Adresse : ....

CP : | | | | | | Ville : ....

Pays : ....   Téléphone : | | | | | | | | | | |

E-mail : ....

Date de naissance : | | | | | | | | | | |

☐ Oui, je souhaite être tenue informée par e-mail de l'actualité d'Harlequin.

☐ Oui, je souhaite bénéficier par e-mail des offres promotionnelles des partenaires d'Harlequin.

Renvoyez cette page à : Service Lectrices Harlequin – CS 20008 – 59718 Lille Cedex 9 - France

Rendez-vous sur notre nouveau site
www.harlequin.fr

Et vivez chaque jour,
une nouvelle expérience de lectrice connectée.

- ♥ Découvrez toutes nos actualités,
  exclusivités, promotions, parutions à venir...
- ♥ Partagez vos avis sur vos dernières lectures...
- ♥ Lisez gratuitement en ligne, regardez des vidéos...
- ♥ Échangez avec d'autres lectrices sur le forum...
- ♥ Retrouvez vos abonnements, vos romans dédicacés,
  vos livres et vos ebooks en pré-commande...

ebooks

Le mag'

Le Salon

Promotions

 L'application Harlequin
Achetez, synchronisez, lisez... Et emportez
vos ebooks Harlequin partout avec vous.

Suivez-nous !   facebook.com/HarlequinFrance
twitter.com/harlequinfrance

Composé et édité par HarperCollins France.

Achevé d'imprimer en août 2018.

Barcelone

Dépôt légal : septembre 2018.

Pour limiter l'empreinte environnementale de ses livres,
HarperCollins France s'engage à n'utiliser que du papier
fabriqué à partir de bois provenant de forêts gérées durablement
et de manière responsable.

Imprimé en Espagne.